W0288883

GOLDMANN

Buch

Der Titelheld Maurice wächst wohlbehütet im Schoß einer gutsituierten bürgerlichen Familie auf. Aber schon als halbwüchsiger erkennt er, daß er sich eher zu jungen Männern hingezogen fühlt als zu Frauen. Als Maurice während seiner Studienzeit in Cambridge die Werke Platos liest, erschließt sich ihm eine neue Welt. Erst nach dieser rein geistigen Ekstase lernt er dann einen jungen Mann aus Fleisch und Blut kennen: Clive. Doch die rein platonische Freundschaft zu Clive bringt Maurice Schwierigkeiten mit den Universitätsbehörden ein, und er muß Cambridge verlassen. Als Clive sich später den Konventionen seiner Zeit und Gesellschaftsklasse beugt und heiratet, fühlt Maurice sich betrogen. Doch dann lernt er den jungen, aus einer niederen Gesellschaftsschicht stammenden Alec kennen, und erst jetzt findet er den Mut, sich zu seinen eigenen Gefühlen zu bekennen und gegen die Verhaltensmuster gesellschaftlicher »Wohlanständigkeit« aufzubegehren.

»Besonders treffend vermag Forster die zwischen verängstigter Scheu, glücklichen Momenten und zynischer Selbstverleugnung schwankenden Irritationen seines Helden anschaulich zu machen. (...) Die Schärfe seiner oft hintersinnig vorgetragenen Anklage gegen die britische Gesellschaft einer Zeit, in der Liebe unter Männern als schwerer krimineller Akt bestraft wurde, macht diesen Autor in mancher Hinsicht zum Vorboten einer Aufklärungsbewegung, die erst etwa ein halbes Jahrhundert später einsetzen sollte.«

Frankfurter Allgemeine Zeitung

Autor

Edward Morgan Forster (1879–1970) gilt als einer der bedeutendsten Prosaisten des 20. Jahrhunderts und wird längst zu den Klassikern der Moderne gezählt. In Deutschland wurde er vor allem durch die Verfilmung seiner Romane »Auf der Suche nach Indien« und »Zimmer mit Aussicht« bekannt.

Von E. M. Forster sind im Goldmann Verlag außerdem erschienen:

Wiedersehen in Howards End. Roman (9284)
Zimmer mit Aussicht. Roman (8879)

E. M. FORSTER

MAURICE

ROMAN

Aus dem Englischen von
Nils-Henning von Hugo

GOLDMANN VERLAG

Titel der englischen Originalausgabe: Maurice

Der Goldmann Verlag
ist ein Unternehmen der Verlagsgruppe Bertelsmann

Made in Germany · 3/91 · 3. Auflage
Genehmigte Taschenbuchausgabe
Copyright © The Provost and Scholars of King's College, Cambridge
Copyright © der deutschsprachigen Ausgabe 1988
by Nymphenburger Verlagshandlung GmbH, München
Umschlaggestaltung: Design Team München
Umschlagfoto: Tele München
Druck: Elsnerdruck, Berlin
Verlagsnummer: 9620
AR · Herstellung: Ludwig Weidenbeck/Sc
ISBN 3-442-09620-0

Begonnen 1913
Beendet 1914

Gewidmet einem glücklicheren Jahr

ERSTER TEIL

1

Einmal im Trimester machte die ganze Schule einen Ausflug – das heißt, die drei Lehrer nahmen ebenso daran teil wie sämtliche Jungen. Es war für gewöhnlich ein hübscher Spaziergang, und jedermann wartete ungeduldig darauf, begrub alten Zank und Streit und benahm sich völlig zwanglos. Damit die Disziplin nicht darunter litt, fand er kurz vor den Ferien statt, zu einem Zeitpunkt, da Nachsicht keinen Schaden anrichten kann, und er ähnelte freilich eher einer vergnüglichen Unternehmung daheim als in der Schule, da Mrs. Abrahams, die Frau des Direktors, sie zusammen mit einigen Freundinnen gewöhnlich an der Stelle traf, wo sie eine Teepause einlegten, und sie dort gastfreundlich und mütterlich umsorgte.

Mr. Abrahams war ein Internatsschulleiter von der altmodischen Sorte. Er kümmerte sich weder um die Schularbeiten noch um die Spiele der Kinder, beköstigte seine Jungen jedoch ordentlich und achtete darauf, daß sie sich nicht ungebührlich aufführten. Alles weitere überließ er den Eltern und stellte keine Spekulationen darüber an, wieviel die Eltern ihm überließen. Unter vielen gegenseitigen Komplimenten wechselten die Jungen von seiner Vorbereitungsschule, gesund, aber geistig träge, in eine Public School, um dort auf ihrem ungeschützten Leib die ersten Schläge der Welt zu empfangen. Man kann durchaus einiges für ein gleichgültiges Gewährenlassen in der Erziehung anführen, und Mr. Abrahams Schüler fuhren auf lange Sicht nicht schlecht dabei, wurden ihrerseits Eltern und schickten ihm in einigen Fällen ihre Söhne. Mr. Read, die jüngere Lehrkraft, war ein Erzieher vom gleichen Schlag, lediglich dümmer, während Mr. Ducie, die ältere Lehrkraft, als Stimulans wirkte und den ganzen Betrieb davor bewahrte, einzuschlafen. Sie mochten ihn nicht sehr, wußten aber, daß er unersetzlich war. Mr. Ducie war ein fähiger Mann, zwar orthodox aber nicht weltfremd, und er war sehr wohl imstande, beide Seiten eines Problems zu erkennen. Für die Eltern und die einfältigen Jungen war er nicht so geeignet, aber er war ein Gewinn für die Erstklässler und hatte mit einigen Schülern solange gepaukt, bis sie ein Stipendium erhielten. Außerdem war er kein schlechter Organisator. Mr. Abrahams, der dazu neigte, die Zügel fest in der Hand zu halten und Mr. Read zu bevorzugen, ließ in Wirklichkeit Mr. Ducie alle Freiheiten und nahm ihn schließlich sogar als Teilhaber auf.

Mr. Ducie hatte immer irgend etwas Besonderes im Sinn. Bei dieser Gelegenheit handelte es sich um Hall, einen der älteren Jungen, der sie verließ, um auf eine Public School zu gehen. Mr. Ducie wollte während des Ausflugs gerne ein »Gespräch von Mann zu Mann« mit Hall führen. Seine Kollegen erhoben Einwände, da sie dann um so mehr um die Ohren haben würden, und der Direktor machte die Bemerkung, er habe doch schon mit Hall gesprochen und außerdem bleibe der Junge auf seiner letzten Klassenwanderung sicherlich lieber ein letztes Mal mit seinen Schulkameraden zusammen. Das war zu vermuten, aber Mr. Ducie ließ sich niemals von etwas abhalten, das er für richtig hielt. Er lächelte und schwieg. Mr. Read wußte, worin das »Gespräch von Mann zu Mann« bestehen würde, denn schon zu Anfang ihrer Zusammenarbeit hatten sie über ein gewisses Thema eine fachliche Auseinandersetzung geführt. Mr. Read war der Sache mit Mißbilligung begegnet. »Dünnes Eis«, hatte er gemeint. Der Direktor wußte nichts davon, noch hätte er etwas davon wissen wollen. Da ihn seine Schüler verließen, sobald sie vierzehn wurden, vergaß er, daß sie zu Männern herangewachsen waren. Sie schienen für ihn eine zwar kleinwüchsige, aber durchaus eigenständige Rasse darzustellen, wie die Pygmäen von Neuguinea, »meine Jungen eben«. Man konnte für sie sogar eher Verständnis aufbringen als für Pygmäen, weil sie niemals heirateten und selten starben. Unverheiratet und unsterblich, so zog die lange Prozession an ihm vorüber, deren Länge von fünfundzwanzig bis manchmal vierzig Teilnehmern variierte. »Ich sehe keinen Sinn in Büchern über Erziehung. Jungen wuchsen schon heran, bevor so etwas wie Erziehung überhaupt erfunden war.« Mr. Ducie pflegte nur darüber zu lächeln, denn er war durchdrungen vom Glauben an die Evolution.

Von der Evolution zurück zu den Jungen.
»Sir, darf ich Ihre Hand halten ...« »Sir, Sie haben mir versprochen ...« »Beide Hände von Mr. Abrahams sind mit Beschlag belegt und Mr. Reads ganze ...« »Oh, Sir, haben Sie das gehört? Er glaubt, daß Mr. Read drei Hände hat! ...« »Tu' ich nicht, ich habe ›Finger‹ gesagt. Neidisch! Neidisch!«
»Wenn ihr vielleicht einmal aufhören würdet ...«
»Sir!«
»Ich werde jetzt ganz alleine mit Hall gehen.«
Rufe der Enttäuschung wurden laut. Als die anderen Lehrer sahen, daß alles nichts nützte, riefen sie den Haufen herbei und ließen ihn auf dem Steilhang mit dem Gesicht zu den Hügeln in Reih und Glied Aufstellung nehmen. Hall eilte triumphierend an Mr. Ducies Seite, aber er kam sich zu alt vor, um seine Hand zu ergreifen. Er war ein hübscher, strammer Bursche, in keinerlei Hinsicht bemerkenswert. Hierin ähnelte er seinem Vater, der fünfundzwanzig Jahre zuvor in der Prozession aufgetaucht und in einer Public School verschwunden war, geheiratet und einen Sohn und zwei Töchter gezeugt hatte und kürzlich an Lungenentzündung gestorben war. Mr. Hall war ein guter, wenn auch etwas träger Bürger gewesen. Mr. Ducie hatte sich über ihn erkundigt, bevor sie den Spaziergang unternahmen.
»Nun, Hall, erwartest wohl eine Moralpredigt, wie?«
»Ich weiß nicht, Sir ... Mr. Abrahams hat mir eine gehal-

ten, als er mir *Die Heiligen Äcker* überreichte. Mrs. Abrahams hat mir Manschettenknöpfe geschenkt. Die Kameraden haben mir einen Satz ›Guatemalas‹ bis hin zur Zweidollarmarke geschenkt. Sehen Sie, Sir! Die mit dem Papagei oben auf der Säule.«

»Wunderbar! Wunderbar! Was hat Mr. Abrahams denn gesagt? Er hat dir hoffentlich klargemacht, daß du ein elender Halunke bist.«

Der Junge lachte. Er verstand Mr. Ducie nicht, wußte aber, daß er nur Spaß machen wollte. Er selbst fühlte sich wohl, weil es sein letzter Schultag war und er, auch wenn er etwas angestellt hätte, nicht ausgeschimpft werden würde. Außerdem hatte Mr. Abrahams ihm Erfolg prophezeit. »Wir sind stolz auf ihn; er wird uns Ehre machen in Sunnington«: Er hatte den Anfang des Briefes an seine Mutter gelesen. Und die Jungen hatten ihn mit Geschenken überschüttet und gemeint, er sei mutig. Ein großer Irrtum – er war nicht mutig: Er fürchtete sich vor der Dunkelheit. Aber das wußte niemand.

»Nun, was hat Mr. Abrahams gesagt?« wiederholte Mr. Ducie, als sie zum Strand kamen. Es drohte ein langes Gespräch zu werden, und der Junge wünschte, er wäre zusammen mit seinen Freunden auf dem Kliff, aber er wußte, daß alles Wünschen nichts nutzte, wenn ein Junge einem Mann gegenübertritt.

»Mr. Abrahams sagte mir, ich soll meinem Vater nacheifern, Sir.«

»Und was noch?«

»Ich soll niemals etwas tun, für das ich mich schämen müßte, falls Mutter es sehen würde. Dann könne nichts schiefgehen; und die Public School werde sich sehr von dieser unterscheiden.«

»Hat Mr. Abrahams gesagt, worin?«

»Allerhand Schwierigkeiten ... mehr so wie draußen in der Welt.«

»Hat er dir erzählt, wie die Welt beschaffen ist?«

»Nein.«

»Hast du ihn danach gefragt?«
»Nein, Sir.«
»Das war nicht sehr vernünftig von dir, Hall. Du solltest Klarheit in die Dinge bringen. Mr. Abrahams und ich sind dazu da, um deine Fragen zu beantworten. Was glaubst du denn, wie die Welt – die Welt der Erwachsenen – beschaffen ist?«
»Das kann ich nicht sagen. Ich bin ein Junge«, antwortete er, absolut aufrichtig. »Sind die Erwachsenen sehr gemein, Sir?«
Mr. Ducie war ein wenig belustigt und fragte ihn, welche Gemeinheiten er erlebt habe. Hall erwiderte, die Erwachsenen seien zwar nicht unfreundlich zu Jungen, aber beschwindelten sie sich nicht ständig gegenseitig? Er legte seine Schuljungenart ab und fing wie ein Kind zu reden an und wurde drollig und amüsant. Mr. Ducie streckte sich in den Sand, um ihm zuzuhören, zündete sich eine Pfeife an und blickte zum Himmel empor. Der kleine Badeort, in dem sich die Schule befand, lag jetzt weit hinter ihnen. Der Tag war grau und windstill, zwischen Wolken und sonnigen Himmelsabschnitten war kaum ein Unterschied erkennbar.
»Du lebst bei deiner Mutter, nicht wahr?« unterbrach er die Stille, als er sah, daß der Junge Vertrauen gefaßt hatte.
»Ja, Sir.«
»Hast du ältere Brüder?«
»Nein, Sir... nur Ada und Kitty.«
»Und einen Onkel?«
»Nein.«
»Du kennst also nicht viele Männer?«
»Mutter hat einen Kutscher und George für den Garten, aber Sie meinen natürlich Gentlemen. Mutter hat außerdem drei Dienstmädchen, die sich um das Haus kümmern sollen, aber die sind so faul, daß sie nicht mal Adas Socken stopfen. Ada ist meine älteste kleine Schwester.«
»Wie alt bist du?«

»Vierzehn und dreiviertel.«

»Nun, du bist ein unwissender kleiner Bursche.« Sie lachten. Nach einer Pause meinte Mr. Ducie: »Als ich in deinem Alter war, erzählte mir mein Vater etwas, das sich als sehr nützlich erwies und mir ziemlich geholfen hat.« Das war gelogen, denn sein Vater hatte ihm niemals irgend etwas erzählt. Aber er benötigte eine Einleitung zu dem, was er sagen wollte.

»Ach ja, Sir?«

»Soll ich dir erzählen, was es war?«

»Bitte, Sir.«

»Ich werde für ein paar Augenblicke so zu dir sprechen, als wäre ich dein Vater, Maurice: Ich rede dich mit deinem richtigen Namen an.« Dann näherte er sich, sehr einfach und gelassen, dem Geheimnis des Geschlechtstriebes. Er sprach von dem Manne und von dem Weib, die am Anfang aller Dinge von Gott geschaffen worden waren, damit sie die Erde bevölkerten, und von dem Zeitpunkt, da das männliche und das weibliche Prinzip im Menschen die Oberhand gewinne. »Du bist dabei, ein Mann zu werden, Maurice; darum erzähle ich dir davon. Deine Mutter kann dir nichts darüber erzählen, und du solltest diese Dinge ihr oder einer anderen Dame gegenüber auch nicht erwähnen, und wenn irgendwelche Schuljungen davon sprechen, verbiete ihnen einfach den Mund; sag ihnen, du wüßtest Bescheid. Hast du schon einmal davon gehört?«

»Nein, Sir.«

»Kein einziges Wort?«

»Nein, Sir.«

Immer noch an seiner Pfeife ziehend, erhob sich Mr. Ducie, suchte sich ein unberührtes Stück Strand und zeichnete mit seinem Spazierstock schematische Darstellungen in den Sand. »Das erleichtert uns die Sache«, sagte er zu dem Jungen, der das Ganze etwas stumpfstinnig verfolgte: Es hatte nichts mit seinen Erfahrungen zu tun. Er war aufmerksam, was sich von selbst verstand, da er der einzige

Teilnehmer dieser Unterrichtsstunde war, und er wußte, daß es ein ernstes Thema war und irgendwie mit seinem Körper zusammenhing. Aber er selbst vermochte diesen Bezug nicht herzustellen; wo Mr. Ducie einen Zusammenhang hergestellt hatte, zerfiel alles sofort wieder in einzelne Teile, so wie eine Summe, die man sich nicht vorstellen konnte. Vergeblich versuchte er es. Sein träges Hirn wollte nicht aufwachen. Die Pubertät hatte zwar begonnen, nicht jedoch die Erkenntnis, und die Geschlechtsreife war ihm – wie es immer sein soll – in einer Art Benommenheit auf den Leib gerückt. Es ist zwecklos, in diese Benommenheit eindringen, zwecklos, sie beschreiben zu wollen, wie wissenschaftlich und verständnisvoll auch immer. Der Junge pflichtet allem bei und wird in den Schlaf zurückgezogen, und er kann erst dann von dort weggelockt werden, wenn seine Stunde gekommen ist.

Ungeachtet seines aufklärerischen Impetus war Mr. Ducie sehr einfühlsam. Im Grunde genommen war er allzu einfühlsam; er setzte bei Maurice komplizierte Gefühle voraus und bemerkte nicht, daß der Junge entweder gar nichts verstehen konnte oder aber völlig überwältigt sein mußte. »Das ist alles ziemlich lästig«, meinte Mr. Ducie, »aber man muß es hinter sich bringen, man darf kein Geheimnis daraus machen. Später kommen die erhabenen Dinge – die Liebe, das Leben.« Er redete sehr flüssig, da er schon früher auf diese Weise zu Jungen gesprochen hatte, und er kannte die Art von Fragen, die sie zu stellen pflegten. Maurice fragte nichts; er sagte lediglich: »Ich verstehe, ich verstehe.« Anfangs fürchtete Mr. Ducie, der Junge verstehe überhaupt nichts. Er prüfte ihn. Die Antworten fielen zufriedenstellend aus. Das Gedächtnis des Jungen war gut, und – ein solch eigenartiges Wesen ist der Mensch – er entwickelte sogar ein scheinbares Verständnis, ein äußerliches Flackern als Antwort auf die wie ein Leuchtfeuer glühende Männlichkeit. Schließlich stellte er ein oder zwei Fragen über das Geschlechtsleben, und damit waren sie

beim Kern angelangt. Mr. Ducie war sehr zufrieden. »So ist's recht«, sagte er. »Jetzt wirst du nie mehr verwirrt sein oder dir Sorgen machen müssen.«
Nun blieben nur noch die Liebe und das Leben übrig, und Mr. Ducie kam kurz auf sie zu sprechen, während sie am grauen Meer entlangschlenderten. Er entwarf ein Bild des idealen Mannes aus Keuschheit und Selbstzucht. In groben Zügen schilderte er die Herrlichkeit des Weibes. Da es für ihn selbstverständlich gewesen war zu heiraten, wurde er irdischer, seine Augen hinter den dicken Brillengläsern belebten, seine Wangen röteten sich. Ein edles Weib zu lieben, sie zu beschützen und ihr zu dienen – das, so erläuterte er dem kleinen Jungen, sei die Krönung des Lebens. »Du kannst das jetzt noch nicht verstehen, doch eines Tages wirst du es verstehen, und wenn es soweit ist, dann erinnere dich an deinen armen alten Erzieher, der dich mit der Nase darauf gestoßen hat. Alles hängt miteinander zusammen – alles, und Gott thront in seinem Himmel, das All und die Welt haben ihre Ordnung. Mann und Weib! Ah, wie herrlich!«
»Ich glaube, ich werde nicht heiraten«, meinte Maurice.
»Heute in zehn Jahren lade ich dich zusammen mit deiner Frau zum Dinner bei mir und meiner Frau ein. Wirst du kommen?«
»Oh, Sir!« Maurice lächelte vergnügt.
»Dann ist es also abgemacht!« Es war jedenfalls ein gelungener Scherz, um das Gespräch zu beenden. Maurice fühlte sich geschmeichelt und fing an, über eine Heirat nachzudenken. Doch mitten im Gehen blieb Mr. Ducie stehen und hob die Hand an eine Backe, als ob ihm jeder Zahn einzeln wehtäte. Er drehte sich um und blickte auf den sich weithin erstreckenden Strand.
»Ich habe diese furchtbaren Zeichnungen gar nicht verwischt«, sagte er zögernd.
Am anderen Ende der Bucht folgten ihnen einige Leute, die ebenfalls am Meeressaum entlanggingen. Ihr Weg

würde sie genau zu der Stelle führen, wo Mr. Ducie das Geschlechtliche illustriert hatte, und mit ihnen war eine Dame. Er eilte zurück, und vor Furcht brach ihm der Schweiß aus.

»Sir, meinen Sie nicht, daß bereits alles in Ordnung ist?« rief Maurice ihm nach. »Die Flut wird inzwischen alles bedeckt haben.«

»Du lieber Himmel ... Gott sei Dank ... wir haben Flut.« Und plötzlich, einen winzigen Augenblick lang, verachtete der Junge den alten Mann. »Lügner«, dachte er. »Lügner, Feigling, er hat mir nichts erzählt.« ... Dann senkte sich erneut die Dunkelheit herab, die Dunkelheit, die von Urbeginn an da ist, aber nicht ewig dauert und irgendwann einer Dämmerung voller Schmerzen und Qualen weicht.

2

Mauricens Mutter wohnte in der Nähe von London, in einer komfortablen Villa inmitten von Kiefern. Dort waren er und seine Schwestern geboren, von dort aus war sein Vater jeden Tag zum Büro aufgebrochen, und dorthin war er zurückgekehrt. Als dann die Kirche gebaut wurde, wären sie beinahe fortgezogen, aber sie gewöhnten sich an sie, so wie sie sich an alles gewöhnten, und sie fanden sogar, daß dieser Umstand seine Annehmlichkeiten habe. Die Kirche war der einzige Ort, den Mrs. Hall aufsuchen mußte – die Läden lieferten ihre Waren. Der Bahnhof war ebenfalls nicht weit entfernt, genauso wie eine annehmbare Tagesschule für die Mädchen. Es war eine Gegend, die viele Erleichterungen bot, in der man sich nicht nach irgend etwas abstrampeln mußte und wo ein Unterschied zwischen Erfolg und Scheitern nicht zu erkennen war.

Maurice mochte sein Zuhause gern, und er respektierte seine Mutter. Ohne sie hätte es keine weichen Sessel oder etwas zu essen oder angenehme Zerstreuungen gegeben, und er war ihr dankbar, daß sie für so vieles sorgte; er liebte sie. Seine Schwestern mochte er ebenfalls. Als er eintraf, rannten sie mit Freudengeschrei vor das Haus, nahmen ihm seinen Überzieher ab und ließen ihn für die Dienstboten auf den Boden der Eingangshalle fallen. Es war angenehm, im Mittelpunkt der allgemeinen Aufmerksamkeit zu stehen. Seine Guatemala-Briefmarken wurden gebührend bewundert – natürlich auch *Die Heiligen Äcker* und eine Holbein-Reproduktion, die Mr. Ducie ihm geschenkt hatte. Nach dem Tee klarte es auf, und Mrs. Hall zog ihre Überschuhe an und machte mit ihm einen Spaziergang. Sie gingen und herzten sich gegenseitig und unterhielten sich über alles und jedes.

»Jetzt muß ich meinem Morrie aber eine wunderschöne Zeit bereiten.«

»Wo ist George?«
»Solch ein glänzender Bericht von Mr. Abrahams. Er schreibt, daß du ihn an deinen armen Vater erinnerst... Nun, was sollen wir in den Ferien unternehmen?«
»Hier gefällt es mir am besten.«
»Mein braver Junge...« Sie umarmte ihn noch liebevoller als zuvor.
»Es gibt nichts Schöneres als ein Zuhause, das sagen alle. Ja, Tomaten...«, sie zählte gern die Namen von Gemüsesorten auf. »Tomaten, Radieschen, Broccoli, Zwiebeln...«
»Tomaten, Broccoli, Zwiebeln, weiße Kartoffeln, Salatkartoffeln«, leierte der kleine Junge herunter.
»Rübenkraut...«
»Mutter, wo ist George?«
»Er ist vorige Woche fortgegangen.«
»Warum ist George fortgegangen?« fragte er.
»Er wurde allmählich zu alt. Howell wechselt die Jungen immer alle zwei Jahre aus.«
»Oh.«
»Rübenkraut«, fuhr sie fort, »noch einmal Kartoffeln, Rote Beete... Morrie, was würdest du dazu sagen, Großpapa und Tante Ida einen kurzen Besuch abzustatten, falls sie uns darum bitten? Ich möchte, daß du eine wunderschöne Zeit hast während dieser Ferien, mein Liebes... Du bist so brav gewesen, aber auch Mr. Abrahams ist ein so braver Mann; weißt du, dein Vater war ebenfalls auf seiner Schule, und wir schicken dich auf die alte Public School deines Vaters – nach Sunnington –, damit du in jeder Hinsicht wie dein lieber Vater aufwächst.«
Ein Schluchzer unterbrach sie.
»Morrie, Liebling...«
Der kleine Junge war in Tränen aufgelöst.
»Mein Lämmchen, was ist denn?«
»Ich weiß nicht... Ich weiß nicht...«
»Aber Maurice...«
Er schüttelte den Kopf. Sie war traurig, daß es ihr nicht

gelungen war, ihn glücklich zu machen, und fing ebenfalls an zu weinen. Die Mädchen liefen herbei und riefen: »Mutter, was ist denn mit Maurice?«
»Laß mich«, wimmerte er. »Kitty, geh weg ...«
»Er ist übermüdet«, sagte Mrs. Hall – es war ihre Erklärung für alles und jedes.
»Ich bin übermüdet.«
»Komm mit in dein Zimmer, Morrie ... Oh, mein Süßer, das ist wirklich zu schrecklich.«
»Nein ..., es geht mir gut.« Er biß die Zähne zusammen und ein großer Klumpen Schmerz, der ihn beim Auftauchen an die Oberfläche überwältigt hatte, begann wieder hinabzusinken. Er spürte, wie er sich tief in sein Herz senkte, bis er ihn nicht mehr bemerkte. »Es geht mir gut.« Er blickte sich grimmig um und trocknete seine Tränen. »Ich glaube, ich möchte Halma spielen.« Noch bevor die Steine aufgestellt waren, redete er wie zuvor; der kindliche Zusammenbruch war vorüber.
Er versetzte Ada, die ihn vergötterte, sowie Kitty, die nichts dergleichen tat, einen kräftigen Schlag und lief dann in den Garten, um den Kutscher zu begrüßen. »Wie geht's denn, Howell? Wie geht's Ihnen, Mrs. Howell?« und so weiter. Er sprach in einem herablassenden Tonfall, der sich von dem unterschied, den er gegenüber Leuten von Stand anschlug. Dann redete er wieder mit seiner normalen Stimme: »Haben wir wirklich einen neuen Gärtnerburschen?«
»Ja, Master Maurice.«
»War George zu alt?«
»Nein, Master Maurice. Er wollte sich verbessern.«
»Oh, Sie wollen sagen, er hat gekündigt.«
»Das ist richtig.«
»Mutter hat gesagt, er war zu alt und Sie hätten ihm gekündigt.«
»Nein, Master Maurice.«
»Meine armen Holzstapel werden sich freuen«, sagte Mrs.

Howell. Maurice und der frühere Gärtnerbursche waren in den Ferien dauernd über sie hinweggetobt.
»Es sind Mutters Holzstapel, nicht Ihre«, sagte Maurice und ging zurück ins Haus. Die Howells waren nicht beleidigt, obwohl sie einer dem anderen gegenüber so taten, als seien sie es. Sie waren ihr Leben lang Dienstboten gewesen und mochten es, wenn sich ein Gentleman wie ein Snob benahm. »Er hat schon so ein gewisses Etwas«, erzählten sie dem Koch. »Wie sein Vater.«
Die Barrys, die zum Abendessen kamen, waren der gleichen Meinung. Dr. Barry war ein alter Freund – oder vielmehr ein Nachbar – der Familie und interessierte sich nur in Maßen für sie, wie auch sonst niemand ein wirkliches Interesse für die Halls aufbringen konnte. Kitty mochte er – sie zeigte Ansätze eines eigenständigen Charakters –, aber die Mädchen lagen schon im Bett. Hinterher sagte er zu seiner Frau, Maurice hätte ebenfalls dorthin gehört, »um am besten sein ganzes Leben lang drinzubleiben. Und genau das wird geschehen. Ganz wie sein Vater. Wozu sind solche Leute eigentlich gut?«
Als Maurice schließlich zu Bett ging, geschah es nur widerwillig. Jenes Zimmer hatte ihm immer Furcht eingeflößt. Den langen Abend über war er ein ganzer Mann gewesen, aber sobald seine Mutter ihm den Gutenachtkuß gegeben hatte, erwachte das alte Gefühl zu neuem Leben. Der Spiegel war am schlimmsten. Es machte ihm nichts aus, sein Gesicht darin zu erblicken und einen Schatten an die Zimmerdecke zu werfen, aber wie sein Schatten auf der Zimmerdecke vom Spiegel reflektiert wurde, das irritierte ihn. Er würde versuchen, die Kerze so hinzustellen, daß diese Konstellation nicht entstand, dann zwang er sich, sie wegzurücken, und wurde doch wieder von Furcht überwältigt. Er wußte genau, was es war. Es erinnerte ihn nicht an etwas Schreckliches, aber er hatte Angst. Schließlich würde er die Kerze ganz schnell auspusten und ins Bett springen. Völlige Finsternis konnte er ertragen, aber dieses

Zimmer hatte zudem den Nachteil, einer Straßenlaterne gegenüber zu liegen. In guten Nächten drang das Licht keineswegs beunruhigend durch die Vorhänge, manchmal jedoch huschten Flecken wie Totenschädel über die Möbel. Sein Herz schlug heftig, und voller Schrecken lag er da, während er von allen vertrauten Dingen des Alltags umgeben war.
Als er seine Augen öffnete, um nachzusehen, ob die Flekken kleiner geworden seien, erinnerte er sich an George. Irgend etwas rührte sich in den unergründlichen Tiefen seines Herzens. »George, George«, flüsterte er. Wer war George? Niemand – nur ein gewöhnlicher Dienstbote. Mutter und Ada und Kitty waren viel wichtiger. Aber er war zu klein für eine solche Überlegung. Er merkte noch nicht einmal, daß er, als er sich seinem Kummer hingab, die geisterhaften Erscheinungen überwand und in Schlaf fiel.

3

Sunnington war die nächste Station in Maurices Laufbahn. Er passierte sie, ohne Aufmerksamkeit zu erregen. Er lernte nicht besonders gut, obwohl er besser war, als er vorgab, und auch beim Sport leistete er nichts Außerordentliches. Wenn er jemandem auffiel, dann mochte dieser ihn, da er ein offenes, freundliches Gesicht hatte und da er aufmerkte, wenn man Notiz von ihm nahm. Aber es waren so viele Jungen wie er – sie bildeten das Rückgrat der Schule, und wir können unsere Aufmerksamkeit nicht jedem einzelnen Wirbel widmen. Er tat das Übliche – behielt, was man ihm einmal eingebläut hatte, wurde im humanistischen Zweig von Klasse zu Klasse versetzt, bis er in der sechsten beinahe sitzenblieb, wurde Vertrauensschüler und später Schulsprecher und Mitglied des Obersten Rates der Fünfzehn. Obgleich schwerfällig, war er kräftig und besaß körperlichen Schneid! Kricket spielte er nicht so gut. Nachdem er als Neuling schikaniert worden war, schikanierte er die anderen Jungen, wenn sie ihm unglücklich oder schwach zu sein schienen, nicht weil er grausam war, sondern weil es sich so gehörte. Mit einem Wort, er war ein mittelmäßiges Mitglied einer mittelmäßigen Schule und hinterließ einen zugleich blassen und vorteilhaften Eindruck. »Hall? Warten Sie einen Augenblick, wer war Hall? Ach ja, ich erinnere mich: ganz guter Durchschnitt.«

Unabhängig von all dem herrschte in seinem Innern ein verwirrendes Durcheinander. Er hatte die frühreife Reinheit des Kindes verloren, das die ganze Welt verändert und erklärt und dabei Antworten von wundervoller Einsicht und Schönheit bereithält. »Kindermund...«, aber nicht der Mund eines sechzehnjährigen Jungen. Maurice vergaß, daß er je geschlechtslos gewesen war, und in der Pubertät wurde ihm lediglich bewußt, wie richtig und rein die Empfindungen seiner frühesten Kindheit gewesen sein mußten. Er fiel jetzt weit hinter sie zurück, denn er durchschritt »das Tal der Schatten des Lebens«. Es liegt zwischen den niedrigen und den höheren Bergen, und niemand gelangt hindurch, ohne nicht auch seine Nebelschleier einzuatmen. Er tappte länger darin herum, als die meisten anderen Jungen.

Wo alles dunkel und ohne Erfüllung bleibt, ist ein Traum das beste Gleichnis. Maurice hatte während seiner Schulzeit zwei Träume; sie werden helfen, ihn zu ergründen.

Im ersten Traum verspürte er großen Widerwillen. Er spielte Fußball gegen eine undefinierbare Person, deren Existenz ihn ärgerte. Er strengte sich an, und die undefinierbare Person verwandelte sich in George, den Gärtnerburschen. Aber er mußte vorsichtig sein, sonst würde er wieder verschwinden. George stürmte quer über das Feld auf ihn zu, er war nackt und sprang über die Holzstapel. »Ich werde wahnsinnig, wenn George sich jetzt wieder zurückverwandelt«, dachte Maurice und in dem Moment, als sie aufeinanderprallten, passierte eben dies, und eine furchtbare Enttäuschung weckte ihn. Er sah zwar keine Verbindung zu Mr. Ducies Moralpredigt, noch weniger zu seinem zweiten Traum, aber er glaubte, er sei drauf und dran, krank zu werden, und dann, es sei vielleicht eine Strafe für irgend etwas.

Der zweite Traum ist schwerer zu vermitteln. Es geschah gar nichts. Kaum sah er ein Gesicht, kaum hörte er, wie eine Stimme sagte: »Dies ist dein Freund«, war er schon vorbei. Der Traum hatte ihn mit Schönheit erfüllt und ihn dabei Zärtlichkeit gelehrt. Er hätte sterben mögen für einen solchen Freund, er würde es zulassen, daß so ein Freund für ihn starb; sie würden jedes Opfer füreinander bringen, und die Welt wäre ihnen gleichgültig. Weder Tod, noch Entfernung, noch Streit würde sie trennen können, denn: »Dies ist mein Freund.« Bald darauf wurde er konfirmiert, und er versuchte sich einzureden, der

Freund müsse Christus sein. Aber Christus hatte einen ekligen Bart. War er ein griechischer Gott, so wie er im Wörterbuch der Antike abgebildet war? Schon eher, aber höchstwahrscheinlich war er einfach ein Mann. Maurice vermied es, seinem Traum deutlichere Konturen zu geben. Er hatte ihn so weit in die Wirklichkeit gezerrt, wie irgend möglich. Er würde diesem Mann niemals begegnen, und auch diese Stimme würde er nicht noch einmal vernehmen, und doch war sie wirklicher als alles, was er kannte, und sie würde ihn sogar...

»Hall! Er träumt schon wieder! Hundert Zeilen!«

»Sir... oh! Absoluter Dativ.«

»Er träumt schon wieder. Zu spät.«

... sie würde ihn sogar bei hellem Tageslicht zu sich heranziehen und einen Vorhang herabfallen lassen. Er machte sich dann das Gesicht und die vier Wörter wieder zu eigen, würde auftauchen aus dem Traum und sich nach Zärtlichkeit sehnen und den Wunsch verspüren, jedermann gegenüber nett zu sein, weil sein Freund es so wollte, und gut zu sein, damit sein Freund ihm noch inniger zugetan war. Auf eine bestimmte Weise war dennoch Kummer in dieser Glückseligkeit. Es schien gewiß, daß er keinen Freund hatte, und ebenso, daß er einen besaß, und er würde einen einsamen Ort für seine Tränen aufsuchen und diese den hundert Zeilen zuschreiben.

Mauricens heimliches Leben läßt sich nun verstehen; es war teils erschreckend und teils so vollkommen wie seine Träume.

Sobald sich sein Körper entwickelte, dachte er sich schmutzige Spiele aus. Er glaubte, ein besonderer Fluch habe ihn getroffen, aber er konnte nichts dagegen tun, denn sogar als er das Heilige Abendmahl empfing, kamen ihm schmutzige Gedanken. Die Atmosphäre der Schule war rein und unschuldig – das heißt, kurz vor seinem Eintritt hatte es einen fürchterlichen Skandal gegeben. Das schwarze Schaf war verstoßen worden, die übrigen wurden den ganzen Tag über hart rangenommen und des Nachts streng beaufsichtigt, und so war es sein Glück – oder auch sein Unglück –, daß sich ihm wenig Gelegenheit bot, Erfahrungen mit seinen Mitschülern auszutauschen. Er war ganz wild auf Zoten, aber er bekam selten welche zu hören, und noch seltener konnte er selbst welche beitragen, und seine schlimmste Ungehörigkeit war die Einsamkeit. Bücher: Die Schulbibliothek enthielt nichts Verfängliches, aber in derjenigen seines Großvaters stieß er einmal auf eine ungereinigte Ausgabe des Martial und wankte mit roten Ohren aus dem Raum. Gedanken: Er verfügte über eine schmutzige kleine Sammlung. Handlungen: Nachdem der Reiz des Neuen nachgelassen hatte, wandte er sich von ihnen ab und fand, daß sie ihn eher ermüdeten, statt ihm Vergnügen zu bereiten.

All dies, wenn es überhaupt verstanden werden kann, spielte sich in einer Art Trance ab. Maurice war im Tal der Schatten, tief unterhalb aller erreichbaren Gipfel, in einen schweren Schlaf gefallen, aber das wußte er nicht und auch nicht, daß seine Schulkameraden auf ähnliche Weise schliefen.

Die andere Hälfte seines Lebens schien unendlich weit entfernt zu sein von jeglicher Obszönität. Als er in der Schule vorankam, fing er an, andere Jungen zu verehren. Wenn ein solcher Junge, mochte er nun älter oder jünger sein als er selbst, zugegen war, lachte er laut, redete Unsinn und war unfähig zu konzentrierter Arbeit. Er wagte es nicht, besonders nett zu sein – darauf kam es auch gar nicht so an – und schon überhaupt nicht, seine Bewunderung in Worte zu fassen. So zog sich der Angebetete über kurz oder lang zurück und verdammte ihn zum Schmollen. Er konnte sich jedoch rächen. Manchmal verehrten andere Jungen ihn glühend, und wenn er dies bemerkte, dann ließ er sie links liegen. Einmal ging die Anbetung von beiden Seiten aus, beide sehnten sich nach etwas, von dem sie nicht wußten, was es war, aber das Ergebnis war das gleiche. Nach ein paar Tagen stritten sie sich. All das entstammte dem Chaos, in dem das Gefühl für Schönheit und Zärtlichkeit, die er beide zum ersten Mal in einem Traum empfunden hatte, wurzelte. Sie wuchsen mit jedem Jahr, gediehen üppig wie Pflanzen, die nur Blätter tragen und nicht die geringste Andeutung von Blüten aufweisen. Gegen Ende seiner Schulzeit in Sunnington kam das Wachstum zum Stillstand. Der komplizierte Prozeß wurde unterbrochen, Schweigen breitete sich aus, und der Jüngling begann, äußerst scheu um sich zu blicken.

4

Er war fast neunzehn.
Bei der Abschlußfeier stand er auf dem Podium und trug eine feierliche Rede in griechischer Sprache vor, die er selbst abgefaßt hatte. In der Aula saßen lauter Schuljungen mit ihren Eltern, aber Maurice tat so, als wende er sich an die Mitglieder der Haager Friedenskonferenz und weise sie auf die Unsinnigkeit ihrer Einstellung hin. »Was für eine Torheit ist dies, o Völker Europens, davon zu sprechen, den Krieg abzuschaffen? Wie denn? Ist Ares etwa nicht der Sohn des Zeus? Überdies macht der Krieg Euch widerstandsfähiger, indem er Eure Glieder stählt, wahrlich nicht wie jene meines Widersachers.« Das Griechisch war miserabel: Maurice hatte den Preis für seinen Gedankengang erhalten, und auch das nur gerade so. Während der Prüfung hatte der Lehrer ein Auge zu seinen Gunsten zugedrückt, da er die Schule verließ und ein ordentlicher Junge war und überdies nach Cambridge ging, wo Preisbücher in den Regalen für die Schule Reklame machen würden. So wurde ihm unter stürmischem Beifall die *Geschichte Griechenlands* von Grote überreicht. Während er auf seinen Platz ganz in der Nähe seiner Mutter zurückkehrte, bemerkte er, daß er beliebt war, und er wußte nicht, warum. Das Klatschen hielt an – es wuchs sich zu einer Ovation aus; auf der anderen Seite des Saales trampelten, mit hochroten Gesichtern, Ada und Kitty wild mit ihren Füßen. Einige seiner Freunde, die ebenfalls von der Schule abgingen, riefen »Kommentar«. Das war nicht gestattet und wurde von den Autoritäten unterbunden, aber der Rektor erhob sich in eigener Person und sagte ein paar Worte. Hall sei einer von ihnen, und sie würden niemals aufhören, ihn dies fühlen zu lassen. Die Worte waren angemessen. Die Schule spendete Beifall, nicht weil Maurice herausragend gewesen wäre, sondern weil er

durchschnittlich war. In ihm konnte sie sich selbst feiern. Hinterher umringten ihn die Leute und meinten etwas gefühlsselig: »Wirklich gut, alter Junge« und sogar: »Es wird fade sein in diesem Loch ohne dich.« Auch seine Verwandten profitierten von seinem Triumph. Bei vorangegangenen Besuchen war er abscheulich zu ihnen gewesen. »Tut mir leid, Mater, aber du und die Mädchen, ihr werdet alleine nach Hause gehen müssen«, hatte seine Bemerkung nach einem Fußballspiel gelautet, als sie versucht hatten, ihm – dreck- und ruhmbekleckert wie er war – Gesellschaft zu leisten. Ada hatte damals geweint. Jetzt plauderte Ada geschickt mit dem Schulsprecher, Kitty wurde von allen Seiten mit Gebäck eingedeckt, und seine Mutter hörte der Frau seines Rektors zu, die ihrer Enttäuschung über die Installation einer Zentralheizung Ausdruck gab. Alles stimmte plötzlich harmonisch zusammen. War dies die Welt?

Ein paar Meter weiter entdeckte er Dr. Barry, ihren Nachbarn von zu Hause, der seinen Blick auffing und in seiner ihm eigenen, eher beunruhigenden Art ausrief: »Herzliche Glückwünsche zu deinem Triumph, Maurice. Überwältigend! Ich stoße mit dieser Tasse ...« – und er leerte sie bis zur Neige – »äußerst scheußlichen Tees darauf an.«

Maurice lachte und gesellte sich etwas schuldbewußt zu ihm, denn ihn drückte ein schlechtes Gewissen. Dr. Barry hatte ihn darum gebeten, seinen kleinen Neffen, der in diesem Trimester eingeschult worden war, ein wenig unter seine Fittiche zu nehmen, aber er hatte sich überhaupt nicht um ihn gekümmert – das war nicht nett gewesen. Jetzt, da es zu spät war und er sich wie ein Mann fühlte, wünschte er, daß er mehr Zivilcourage bewiesen hätte.

»Und wie lautet die nächste Station deiner triumphalen Laufbahn? Cambridge?«

»Das meinen alle.«

»Das meinen alle, wirklich? Und was meinst du selbst dazu?«

»Ich weiß nicht«, erwiderte der Held gutgelaunt.
»Und nach Cambridge, was kommt dann? Die Börse?«
»Ich glaube schon – der alte Partner meines Vaters spricht davon, mich in die Firma aufzunehmen, wenn alles gutgeht.«
»Und nachdem dich der alte Partner deines Vaters aufgenommen hat? Was dann? Eine hübsche Frau?«
Maurice lachte wieder.
»Wer wird die erwartungsvolle Welt mit einem Maurice dem Dritten beschenken? Danach das Alter, Enkelkinder, schließlich die Radieschen von unten. Das ist also deine Vorstellung von einer Laufbahn. Nun, meine ist es nicht.«
»Was ist denn Ihre Vorstellung, Doktor?« rief Kitty.
»Den Schwachen zu helfen und Unrecht wieder gutzumachen, meine Liebe«, antwortete er und sah zu ihr hinüber.
»Ich bin sicher, dies ist unser aller Vorstellung«, sagte die Frau des Rektors, und Mrs. Hall pflichtete ihr bei.
»Oh, nein, das stimmt nicht. Und auch ich bin nicht konsequent, sonst würde ich nach meinem Dicki Ausschau halten, statt auf dieser Bühne des Ruhms meine Zeit zu vertrödeln.«
»Bringen Sie doch den lieben Dicki dazu, mir guten Tag zu sagen«, bat Mrs. Hall. »Ist sein Vater auch hier?«
»Mutter!« flüsterte Kitty.
»Ganz recht. Mein Bruder ist voriges Jahr gestorben«, antwortete Dr. Barry. »Der Vorfall ist Ihrem Gedächtnis entfallen. Der Krieg hat seine Glieder weder gestählt, noch hat er ihn widerstandsfähig gemacht, wie Maurice so schön vermutet. Er hat eine Granate in den Bauch bekommen.«
Er drehte sich um und ging.
»Ich glaube, Dr. Barry wird allmählich zynisch«, meinte Ada.
»Ich glaube, er ist eifersüchtig.«
Sie hatte recht: Dr. Barry, der zu seiner Zeit ein Schürzenjäger gewesen war, reagierte gereizt auf die robuste Natur junger Männer. Der arme Maurice stieß noch einmal auf

ihn. Er hatte der Frau des Rektors, die hübsch und gegenüber den älteren Jungen immer sehr zuvorkommend war, gerade auf Wiedersehen gesagt. Sie drückten einander herzlich die Hände. Als er sich abwandte, hörte er, wie Dr. Barry sagte: »Nun, Maurice; sowohl in der Liebe als auch im Krieg ein unwiderstehlicher Jüngling?« Und er fing seinen zynischen Blick auf.

»Ich weiß nicht, was Sie meinen, Dr. Barry.«

»Oh, ihr jungen Burschen! Tut doch nicht so, als könntet ihr kein Wässerchen trüben. Du weißt also nicht, was ich meine! Zimperlich wegen eines Unterrocks! Sei offen, Mann, sei offen. Du kannst niemanden täuschen. Offen sein, heißt arglos sein. Ich bin Arzt und außerdem ein alter Mann, und ich sage es dir. Der Mann ist vom Weibe geboren und muß zum Weibe gehen, wenn die menschliche Rasse überdauern soll.«

Maurice starrte der Frau des Rektors nach, und plötzlich überkam ihn ein heftiger Widerwille; er errötete: Er hatte sich an Mr. Ducies Zeichnungen erinnert. Ein Verdruß – bei weitem nicht etwas so Erhabenes wie Leid – wurde bis an die Oberfläche seines Bewußtseins getrieben, breitete dort seine plumpe Häßlichkeit aus und sank wieder hinab. Er fragte sich nicht nach seiner genauen Beschaffenheit, denn so weit war er noch nicht, doch der Hinweis erschreckte ihn, und obwohl er ein Held war, sehnte er sich doch danach, wieder ein kleiner Junge zu sein und für immer halb wachend, halb schlafend am grauen Meer entlangzuschlendern. Dr. Barry fuhr fort, ihm einen Vortrag zu halten, und sagte unter dem Deckmantel der Freundlichkeit vieles, was ihm Kummer bereitete.

5

Er wählte ein College, das von seinem besten Schulfreund Chapman und von anderen Sunningtonern bevorzugt wurde, und während des ersten Jahres schaffte er es irgendwie, wenig von den ihm unvertrauten Seiten des Universitätslebens mitzubekommen. Er gehörte einem Klub ehemaliger Schüler an. Sie trieben zusammen Sport, tranken gemeinsam Tee und aßen gemeinsam zu Mittag, hielten ihren Lokalpatriotismus und ihren Jargon hoch, saßen Seite an Seite in der Mensa und spazierten Arm in Arm durch die Straßen. Dann und wann betranken sie sich und prahlten höchst geheimnistuerisch mit Weibergeschichten, aber die Warte, von der aus sie das Leben betrachteten, blieb die der fünften Klasse der Oberstufe, und bei einigen von ihnen änderte sich dies das ganze Leben hindurch nicht. Es herrschte keine Fehde zwischen ihnen und den anderen Studenten, aber sie kapselten sich zu stark ab, um beliebt zu sein, sie waren zu mittelmäßig, um eine herausragende Rolle spielen zu können, und sie fanden kein Interesse daran, Kommilitonen, die von anderen Public Schools gekommen waren, kennenzulernen. Das aber kam Maurice gelegen. Er war von Natur aus träge. Wenn auch keine seiner Schwierigkeiten einer Lösung näher gebracht wurde, so kamen doch auch keine neuen hinzu, was immerhin schon etwas ist. Die trügerische Stille dauerte an. Er wurde nicht mehr so oft von fleischlichen Gedanken heimgesucht. Ruhig stand er in der Dunkelheit, statt blind in ihr herumzutappen, als sei dies das Ziel, auf das sich Körper und Seele unter so vielen Schmerzen vorbereitet hätten.

Während des zweiten Jahres ging eine Veränderung mit ihm vor. Er war in das College eingetreten, und es machte sich daran, ihn zu verdauen. Seine Tage mochte er zwar wie zuvor verbringen, aber wenn sich die Tore des Nachts hinter ihm schlossen, begann eine neue Entwicklung. Schon als Neuling hatte er die wichtige Entdeckung gemacht, daß erwachsene Männer höflich miteinander umgehen, wenn kein Grund für das Gegenteil vorliegt. Einige Studenten aus dem dritten Jahr hatten ihn in seiner Bude besucht. Er hatte erwartet, daß sie sein Geschirr zerschmeißen und sich angesichts des Fotos seiner Mutter in Beleidigungen ergehen würden, und als sie dies nicht taten, überlegte er sich nicht mehr, wie er eines Tages am besten das ihre zerbrechen könne, und gewann somit viel Zeit. Das Verhalten der Tutoren war eher noch bemerkenswerter. Maurice hatte nur auf eine solche Atmosphäre gewartet, um selbst sanftmütiger zu werden. Er fand keine Freude daran, roh und grausam zu sein. Es widersprach seiner Natur. Auf der Schule aber war es notwendig gewesen, andernfalls wäre er draufgegangen, und er hatte vermutet, es würde auf dem größeren Schlachtfeld der Universität noch wichtiger sein.

Als er dann wirklich dem College angehörte, vervielfältigten sich seine Entdeckungen. Es zeigte sich, daß die Menschen hier durchaus lebendige Wesen waren. Bis dahin hatte er geglaubt, sie *wären* das, was er *vorgab* zu sein – leere Hülsen, nichtsahnend und austauschbar, aber wenn er nun abends im Innenhof herumschlenderte und durch die Fenster beobachtete, wie einige Studenten sangen, andere miteinander diskutierten und wieder andere über ihren Büchern saßen, kam er ganz von selbst zu der Überzeugung, dies müßten menschliche Wesen sein, mit Gefühlen, die seinen eigenen ähnelten. Seit der Schulzeit bei Mr. Abrahams war er nicht mehr offen gewesen, und er hatte trotz der Ermahnungen von Dr. Barry nie die Absicht gehabt, damit einen Anfang zu machen, aber er sah, daß während er andere betrogen hatte, er selbst betrogen worden war, und er jene als leere Kreaturen verkannt hatte, denen er als eine solche erscheinen wollte. Nein, auch sie hatten ein Gefühlsleben. »Aber, bei Gott, nicht so ein Gefühlsleben wie das meine.«

Sobald er die anderen Menschen als existierende Wesen ansah, wurde Maurice bescheiden und war sich seiner Sünden bewußt: In der ganzen Schöpfung konnte es niemanden geben, der so schändlich war wie er. Kein Wunder, daß er tat, als sei er eine leere, austauschbare Hülse; wenn man erführe, wie er wirklich war, würde man ihn aus der Welt hinausjagen. Gott, der im großen und ganzen eine zu schwierige Aufgabe darstellte, ängstigte ihn nicht: Er konnte sich keine Mißbilligung vorstellen, die schrecklicher wäre als, sagen wir, diejenige durch Joey Fetherstonhaugh, der die Räume unter ihm bewohnte, oder eine Hölle, die so schlimm wie Coventry war.

Kurz nach dieser Entdeckung ging er mit Mr. Cornwallis, dem Dekan, zum Mittagessen.

Es waren noch zwei Gäste dort, Chapman und ein Bakkalaureus der Philosophischen Fakultät des Trinity-College, ein Verwandter des Dekans namens Risley. Risley war schwarzhaarig, groß und affektiert. Als er vorgestellt wurde, machte er eine übertriebene Geste, und wenn er redete, was andauernd der Fall war, erging er sich in kräftigen, jedoch gezielten Superlativen. Chapman suchte den Blick von Maurice und blähte seine Nüstern, um ihn einzuladen, gegen den Neuankömmling Partei zu ergreifen. Maurice jedoch wollte noch etwas abwarten. Seine Abneigung, jemanden zu verletzen, wuchs, und außerdem war er sich nicht sicher, ob er Risley wirklich verabscheute, obwohl kein Zweifel darüber bestand, daß er es eigentlich tun sollte und einen Augenblick später dann auch tat. So wagte sich Chapman alleine vor. Als er herausgefunden hatte, daß Risley Musik abgöttisch liebte, begann er sogleich, sie herabzusetzen, und sagte: »Ich beteilige mich nicht daran, etwas Besonderes sein zu wollen« und so weiter.

»Ich schon!«
»Oh, tatsächlich! In diesem Fall bitte ich Sie um Verzeihung.«
»Kommen Sie, Chapman, Sie müssen hungrig sein«, rief Mr. Cornwallis und versprach sich einigen Spaß beim Mittagessen.
»Könnte mir denken, Mr. Risley ist es nicht. Ich habe ihn mit meinem banalen Geschwätz ganz aus der Fassung gebracht.«
Sie setzten sich, und Risley wandte sich mit einem Kichern an Maurice und sagte: »Mir fällt einfach *keine* Antwort darauf ein«; in jedem Satz betonte er ein Wort besonders stark. »Es ist so erniedrigend. Ein ›Nein‹ wäre nicht angemessen. Ein ›Ja‹ wäre nicht angemessen. Was kann man nur *tun*?«
»Was halten Sie davon, überhaupt nichts zu sagen?« meinte der Dekan.
»Überhaupt nichts zu sagen? Schrecklich. Sie müssen verrückt sein.«
»Darf man fragen, ob Sie ununterbrochen reden?« erkundigte sich Chapman.
Risley erwiderte, genau das tue er.
»Und es langweilt Sie niemals?«
»*Niemals.*«
»Und andere Leute langweilt es auch nicht?«
»*Niemals.*«
»Eigenartig.«
»Tun Sie bloß nicht so, als hätte ich Sie gelangweilt. Stimmt nicht, stimmt nicht. Sie strahlen ja.«
»Falls ich es tue, dann sicherlich nicht Ihretwegen«, sagte Chapman, der jähzornig war.
Maurice und der Dekan lachten.
»Mir fällt wieder einmal keine Antwort ein: Wie erstaunlich doch die Schwierigkeiten einer Unterhaltung sind.«
»Sie scheinen besser mit ihnen fertigzuwerden als die meisten von uns«, bemerkte Maurice. Er hatte bisher

nichts gesagt, und seine Stimme, die leise, aber sehr barsch war, ließ Risley zusammenzucken.
»Natürlich. Es ist meine Stärke. Konversation ist das einzige, wofür ich mich interessiere.«
»Ist das Ihr Ernst?«
»Alles, was ich sage, ist mein Ernst.« Irgendwie wußte Maurice, daß dies der Wahrheit entsprach. Risleys Ernsthaftigkeit war ihm sofort aufgefallen. »Und sind Sie ernsthaft?«
»Fragen Sie mich nicht.«
»Dann sprechen Sie so lange, bis Sie es werden.«
»Blödsinn«, knurrte der Dekan.
Chapman lachte ungestüm.
»Blödsinn?« Er fragte Maurice, von dem man, wenn er recht begriff, die Antwort erwarten konnte: Taten seien wichtiger als Worte.
»Worin liegt der Unterschied? Worte *sind* Taten. Wollen Sie etwa behaupten, daß diese fünf Minuten in den Räumen von Cornwallis nichts bei Ihnen bewirkt haben? Werden Sie zum Beispiel *jemals* vergessen, mir begegnet zu sein?«
Chapman stöhnte.
»Das wird er eben nicht, und Sie ebensowenig. Und dann wird einem gesagt, man solle etwas tun.«
Der Dekan kam den beiden Sunningtonern zu Hilfe. Er sagte zu seinem jungen Vetter: »Was das Erinnerungsvermögen anbetrifft, so bist du nicht maßgebend. Du verwechselst die wichtigen Dinge mit den eindrucksvollen. Es besteht gar kein Zweifel darüber, daß Chapman und Hall sich immer daran erinnern werden, daß sie dir begegnet sind...«
»Und vergessen werden, daß dies ein Kotelett ist. Recht so.«
»Das Kotelett wird ihnen gut bekommen, du jedoch nicht.«
»Blödmann!«
»Das ist ja wie in einem Buch«, sagte Chapman. »Was meinst du, Hall?«
»Ich bin der Ansicht«, sagte Risley, »oh, ich bin ganz

entschieden der Ansicht, daß dieses Kotelett euer Unterbewußtsein beeinflußt, ich hingegen euer Bewußtsein, und demzufolge bin ich nicht nur eindrucksvoller als dieses Kotelett, sondern auch wichtiger. Euer Dekan hier, der in mittelalterlicher Finsternis weilt und der von euch dasselbe erhofft, behauptet, nur das Unterbewußte, nur der Teil von euch, der ohne euer Wissen beeinflußt werden kann, sei wichtig, und so träufelt er Tag für Tag schlafördernde Mittel...«

»Ach, hör auf«, sagte der Dekan.

»Aber ich bin ein Kind des Lichts...«

»Ach, hör auf.«

Und er lenkte die Unterhaltung in normale Bahnen. Obwohl Risley dauernd über sich selbst sprach, war er nicht egozentrisch. Er unterbrach niemanden. Auch heuchelte er keine Gleichgültigkeit. Er sprang wie ein Delphin und begleitete sie überallhin, ohne die Richtung ihres Gespräches zu behindern. Es war ein Spiel für ihn, aber ein ernsthaftes. Es war genauso wichtig für ihn, hin- und herzuspringen, wie für sie voranzukommen, und er liebte es, sich dicht bei ihnen zu halten. Noch vor ein paar Monaten wäre Maurice mit Chapman einer Meinung gewesen, aber jetzt war er sicher, daß der Mann ein interessantes Innenleben hatte, und er war neugierig, ob er ihn näher kennenlernen werde. Er fühlte sich geschmeichelt, als Risley nach dem Mittagessen am Fuß der Treppe auf ihn wartete und sagte:

»Sie haben es nicht bemerkt. Aber mein Vetter ist kein Mensch.«

»Für uns ist er gut genug; das ist alles, was ich weiß«, explodierte Chapman. »Er ist absolut wundervoll.«

»Eben. Genau wie Eunuchen.« Und er verschwand.

»Nun, ich werde Ihnen...«, rief der andere, aber mit britischer Selbstbeherrschung verschluckte er das Verb. Er war zutiefst empört. Er habe nichts gegen starken Tobak, aber in Maßen, äußerte er Maurice gegenüber. Das sei jedoch zuviel. Es sei ungezogen, nicht gentlemanlike, der Bursche könne keine Public School besucht haben. Maurice pflichtete ihm bei. »Man kann seinen Vetter einen Scheißkerl nennen, wenn man will, aber nicht einen Eunuchen. Verdammt schlechter Stil!« Nichtsdestoweniger hatte er seinen Spaß daran, und wann immer er in Zukunft gemaßregelt wurde, kamen ihm boshafte und ungereimte Gedanken über den Dekan in den Sinn.

6

Den ganzen Tag und auch noch den folgenden überlegte Maurice,wie er es anstellen müsse, um diesen komischen Kauz wiederzusehen. Die Aussichten waren schlecht. Er mochte sich einem Studenten des höheren Semesters nicht aufdrängen, und außerdem waren sie in verschiedenen Colleges untergebracht. Er vermutete, Risley werde im Debattierklub gut bekannt sein, und so ging er zur Dienstagsdiskussion in der Hoffnung, ihn dort reden zu hören. Vielleicht konnte man ihn in der Öffentlichkeit leichter verstehen. Er fühlte sich zu dem Mann nicht in der Weise hingezogen, daß er ihn sich als Freund wünschte, aber er spürte, daß Risley ihm möglicherweise helfen könne – wie, das war ihm nicht ganz klar. Das alles war sehr undurchsichtig, denn die Berge überschatteten Maurice immer noch. Risley, der sicherlich auf dem Gipfel Luftsprünge vollführte, konnte ihm vielleicht eine helfende Hand entgegenstrecken.

Als er im Debattierklub kein Glück hatte, setzte eine Reaktion ein. Er wünschte von niemandem Hilfe; er fühlte sich wohl. Außerdem würde keiner seiner Freunde Risley ausstehen können, und er mußte zu seinen Freunden halten. Aber dieses Gefühl verschwand bald wieder, und er hatte mehr als je zuvor das Verlangen, ihn zu sehen. Wenn Risley schon so wunderlich war, warum durfte er dann nicht ebenso wunderlich sein und alle studentischen Konventionen über den Haufen werfen, indem er ihn einfach besuchte? Man sollte sich schließlich »wie ein Mensch verhalten«,und es war nur menschlich, jemanden zu besuchen. Von dieser Entdeckung äußerst überrascht, entschloß sich Maurice dazu, ebenfalls den Bohemien zu spielen und das Zimmer mit einem witzigen Ausspruch à la Risley zu betreten. »Sie waren sicherlich auf mehr gefaßt, als Sie nun fassen können«, kam ihm in den Sinn. Es klang

nicht sehr gut, aber Risley war klug gewesen und hatte ihm nicht das Gefühl vermittelt, ein Tolpatsch zu sein, und so würde er den Satz abfeuern, falls ihm nicht noch etwas Besseres einfiel, und das übrige dem Zufall überlassen.
Denn die Geschichte hatte sich zu einem Abenteuer ausgewachsen. Dieser Mann, der sagte, man solle »reden, reden«, hatte Maurice auf unbegreifliche Weise aufgewühlt. Eines Abends, kurz vor zehn Uhr, schlüpfte er ins Trinity-College und wartete im großen Hof, bis die Tore hinter ihm geschlossen wurden. Aufschauend nahm er Notiz von der Nacht. Normalerweise war er gleichgültig gegenüber schönen Dingen, aber was für eine Galavorstellung der Sterne! Und wie das Wasser im Brunnen plätscherte, nachdem das Glockengeläut schwächer wurde und überall in Cambridge die Türen und Tore verriegelt worden waren. Er war umgeben von lauter Leuten des Trinity-College – alle von außergewöhnlichem Intellekt und großer Bildung. Mauricens Clique hatte über Trinity gelacht, aber sie konnten seinen hochmütigen Glanz nicht ignorieren oder seine Überlegenheit leugnen, obgleich sich hier kaum jemand die Mühe machte, diese zu betonen. Er war ohne ihr Wissen gekommen, weil er ganz bescheiden um ihre Hilfe bitten wollte. Seine witzige Begrüßung wirkte billig in dieser Atmosphäre, und sein Herz schlug heftig. Er schämte sich und hatte Angst.
Risleys Zimmer lagen am Ende eines kurzen Flurs, der unbeleuchtet war, da ihn keine Hindernisse verstellten, so daß sich die Besucher an der Wand entlangtasteten, bis sie an die Tür stießen. Maurice prallte früher gegen sie, als er erwartet hatte – es war ein ziemlich heftiger Stoß –, und während die Türfüllung vibrierte, rief er laut: »Oh, verdammt!«
»Herein«, rief eine Stimme. Ihn erwartete eine Enttäuschung. Die Stimme gehörte einem Studenten seines eigenen College; er hieß Durham. Risley war ausgegangen.
»Sie wollen zu Mr. Risley? Oh, hallo, Hall!«
»Hallo! Wo ist Risley?«

»Ich weiß nicht.«
»Ach, es ist nichts Besonderes. Ich gehe wieder.«
»Gehen Sie ins College zurück?« fragte Durham, ohne aufzuschauen. Er hockte auf dem Fußboden über einem Stapel von Schallplatten.
»Ich glaube schon, er ist ja nicht hier. Ich wollte nichts Besonderes.«
»Warten Sie eine Sekunde, ich komme mit. Ich suche gerade die Symphonie Pathétique.«
Maurice sah sich in Risleys Zimmer um und überlegte, was wohl schon alles in ihm gesagt worden sei, dann setzte er sich auf die Tischkante und betrachtete Durham. Dieser war ein zierlicher Mann – äußerst zierlich –, der sich ganz natürlich gab; er hatte ein hübsches Gesicht, das sich, als Maurice so plötzlich hereingeplatzt war, mit Rot übergossen hatte. Im College galt er als intelligent, aber auch als unzugänglich. Nahezu das einzige, was Maurice über ihn gehört hatte war, daß er »zuviel ausging«, und diese Begegnung im Trinity bestätigte es.
»Ich kann den Marsch nicht finden«, sagte er. »Schade.«
»Kann man nichts machen.«
»Ich leihe sie mir aus, um sie auf dem Abspielgerät von Fetherstonhaugh zu spielen.«
»Ach ja, der unter mir.«
»Gehören Sie schon zum College, Hall?«
»Ja, ich fange gerade mein zweites Jahr an.«
»Ach ja, natürlich, ich bin im dritten.«
Er sprach ohne jede Herablassung, und Maurice, der den Respekt vergaß, den er einem älteren Semester gegenüber bezeigen mußte, meinte: »Ich muß sagen, Sie sehen eher wie ein Erstsemester aus.«
»Das stimmt vielleicht, aber ich fühle mich, als sei ich schon Magister.«
Maurice sah ihn aufmerksam an. »Risley ist ein erstaunlicher Bursche«, fuhr der andere fort.
Maurice antwortete nicht.

»Trotzdem, wenn man längere Zeit mit ihm zusammen war, hat man erstmal für eine Weile genug.«

»Und doch denken Sie sich nichts dabei, sich seine Sachen auszuleihen?«

Durham sah von neuem auf. »Sollte ich das nicht?« fragte er.

»Ich mache natürlich nur Spaß«, sagte Maurice und glitt vom Tisch herunter. »Haben Sie diese Musik immer noch nicht gefunden?«

»Nein.«

»Ich muß jetzt nämlich gehen.« Er hatte es nicht eilig, aber sein Herz, das immer noch heftig schlug, trieb ihn dazu, etwas Derartiges zu sagen.

»Nun, da kann man nichts machen.«

Diese Reaktion hatte Maurice nicht beabsichtigt. »Was suchen Sie denn?« fragte er und trat näher.

»Den Marsch aus der Pathétique . . .«

»Das sagt mir nichts. Mögen Sie diese Art von Musik?«

»Allerdings.«

»Ein guter Walzer ist mehr nach meinem Geschmack.«

»Nach meinem auch«, entgegnete Durham und sah ihn an. Meistens wich Maurice dem Blick seines Gegenübers aus, aber jetzt hielt er ihm stand. Dann sagte Durham: »Der andere Satz ist eventuell in dem Stapel dort am Fenster. Ich sehe einmal nach. Es wird nicht lange dauern.«

Maurice sagte energisch: »Ich muß jetzt aber wirklich gehen.«

»Gut, ich bleibe noch.«

Erschöpft und einsam ging Maurice fort. Die Sterne waren nur noch ganz verschwommen zu sehen, die Nacht drohte regnerisch zu werden. Aber während der Pförtner die Schlüssel in das Tor steckte, hörte er schnelle Schritte hinter sich.

»Haben Sie den Marsch gefunden?«

»Nein, ich dachte, ich komme lieber mit Ihnen.«

Maurice ging ein paar Schritte, ohne etwas zu sagen, und meinte dann: »Geben Sie mir doch ein paar von diesen Dingern zum Tragen.«
»Ich hab' sie ganz gut verstaut.«
»Geben Sie schon her«, sagte Maurice barsch und zerrte die Schallplatten unter Durhams Arm hervor. Dann schwiegen sie. In ihrem College angekommen, gingen sie direkt in das Zimmer von Fetherstonhaugh, wo sie noch ein bißchen Musik hören konnten, bevor es elf Uhr war. Durham setzte sich vor das Grammophon. Maurice kniete sich neben ihn.
»Wußte gar nicht, daß Sie musische Ambitionen haben, Hall«, meinte ihr Gastgeber.
»Hab' ich ja auch gar nicht ... ich möchte die Platten nur mal hören.«
Durham legte eine Platte auf, zögerte und meinte, er fange, vielleicht lieber mit der Platte im Fünfviertel-Takt an.
»Warum?«
»Sie kommt einem Walzer schon näher.«
»Ach, kümmern Sie sich nicht darum. Spielen Sie doch, was *Sie* möchten. Schalten Sie nicht erst um ... das kostet Zeit.«
Aber diesmal konnte er sich nicht durchsetzen. Als er seine Hand nach dem Apparat ausstreckte, sagte Durham: »Sie machen ihn nur kaputt, lassen Sie los«, und er legte die Platte im Fünfviertel-Takt auf.
Maurice lauschte der Musik aufmerksam. Er mochte sie ziemlich gern.
»Sie sollten hierher kommen«, sagte Fetherstonhaugh, der am Kamin arbeitete. »Man muß so weit wie möglich von dem Apparat entfernt sein.«
»Ich glaube, Sie haben recht ... Würde es Ihnen etwas ausmachen, es noch einmal zu spielen, falls Fetherstonhaugh nichts dagegen hat?«
»Ja, machen Sie nur Durham. Das ist ein hübsches Stück.«
Durham weigerte sich. Maurice bemerkte, daß er nicht

gerne nachgab. Er sagte: »Ein Satz ist kein Einzelstück, das für sich steht..., man kann ihn nicht einfach wiederholen« – keine unbedingt einsichtige Begründung, aber augenscheinlich stichhaltig. Er spielte das Largo, das alles andere als hübsch war, dann schlug es elf, und Fetherstonhaugh bereitete ihnen einen Tee. Er und Durham standen vor der letzten Prüfung für den Bakkalaureus der Philosophischen Fakultät, und sie fachsimpelten, während Maurice ihnen zuhörte. Seine Erregung hatte sich immer noch nicht gelegt. Er sah, daß Durham nicht nur gescheit war, sondern auch über einen ruhigen und methodisch arbeitenden Verstand verfügte. Er wußte sehr genau, was er lesen wollte, auf welchem Gebiet er nicht so gut war und wie weit die Dozenten ihm helfen konnten. Weder hatte er das blinde Vertrauen in Tutoren und Vorlesungen wie Maurice und seine Clique, noch die Geringschätzung, die Fetherstonhaugh für beides zum Ausdruck brachte. »Man kann immer etwas von den Älteren lernen, selbst wenn sie sich nicht auf dem neuesten Wissensstand befinden.« Sie diskutierten ein bißchen über Sophokles, dann sagte Durham in eine Gesprächspause hinein, es sei eine Pose unter »uns Studenten«, ihn nicht zur Kenntnis zu nehmen, und er riet Fetherstonhaugh, wieder einmal den *Ajax* zu lesen und sein Augenmerk dabei mehr auf die handelnden Personen als auf den Autor zu richten; er werde auf diese Weise dazulernen, und zwar sowohl in bezug auf die griechische Grammatik als auch auf das Leben selbst.
Maurice war von all dem ein wenig enttäuscht. Er hatte irgendwie gehofft, Durham sei unausgewogen. Fetherstonhaugh war ein außergewöhnlicher Mensch, sowohl geistig als auch körperlich, und er verfügte über eine äußerst präzise und gedankenreiche Art zu argumentieren. Doch Durham hörte ungerührt zu, pickte die falschen Behauptungen heraus und stimmte dem übrigen zu. Welche Hoffnung blieb Maurice da noch, der einzig aus windigen Behauptungen bestand? Er verspürte einen Stich. Aufspringend sagte

er gute Nacht, aber sobald er draußen war, bedauerte er seine Hast. Er entschloß sich zu warten, nicht auf der Treppe, da ihm dies denn doch zu albern schien, sondern irgendwo zwischen dem Treppenabsatz und Durhams Zimmer. Er trat auf den Hof hinaus, machte letzteres ausfindig und klopfte sogar an die Tür, obwohl er wußte, daß sein Bewohner nicht da war. Er warf einen Blick hinein und begutachtete Möbel und Bilder im Schein des Kaminfeuers. Daraufhin nahm er auf einer Art Brücke im Hof Aufstellung. Leider war es keine wirkliche Brücke: Sie überspannte lediglich eine leichte Senke in dem Areal, die sich der Architekt für diese besondere Wirkung hatte zunutze machen wollen. Wenn man auf ihr stand, meinte man, in einem fotografischen Atelier zu posieren, das Geländer aber war zu niedrig, um sich dagegen zu lehnen. Dennoch sah Maurice mit seiner Pfeife im Mund einigermaßen natürlich aus, und er hoffte, es werde nicht regnen.

Außer in Fetherstonhaughs Zimmer waren die Lichter überall erloschen. Es schlug zwölf, dann viertel nach. Er mochte wohl eine ganze Stunde auf Durham gewartet haben. Jetzt war ein Geräusch im Treppenhaus zu hören, und die gepflegte kleine Gestalt eilte in einem am Hals zugebundenen Talar und mit ein paar Büchern unterm Arm über den Hof. Auf diesen Augenblick hatte Maurice gewartet, aber plötzlich merkte er, wie er davonschlenderte. Hinter ihm betrat Durham sein Zimmer. Die Gelegenheit drohte vorüberzugehen.

»Gute Nacht«, rief er; seine Stimme versagte ihm, und ihr Klang erschreckte sie beide.

»Wer ist denn da? Gute Nacht, Hall. Noch ein kleiner Spaziergang vorm Zubettgehen?«

»Mache ich meistens. Ich vermute, Sie möchten nicht noch etwas Tee?«

»Soll ich? Nein, vielleicht ist es ein bißchen spät für Tee.« Ziemlich lau fügte er hinzu: »Mögen Sie statt dessen einen Schluck Whisky?«

»Haben Sie einen Tropfen?« fragte Maurice ein wenig allzu hastig.
»Ja . . . kommen Sie rein. Hier hause ich: Erdgeschoß.«
»Oh, hier!«
Durham machte Licht. Das Feuer war jetzt fast erloschen. Er forderte Maurice auf, sich zu setzen, und schob einen Tisch mit Gläsern heran.
»Sagen Sie, wenn es reicht.«
»Danke . . . viel zu viel, viel zu viel.«
»Soda oder pur?« fragte Durham und gähnte.
»Soda«, antwortete Maurice. Aber er konnte unmöglich bleiben, da der Mann müde war und ihn offensichtlich nur aus Höflichkeit hereingebeten hatte. Er trank und kehrte in sein Zimmer zurück, wo er sich mit genügend Tabak versorgte und von neuem auf den Hof hinaustrat.
Es war jetzt vollkommen ruhig und vollkommen dunkel. Maurice ging auf dem geheiligten Rasen auf und ab, er machte keinerlei Geräusche, doch sein Herz hämmerte, während er nach und nach in Schlaf fiel, zuerst sein Gehirn, sein schwächstes Organ. Der übrige Körper folgte, und kurz vor der Morgendämmerung trugen ihn seine Füße die Treppe hinauf. Aber sein Herz war entflammt, und es sollte nie wieder erlöschen. Wenigstens etwas in ihm war aufrichtig.
Am nächsten Morgen fühlte er sich etwas ruhiger. Er hatte eine Erklärung, da er vom Regen, ohne es bemerkt zu haben, vollkommen durchnäßt worden war, und zudem hatte er so gründlich verschlafen, daß er den Gottesdienst und zwei Vorlesungen verpaßte. Es war ihm unmöglich, sein Leben wirklich in den Griff zu bekommen. Nach dem Mittagessen zog er sich zum Fußballspielen um, und als ihm noch genügend Zeit blieb, warf er sich auf das Sofa, um bis zum Tee zu schlafen. Aber er hatte keinen Hunger. Er lehnte eine Einladung ab, schlenderte ein wenig in der Stadt umher, und als er auf ein Türkisches Bad stieß, ging er hinein. Es half gegen seine Erkältung, war aber Schuld

daran, daß er zu einer weiteren Vorlesung zu spät kam. Als Maurice die Mensa betrat, spürte er, daß er die Ansammlung ehemaliger Sunningtoner nicht würde ertragen können, und so drückte er sich, obwohl er sich nicht abgemeldet hatte, und aß im Debattierklub alleine zu Abend. Er sah Risley, blieb jedoch innerlich unbeteiligt. Dann begann ein neuer Abend, und er bemerkte zu seiner Überraschung, daß er einen äußerst klaren Kopf hatte und sechs Stunden Arbeit in drei erledigen konnte. Er ging zur üblichen Zeit zu Bett, und als er aufwachte, fühlte er sich gesund und sehr glücklich. Irgendein Instinkt, tief unterhalb seines Bewußtseins, hatte ihm angeraten, Durham und das, was er über Durham dachte, vierundzwanzig Stunden ruhen zu lassen.

Sie fingen an, sich hin und wieder zu sehen. Durham lud ihn zum Mittagessen ein, und Maurice erwiderte die Einladung, aber nicht allzu schnell. Eine ihm fremde Vorsicht war am Werk. In kleinen Dingen war er immer vorsichtig gewesen, aber dies hier lag auf einer ganz anderen Ebene. Er war auf der Hut, und alles, was er während jenes Herbsttrimesters tat, könnte man sehr gut in einer Sprache schildern, mit der man einen Kampf beschreibt. Er wagte sich auf kein schwieriges Gelände vor. Er spähte sowohl Durhams Schwächen als auch seine Stärken aus. Und vor allem trainierte er seine eigenen Kräfte und möbelte sie auf.

Wenn man von ihm verlangt hätte, sich selbst zu fragen: »Was bedeutet dies alles?« dann hätte er vielleicht geantwortet: »Durham ist nur wieder einer jener Jungen, für die ich mich in der Schule interessiert habe«, aber niemand verlangte von ihm, sich irgend etwas zu fragen, und so marschierte er lediglich stur geradeaus und hielt Mund und Hirn im Zaum. Ein Tag nach dem anderen verschwand mit all seinen Widersprüchen im Abgrund, und er merkte, daß er allmählich Halt fand. Dies war das einzige, was zählte. Wenn er ordentliche Arbeit leistete, sich in Gesellschaft verbindlich gab, war dies nur ein Nebenprodukt, auf das er keinen sonderlichen Wert gelegt hatte. Immer höher zu klettern, eine Hand zum Berggipfel emporzustrecken, bis eine andere Hand sie ergriff, dies war das Ziel, für das er geboren worden war. Er vergaß die übermäßige Erregung der ersten Nacht und die für ihn ganz ungewohnte Wiedererlangung seines Gleichgewichts. Das waren nur Stufen, die er hinter sich ließ. Zu keiner Zeit kamen ihm Zärtlichkeiten oder Gefühlsduselei in den Sinn; wenn er an Durham dachte, blieb er gelassen. Durham mochte ihn, dessen war er sich sicher. Das war alles, was er wollte. Jedes Ding zu seiner Zeit. Er ging nicht so weit, sich irgendwelche Hoffnungen zu machen, da Hoffnungen nur ablenken, und er mußte auf so vieles achtgeben.

7

Im nächsten Trimester waren sie sofort miteinander vertraut.

»Hall, ich hätte Ihnen in den Ferien fast einen Brief geschrieben«, sagte Durham und stürzte sich in eine Unterhaltung.

»Tatsächlich?«

»Wäre aber nur eine schreckliche Tirade geworden. Ich hatte eine hundsmiserable Zeit.«

Sein Tonfall klang nicht unbedingt ernsthaft und Maurice fragte: »Was ist denn schiefgegangen? Haben Sie den Weihnachtspudding wieder ausgespuckt?«

Es wurde schnell klar, daß der Plumpudding sinnbildlich zu verstehen war; es hatte einen schlimmen Familienkrach gegeben.

»Ich weiß nicht, was Sie dazu sagen ... wenn es Sie nicht langweilt, würde ich sehr gerne Ihre Meinung über diese Geschichte hören.«

»Sehr gerne«, erwiderte Maurice.

»Wir hatten einen Zusammenstoß in Fragen des Glaubens.«

In diesem Augenblick wurden sie von Chapman unterbrochen.

»Es tut mir leid, aber wir sprechen gerade über etwas Bestimmtes«, erklärte Maurice ihm.

Chapman zog sich zurück.

»Das wäre nicht nötig gewesen, wir haben immer noch Zeit für meinen Quatsch«, protestierte Durham. Ernster werdend fuhr er fort: »Hall, ich will Sie nicht mit meinen religiösen Überzeugungen belästigen oder vielmehr mit ihrem Nichtvorhandensein, aber damit Sie die Situation verstehen, muß ich Ihnen doch gestehen, daß ich nicht gläubig bin. Ich bin kein Christ.«

Maurice war der Ansicht, Atheismus sei lediglich ein Ausdruck schlechten Geschmacks, und er hatte im vorigen Trimester anläßlich einer Diskussion im College die Meinung geäußert, wenn ein Mensch schon derartige Zweifel hege, so solle er doch bitteschön so rücksichtsvoll sein, und sie für sich behalten. Aber Durham gegenüber äußerte er nur, dies sei eine schwierige Frage und zudem ziemlich kompliziert.

»Ich weiß ... aber darum geht es ja auch gar nicht. Lassen Sie das ruhig außer acht.« Er blickte einen Augenblick lang ins Feuer. »Es geht darum, wie meine Mutter die Sache aufgenommen hat. Ich erzählte es ihr vor sechs Monaten – im Sommer – damals interessierte es sie nicht. Sie machte irgendeinen dummen Scherz, wie es ihre Art ist, aber das war auch schon alles. Es war sofort wieder vergessen. Ich war sehr froh, denn die Sache lag mir schon seit Jahren auf der Seele. Ich war niemals gläubig, da ich schon als Kind etwas gefunden hatte, was mir mehr zusagte, und als ich Risley und seine Clique kennenlernte, schien es mir unumgänglich, dies auch offen zu bekennen. Sie wissen, was die Leute dieser Frage für ein Gewicht beimessen – sie ist für die meisten in der Tat die alles beherrschende. So habe ich es also erzählt. Sie meinte nur: ›Nun ja, wenn du erstmal so alt bist wie ich, bist du sicherlich klüger‹: die mildeste Form der Reaktion, die man sich überhaupt vorstellen konnte, und ich zog hocherfreut von dannen. Jetzt ist alles wieder hochgekommen.«

»Warum?«

»Warum? Wegen Weihnachten. Ich wollte nicht am Abendmahl teilnehmen. Die Leute erwarten von einem, dreimal im Jahr dabeizusein ...«

»Ja, ich weiß.«

»... und Weihnachten war es wieder soweit. Ich sagte, ich würde nicht hingehen. Mutter setzte mir in einer Weise zu, die ihr gar nicht ähnlich sieht, sie bat mich, wenigstens dieses eine Mal teilzunehmen, um ihr einen Gefallen zu tun ..., dann wurde sie ärgerlich, sagte, ich würde sowohl ihren Ruf als auch meinen eigenen ruinieren... wir sind die Gutsherren dort in der Gegend, und die Leute in der Nachbarschaft sind alle ziemlich ungebildet. Aber was wirklich zu weit ging, war das, was sie am Schluß sagte. Sie warf mir vor, ich sei gottlos. Ich hätte es noch hingenommen, wenn sie das vor sechs Monaten gesagt hätte, aber jetzt! Jetzt zu großen Worten wie Gottlosigkeit oder Güte Zuflucht zu nehmen, um mich dazu zu bringen, etwas zu tun, woran ich nicht glaube. Ich erklärte, meine eigenen Gottesdienste zu feiern. ›Wenn ich an denen so teilnehmen würde wie du und die Mädchen an den euren, würden mich meine Götter umbringen!‹ Ich nehme an, das war zu starker Tobak.«

Maurice, der nicht recht verstand, fragte: »Dann sind Sie also gegangen?«

»Wohin?«

»In die Kirche.«

Durham sprang auf. Er machte einen entrüsteten Eindruck. Dann biß er sich auf die Lippen und lächelte.

»Nein, Hall, ich ging nicht zur Kirche. Ich dachte, das hätte ich deutlich genug zum Ausdruck gebracht.«

»Tut mir leid... ich wünschte, Sie würden sich wieder hinsetzen. Ich wollte Sie nicht in Rage bringen. Ich bin etwas schwer von Begriff.«

Durham hockte sich wieder auf den kleinen Teppich, dicht neben Mauricens Stuhl. »Kennen Sie Chapman schon lange?« fragte er nach einer Pause.

»Schon von der Schule her, seit fünf Jahren.«

»Ach so.« Er schien zu überlegen. »Geben Sie mir eine Zigarette. Zünden Sie sie mir an. Danke.« Maurice nahm an, das Gespräch sei beendet, aber nach dem ganzen Wirbel fuhr Durham fort. »Sehen Sie... Sie haben erwähnt, sie hätten eine Mutter und zwei Schwestern, also genau wie ich, und während wir uns stritten, habe ich mich die ganze Zeit gefragt, was Sie an meiner Stelle getan hätten.«

»Ihre Mutter muß ganz anders sein als meine.«

»Wie ist denn Ihre?«
»Sie schlägt niemals wegen irgend etwas Krach.«
»Wahrscheinlich weil Sie bis jetzt noch nie irgend etwas getan haben, was sie nicht billigen würde – und dies wohl auch nie tun werden.«
»Aber nein, sie würde sich nur nicht unnötig aufregen.«
»Man kann nie wissen, Hall, vor allem was Frauen anbetrifft. Ich habe meine Mutter satt bis hier. Das ist mein eigentliches Problem, und dabei würde ich gerne Ihre Hilfe in Anspruch nehmen.«
»Sie wird drüberwegkommen.«
»Genau, alter Knabe, aber ob ich es ebenfalls werde? Ich mußte immer so tun, als ob ich sie mag. Dieser Krach hat meine Lügengebäude zusammenbrechen lassen. Ich dachte, ich hätte damit aufgehört, ihr irgendwelche Märchen aufzutischen. Ich verabscheue ihr ganzes Wesen, es empört mich. So, jetzt habe ich Ihnen etwas erzählt, das niemand sonst auf der Welt weiß.«
Maurice ballte seine Faust und knuffte Durham in die Seite. »Kopf hoch«, sagte er leise.
»Erzählen Sie mir von Ihrem Leben zu Hause.«
»Da gibt es nichts zu erzählen. Wir leben so vor uns hin.«
»Ihr Glücklichen.«
»Na, ich weiß ja nicht. Haben Sie eigentlich ein bißchen dick aufgetragen, oder waren Ihre Ferien wirklich so schlimm, Durham?«
»Die absolute Hölle, das pure höllische Elend.«
Mauricens Faust öffnete sich und fuhr dem anderen durch die Haare und brachte sie ganz durcheinander.
»Aua, das tut weh!« rief Durham vergnügt.
»Was haben Ihre Schwestern denn wegen des Abendmahls gesagt?«
»Die eine ist mit einem Pfaffen verheiratet – nicht doch, das tut weh.«
»Die absolute Hölle, wie?«
»Hall, ich wußte noch gar nicht, daß Sie so albern sein

können« – er bemächtigte sich der Hand von Maurice – »die andere ist mit Archibald London verheiratet, dem Besitzer von ... Aua! He! Hören Sie auf, ich haue ab.« Er fiel zwischen Mauricens Knie.

»Nun, warum hauen Sie denn nicht ab, wenn Sie abhauen wollen?«

»Weil ich nicht kann.«

Es war das erste Mal, daß er es gewagt hatte, mit Durham zu raufen. Religion und Verwandte entschwanden in weiter Ferne, als er ihn jetzt in den Kaminvorleger rollte und den Papierkorb über seinen Kopf stülpte. Fetherstonhaugh hörte den Lärm, rannte herbei und half ihm. Die folgenden Tage waren ein einziges gegenseitiges Foppen, und Durham wurde allmählich ebenso albern wie Maurice. Wo auch immer sie sich trafen – das war überall –, lagen sie sich spaßeshalber sofort in den Haaren, tobten miteinander herum und bezogen ihre Freunde in ihre Albereien ein. Schließlich hatte Durham genug davon. Da er der Schwächere war, wurde er manchmal ganz schön in Mitleidenschaft gezogen, und schon bald waren seine Stühle zu Bruch gegangen. Maurice spürte die Veränderung sofort. Sein Übermut schwand dahin, aber seit dieser Zeit zeigten sie ihre Gefühle unverhohlen. Sie schlenderten Arm in Arm umher, oder einer legte dem anderen den Arm um die Schulter. Wenn sie sich irgendwo niederließen, geschah es beinahe immer in der gleichen Weise – Maurice setzte sich auf einen Stuhl, während Durham zu seinen Füßen hockte und sich an ihn lehnte. Unter ihren Freunden erregte das keine besondere Aufmerksamkeit. Maurice strich meistens über Durhams Haare.

Ihr Betätigungsfeld erweiterte sich enorm. Während der Fastenzeit entwickelte sich Maurice zu einem richtigen Gottesgelehrten. Es war keineswegs reiner Mumpitz. Er glaubte daran, gläubig zu sein, und verspürte aufrichtigen Kummer, wenn Dinge, die für ihn alltäglich waren, auf Kritik stießen – es war die Art Kummer, die sich in gutbürgerlichen Kreisen als Glaube maskiert. Aber es war sowieso gar kein Glaube, da er nichts bewegte. Er verlieh dem jungen Mann keinen Halt und verschaffte ihm auch keinen größeren Überblick. Er trat nicht in Erscheinung, bis er auf eine Gegenkraft stieß, erst dann schmerzte er wie ein nutzloser Nerv. Zu Hause hatten sie alle solch einen Nerv, und sie betrachteten ihn als göttlich, obwohl keinem die Bibel oder das Gebetsbuch oder die Sakramente oder die christliche Ethik oder ein anderer geistiger Wert wirklich etwas bedeutete. »Wie können die Leute nur!«, riefen sie entsetzt aus, wenn etwas davon unter Beschuß geriet, und wurden Mitglied der ›Gesellschaft zur Verteidigung der Religion‹. Mauricens Vater war mit seinem Tode zu einer Säule von Kirche und Gesellschaft geworden, und unter ähnlichen Umständen hätte Maurice dies ebenfalls Kraft verleihen können.

Aber die Umstände ähnelten sich eben nicht. Er verspürte das überwältigende Verlangen, Eindruck auf Durham zu machen. Er wollte seinem Freund zeigen, daß er noch über etwas anderes als über brutale Kraft verfügte, und wo sein Vater besonnen geschwiegen hätte, da begann er zu reden und nochmals zu reden. »Du glaubst, ich denke nicht, aber ich kann dir versichern, daß ich es sehr wohl tue.« Oft antwortete Durham gar nicht, und dann war Maurice fürchterlich erschrocken, weil er dachte, er könne ihn verlieren. Er hatte gehört, wie die Leute sagten: »Durham ist in Ordnung, solange man ihn amüsiert, dann aber läßt er einen fallen«, und er befürchtete, das Zurschaustellen seiner Gläubigkeit könnte genau das bewirken, was er zu vermeiden versuchte. Aber er konnte nicht mehr aufhören. Das verzehrende Verlangen danach, beachtet zu werden, wurde übermächtig, und so redete er und redete.

Eines Tages fragte Durham ihn: »Hall, warum geben Sie so an?«

»Die Religion bedeutet mir sehr viel«, spielte Maurice sich auf. »Sie glauben, ich hätte keine Gefühle, weil ich so

wenig sage. Dabei interessiere ich mich für eine ganze Menge.«
»Dann kommen Sie nach dem Essen doch auf eine Tasse Kaffee zu mir.«
Sie gingen gerade in die Mensa. Da Durham zu den jüngeren Studenten gehörte, mußte er das Tischgebet sprechen, und seine Stimme hatte dabei einen zynischen Unterton. Während des Essens sahen sie sich gegenseitig an. Sie saßen an verschiedenen Tischen, aber Maurice hatte es geschafft, seinen Stuhl so zu verrücken, daß er seinen Freund sehen konnte. Die Phase, während der sie sich gegenseitig mit Brotkügelchen beworfen hatten, war vorüber. Durham sah an diesem Abend ernst aus, und er sprach nicht mit seinen Tischnachbarn. Maurice wußte, daß er über etwas nachdachte, und er fragte sich, worüber.
»Sie wollten etwas haben, und jetzt bekommen Sie es eben«, sagte Durham und schloß die Tür.
Maurice wurde es zunächst heiß und kalt, dann errötete er. Aber als Durham weitersprach, attackierte dieser seine Ansicht über die Dreifaltigkeit. Maurice dachte, es läge ihm etwas an der Dreifaltigkeit, doch im Vergleich zu den Feuern seines Schreckens schien sie ihm nicht so wichtig. Er rekelte sich in einem Sessel, seine ganze Kraft hatte ihn verlassen, Stirn und Hände waren schweißfeucht. Durham stand auf, um den Kaffee zu holen, und sagte: »Ich wußte, daß Sie das nicht mögen, aber Sie haben es selbst aufs Tapet gebracht. Sie können nicht erwarten, daß ich unablässig die Ohren davor verschließe. Irgendwann muß ich auch mal etwas dazu herauslassen.«
»Machen Sie nur weiter«, sagte Maurice und räusperte sich.
»Ich dränge mich keineswegs danach, darüber zu sprechen, denn ich respektiere die Ansichten der Leute viel zu sehr, um mich über sie lustig zu machen, aber ich habe nicht den Eindruck, daß Sie irgendwelche Ansichten haben, die man respektieren könnte. Es sind verschlissene

Moralvorstellungen aus zweiter Hand – nein, aus zehnter Hand.«

Maurice, der sich allmählich etwas erholte, meinte, das sei ganz schön hart.

»Sie sagen immer: ›Ich interessiere mich für vieles‹.«

»Und woher nehmen Sie das Recht zu der Vermutung, das stimme nicht?«

»Sie interessieren sich für einiges, Hall, aber dazu gehört ganz offensichtlich nicht die Dreifaltigkeit.«

»Was denn dann?«

»Rugby.«

Maurice wurde es noch einmal heiß und kalt. Seine Hand zitterte, und er schüttete seinen Kaffee über die Armlehne des Sessels. »Sie sind unfair«, hörte er sich sagen. »Sie könnten zumindest die Güte haben, darauf hinzuweisen, daß ich mich für meine Mitmenschen interessiere.«

Durham blickte überrascht auf, sagte dann aber: »Für die Dreifaltigkeit interessieren Sie sich jedenfalls nicht.«

»Ach, zur Hölle mit der Dreifaltigkeit.«

Durham brach in schallendes Gelächter aus.

»Eben, eben. Wir werden jetzt zu meinem nächsten Beschwerdepunkt übergehen.«

»Ich weiß nicht, wozu das gut sein soll, und außerdem habe ich einen verdammt schweren Kopf – will sagen Kopfschmerzen. Das alles ... bringt doch nichts. Zweifellos kann ich die Geschichte nicht beweisen – ich meine, das Prinzip von den drei Gottheiten in einer und der einen in dreien. Aber Millionen von Menschen bedeutet es eine ganze Menge, egal was Sie dazu sagen, und wir denken nicht daran, dieses Prinzip aufzugeben. Wir spüren, daß es tief in uns verankert ist. Gott ist gut. Das ist die Hauptsache. Warum sollte man einen Seitenweg einschlagen?«

»Warum ist dieses Gefühl, es sei ein Seitenweg, denn so tief in Ihnen?«

»Wie bitte?«
Durham brachte ihm zuliebe ein wenig Ordnung in seine Gedanken.
»Nun ja, es hängt eben alles miteinander zusammen.«
»Wenn es also mit der Dreifaltigkeit nichts ist, dann wäre die ganze Geschichte außer Kraft gesetzt?«
»Das sehe ich nicht so, nicht im geringsten.«
Es ging ihm schlecht, und sein Kopf tat ihm weh, aber als er sich den Schweiß von der Stirn wischte, ging es besser.
»Ich kann das zweifellos nicht so gut erklären, da ich mich für nichts anderes als Rugby interessiere.«
Durham kam und setzte sich spöttisch lächelnd auf seine Stuhllehne.
»Passen Sie doch auf – jetzt haben Sie sich in den Kaffee gesetzt.«
»Verdammt – tatsächlich.«
Während Durham sich säuberte, stand Maurice auf und blickte in den Hof hinaus. Es schien Jahre her zu sein, seit er nicht mehr dort gewesen war. Er hatte plötzlich keine Lust mehr, länger mit Durham alleine zu sein und rief einigen Kommilitonen zu, doch zu ihnen zu stoßen. Daraus ergab sich eine der üblichen Kaffeerunden, aber als die Leute aufbrachen, hatte Maurice auch keine Lust, mit ihnen zusammen fortzugehen. Er brüstete sich noch einmal mit der Dreifaltigkeit. »Sie ist ein großes Geheimnis«, sinnierte er.
»Für mich ist sie kein Geheimnis. Aber ich respektiere jeden, für den sie es wirklich ist.«
Maurice fühlte sich unbehaglich und schaute auf seine starken, gebräunten Hände. War die Dreifaltigkeit wirklich ein Geheimnis für ihn? Hatte er außer bei seiner Konfirmation auch nur ein einziges Mal fünf Minuten über diese Sache nachgedacht? Die Anwesenheit der anderen Kommilitonen hatte ihm einen klaren Kopf verschafft: Er war nicht länger so gefühlsbetont, er gab stärker auf seinen Verstand acht. Dieser erschien ihm wie seine Hände –

solide zweifellos und gesund und entwicklungsfähig. Aber es fehlte ihm jegliche Raffinesse, er hatte nie irgendwelche Geheimnisse gestreift und wohl auch sonst nicht viel. Er war grob und ungeschlacht.

»Mein Standpunkt ist der folgende«, erklärte er nach einer Pause: »Ich glaube nicht an den dreieinigen Gott, ich gebe es zu, auf der anderen Seite hatte ich unrecht, als ich behauptete, alles hänge miteinander zusammen. Das tut es nicht, und weil ich nicht an den dreieinigen Gott glaube, heißt das noch nicht, daß ich kein Christ bin.«

»Woran glauben Sie denn?« fragte Durham ungeduldig.

»An die ... die wesentlichen Dinge.«

»Zum Beispiel?«

Leise sagte Maurice: »An die Erlösung.« Er hatte derartige Worte noch nie vorher außerhalb der Kirche in den Mund genommen und erschauerte vor innerer Bewegung. Aber er glaubte an sie auch nicht mehr als an den dreieinigen Gott, und er wußte, daß Durham ihm auf die Schliche kommen würde. Die Erlösung war die höchste Karte im ganzen Spiel, doch die Karte stach nicht, und sein Freund konnte ihn mit einer elenden Zwei übertrumpfen.

Durham sagte lediglich: »Dante glaubte an den dreieinigen Gott«, und als er zum Bücherregal ging, fand er die entscheidende Passage im *Paradiso*. Er las Maurice über die drei Regenbogen vor, die einander überschnitten und zwischen deren Berührungspunkten schemenhaft ein menschliches Gesicht auftauchte. Poesie langweilte Maurice, aber gegen Ende rief er aufgeregt: »Wessen Gesicht war das?«

»Dasjenige Gottes, verstehen Sie denn nicht?«

»Aber kann man diese Dichtung denn nicht als Traum interpretieren?«

Hall war ein Wirrkopf, und Durham gab sich keine Mühe, hinter dieser Frage einen Sinn zu suchen, und er wußte auch nicht, daß Maurice an einen Traum während seiner Schulzeit dachte und an eine Stimme, die gesagt hatte: »Dies ist dein Freund.«

»Dante hätte es eher eine Erweckung als einen Traum genannt.«

Dann glauben Sie also, daß solche Dinge legitim sind?«

»Glaube ist immer etwas Legitimes«, erwiderte Durham und stellte das Buch zurück. »Es ist legitim und außerdem unmißverständlich. Jeder Mensch glaubt an irgend etwas, für das er zu sterben bereit wäre. Aber ich glaube, es ist eher unwahrscheinlich, daß Ihre Eltern und Erzieher Ihnen etwas darüber erzählt haben. Wenn Sie so etwas wie einen Glauben hätten, wäre er Ihnen dann nicht in Fleisch und Blut übergegangen? Zeigen Sie ihn mir! Gehen Sie nicht mit solchen Floskeln wie ›die Erlösung‹ oder ›der dreieinige Gott‹ hausieren.«

»Den dreieinigen Gott habe ich aufgegeben.«

»Dann eben die Erlösung.«

»Sie sind verdammt hartnäckig«, meinte Maurice. »Ich wußte schon immer, daß ich dumm bin, das ist nichts Neues für mich. Risley und seine Clique sind eher für Sie geschaffen, und Sie sollten lieber mit denen diskutieren.«

Durham war verlegen. Aber am Ende wußte er doch wieder die richtige Antwort, und er ließ Maurice, ohne ihn zurückzuhalten, mit hängenden Schultern aus dem Zimmer schleichen. Am nächsten Tag trafen sie sich wie üblich. Sie schmollten nicht, aber ein unvermutetes Gefälle war entstanden, und dann, nach erfolgtem Wiederaufstieg, bewegten sie sich nur um so schneller aufeinander zu. Sie sprachen erneut über Religion, und Maurice verteidigte die Erlösung. Er unterlag. Ihm wurde klar, daß er keine Vorstellung von der Existenz Christi oder seiner allumfassenden Güte hatte und daß er sogar betrübt gewesen wäre, wenn eine solche Person existierte. Sein Widerwille gegen das Christentum wuchs und wurde immer ausgeprägter. Schon nach zehn Tagen nahm er nicht mehr am Abendmahl teil, in den drei folgenden Wochen mied er alle Gottesdienste, bei denen er sich dies traute. Durham war verwirrt über die Schnelligkeit dieser Entwicklung. Sie waren beide verwirrt, und obwohl Maurice alle seine Überzeugungen verloren und aufgegeben hatte, beschlich ihn das verrückte Gefühl, er führe tatsächlich eine Schlacht, die er im letzten Trimester begonnen habe, und er sei dabei, sie zu gewinnen.

Denn Durham langweilte sich jetzt nicht mehr mit ihm. Durham hielt es nicht aus ohne ihn, und man konnte ihn die ganze Zeit in seinem Zimmer hocken sehen, ganz wild darauf, mit ihm zu diskutieren. Er ähnelte überhaupt nicht mehr dem Mann, der so zurückhaltend und alles andere als ein großer Dialektiker war. Als Grund dafür, daß er Mauricens Überzeugungen angriff, meinte er: »Sie sind durch und durch faul, Hall. Alle übrigen hier glauben auf völlig achtbare Weise.« War dies die ganze Wahrheit? Verbarg sich nicht noch etwas anderes hinter seinem neuen Auftreten und seiner wilden Bilderstürmerei? Maurice glaubte, daß dem so sei. Von außen gesehen befand er sich auf dem Rückzug und war der Ansicht, sein Glaube sei ein Bauer, den er gut und gern opfern könne; indem Durham ihm diesen Glauben nahm, hatte er sein Herz preisgegeben.

Gegen Ende des Trimesters stießen sie auf ein delikates Thema. Sie nahmen an den Übersetzungsübungen des Dekans teil, und als einer der Studenten in aller Seelenruhe weit vorauseilte, bemerkte Mr. Cornwallis mit leiser, tonloser Stimme: »Lassen Sie diese Stelle aus: Sie bezieht sich auf das unaussprechliche Laster der alten Griechen.« Durham bemerkte hinterher, für eine derartige Heuchelei sollte er seinen Pensionsanspruch verlieren.

Maurice lachte.

»Ich betrachte es einzig und allein unter dem Gesichtspunkt der humanistischen Bildung. Die Griechen, oder doch die meisten von ihnen, hatten Neigungen in dieser

Richtung, und sie auszuklammern, heißt, die Hauptstütze der Athener Gesellschaft auszuklammern.«

»Ist das wirklich so?«

»Haben Sie das *Symposion* gelesen?«

Maurice hatte es nicht gelesen, er fügte aber nicht hinzu, daß er den Martial durchforstet hatte.

»Da steht alles drin – nichts für Kinder natürlich, aber Sie sollten es lesen. Lesen Sie es in den Ferien.«

Für den Augenblick wurde nicht mehr gesagt, aber er hatte plötzlich Zugang zu einem neuen Thema, und zwar zu einem, das er noch nie einer Menschenseele gegenüber erwähnt hatte. Er hatte nicht einmal gewußt, daß man es überhaupt erwähnen könne, und als Durham es mitten auf dem sonnenüberfluteten Hof tat, wehte ihn ein Hauch von Freiheit an.

8

Als er zu Hause war, erzählte er so lange von Durham, bis die Tatsache, daß er einen Freund hatte, in das Bewußtsein seiner Familie drang. Ada fragte sich lauthals, ob es der Bruder einer gewissen Miss Durham sei – aber diese sei doch ein Einzelkind –, während Mrs. Hall ihn mit einem Collegeleiter namens Cumberland verwechselte. Maurice war tief verletzt. Aus einem starken Gefühl erwächst ein weiteres, und so ergriff ihn eine große Verärgerung gegenüber den weiblichen Mitgliedern seiner Familie. Seine Beziehungen zu ihnen waren bisher nichtssagend, aber stabil gewesen, es erschien ihm jedoch geradezu frevelhaft, daß jemand den Namen des Mannes falsch aussprach, der ihm mehr bedeutete als alles auf der Welt. Zu Hause wurde eben alles entweiht.

Mit seinem Atheismus war es das gleiche. Niemand war so beeindruckt, wie er es erwartet hatte. Mit jugendlicher Unbekümmertheit zog er seine Mutter beiseite und erklärte ihr, er werde ihre religiösen Vorurteile und die der Mädchen immer respektieren, aber sein Gewissen erlaube es ihm nicht länger, den Gottesdienst zu besuchen. Sie meinte, das sei ein schlimmes Unglück.

»Ich wußte, daß du aufgebracht sein würdest. Aber ich kann es nicht ändern, liebste Mutter. Ich bin nun einmal so, und es ist sinnlos, sich deswegen zu streiten.«

»Dein armer Vater ging immer zur Kirche.«

»Ich bin nicht mein Vater.«

»Morrie, Morrie, wie kannst du nur so etwas sagen.«

»Nun, er ist es ja wirklich nicht«, meinte Kitty in ihrer vorlauten Art. »Wirklich Mutter, komm.«

»Kitty, Liebes, was machst du denn hier«, rief Mrs. Hall, die spürte, daß hier äußerste Mißbilligung am Platze war, die sie aber nicht auf ihren Sohn abladen wollte. »Wir sprachen gerade über absolut ungehörige Dinge, und im

übrigen hast du vollkommen unrecht, denn Maurice ist das genaue Ebenbild seines Vaters – Dr. Barry ist derselben Ansicht.«
»Nun, Dr. Barry geht selbst nicht in die Kirche«, sagte Maurice und verfiel in die Angewohnheit seiner Familie, ohne Rücksicht auf irgendeinen Zusammenhang einfach drauflloszureden.
»Er ist ein äußerst kluger Mann«, sagte Mrs. Hall mit großer Entschiedenheit. »Und Mrs. Barry ebenfalls.«
Bei diesem Lapsus ihrer Mutter krümmten Ada und Kitty sich vor Lachen. Sie wollten bei dem Gedanken, daß Mrs. Barry ein Mann sei, nicht aufhören zu lachen, und Maurices Atheismus war schnell vergessen. Am Ostersonntag nahm er nicht am Abendmahl teil, und er vermutete, jetzt würde der Krach genau wie in Durhams Fall losgehen. Aber niemand nahm auch nur Notiz davon, da man in diesen Vororten keinen so unbedingten Wert mehr auf das Christentum legte. Diese Einstellung ekelte ihn an; sie ließ ihn die feine Gesellschaft mit neuen Augen sehen. Nahm die feine Gesellschaft denn – auch wenn sie vorgab, so überaus moralisch und empfindsam zu sein – überhaupt etwas ernst?
Er schrieb Durham oft – es waren lange Briefe, in denen er sich sorgfältig bemühte, die feinsten Gefühlsnuancen zum Ausdruck zu bringen. Durham machte sich wenig daraus, und er sagte das auch offen. Seine Antworten waren ebenfalls lang. Maurice trug sie stets bei sich, steckte sie aus einer Anzugtasche in die andere und heftete sie sogar in seinen Schlafanzug, bevor er ins Bett ging. Wenn er aufwachte, berührte er sie. Während er die von der Straßenlampe geworfenen Schatten beobachtete, erinnerte er sich daran, wie er als kleiner Junge immer Angst vor ihnen gehabt hatte.

Miss Olcott war einer ihrer seltenen Gäste. Sie hatte sich in einem Kurhotel sehr nett um Mrs. Hall und Ada gekümmert, und als sie von ihnen eine Einladung erhielt, leistete sie ihr Folge. Sie war reizend – zumindest war das die Meinung der Frauen –, und die männlichen Besucher waren der Ansicht, der Sohn des Hauses sei ein Glückspilz. Er lachte, sie lachten beide, und nachdem er sie anfangs nicht beachtet hatte, nahm er sich vor, ihr mehr Aufmerksamkeit entgegenzubringen.
Nun war Maurice, auch wenn er es nicht wußte, ein attraktiver junger Mann geworden. Seine Unbeholfenheit fiel dank seiner sportlichen Statur nicht mehr so sehr ins Auge. Er war schwerfällig, aber temperamentvoll, und sein Gesicht schien dem Beispiel seines Körpers zu folgen. Mrs. Hall schrieb es seinem Bärtchen zu – »Mauricens Schnurrbart wird sein Glück ausmachen« – eine tiefgründigere Bemerkung, als sie ahnte. Die schmale schwarze Linie verlieh seinem Gesicht jedenfalls eine gewisse Harmonie, und wenn er lächelte, verstärkte sie das Blitzen seiner Zähne; seine Anzüge standen ihm ebenfalls: Auf Durhams Anraten bevorzugte er Flanellhosen, sogar sonntags.
Er lächelte Miss Olcott an – das schien die richtige Methode. Sie reagierte. Er stellte die Kraft und Geschicklichkeit seines Körpers in ihre Dienste, indem er sie im Beiwagen seines neuen Motorrades ausführte. Er lümmelte sich zu ihren Füßen. Als er herausfand, daß sie rauchte, überredete er sie, mit ihm im Eßzimmer zurückzubleiben und ihm in die Augen zu sehen. Blaue Rauchwölkchen zitterten, rissen auseinander und türmten schnell wieder vergehende Mauern auf, und Mauricens Gedanken reisten mit ihnen und schwanden dahin, sobald ein Fenster geöffnet wurde, um frische Luft hereinzulassen. Er sah, daß es ihr Spaß machte, und seine Familie, die Dienstbo-

ten und alle anderen waren fasziniert, er beschloß, die Sache weiter voranzutreiben.

Sofort ging etwas schief. Maurice machte ihr Komplimente, versicherte ihr, ihre Haare usw. seien prachtvoll. Sie versuchte, ihm Einhalt zu gebieten, aber er merkte nichts und wußte nicht, daß er sie langweilte. Er hatte gelesen, Mädchen täten stets so, als geböten sie den Männern, die ihnen Komplimente machen, Einhalt. Er verfolgte sie regelrecht. Als sie sich am letzten Tag bei ihm entschuldigte und ihm erklärte, sie könne nicht mit ihm mitfahren, spielte er den Despoten. Da sie sein Gast war, kam sie schließlich mit, und als er sie zu einer Stelle geführt hatte, die er für romantisch hielt, drückte er ihre kleine Hand zwischen den seinen.

Nun war es nicht so, daß Miss Olcott etwas dagegen hatte, daß jemand ihre Hand drückte. Anderen hatte sie es erlaubt, und auch Maurice hätte sie drücken dürfen, wenn er nur eine Ahnung davon gehabt hätte, wie. Sie aber wußte, daß etwas nicht stimmte. Sie empfand Widerwillen gegen seine Berührung. Es war die Berührung eines Leichnams. Sie sprang auf und rief: »Mr. Hall, seien Sie nicht albern. Und ich sage es nicht, damit Sie sich noch alberner aufführen.«

»Miss Olcott… Gladys… Ich würde eher sterben, als Sie zu beleidigen…«, knurrte der Junge und versuchte, den Mut nicht sinken zu lassen.

»Ich muß mit dem Zug zurückfahren«, sagte sie und weinte ein bißchen. »Ich muß es wirklich, es tut mir furchtbar leid.« Mit einer glaubwürdig klingenden kleinen Geschichte über Kopfschmerzen und einem Staubkorn in ihrem Auge kam sie vor ihm zu Hause an, aber seine Familie wußte ebenfalls, daß etwas nicht stimmte.

Mit Ausnahme dieses Zwischenspiels verliefen die Ferien recht angenehm. Maurice las einiges, und er folgte dabei eher den Ratschlägen seines Freundes als denen seines Tutors. Dabei bestätigte er sich auf die eine oder andere

Weise, daß er erwachsen sei. Auf sein Betreiben hin entließ seine Mutter die Howells, die für Ausfahrten schon seit langem nicht mehr zu gebrauchen waren, und statt der Kutsche schaffte sie ein Automobil an. Alle waren beeindruckt, einschließlich der Howells. Außerdem rief er den ehemaligen Partner seines Vaters an. Er hatte eine gewisse Neigung für Geschäfte geerbt und außerdem eine gewisse Summe Geldes, und es wurde vereinbart, daß er, sobald er Cambridge absolviert hätte, als nichtbevollmächtigter kaufmännischer Angestellter in die Firma eintreten sollte; Hill und Hall, Börsenmakler. Maurice schickte sich an, den auserwählten Platz einzunehmen, den England ihm reserviert hatte.

9

Während des letzten Trimesters hatte er ein für ihn ungewöhnliches geistiges Niveau erreicht, aber in den Ferien hatte er sich wieder zum Internatsschüler zurückentwickelt. Er war geistig nicht mehr so rege und benahm sich wieder so, wie er glaubte, sich benehmen zu müssen, weil die Leute es so von ihm erwarteten – ein gefährliches Unterfangen für jemanden, der nicht gerade mit viel Phantasie ausgestattet ist. Sein Verstand, der durchaus lichte Kammern aufwies, wurde des öfteren von dunklen Wolken durchquert, und obwohl Miss Olcott der Vergangenheit angehörte, blieb die Unaufrichtigkeit zurück, die ihn zu ihr hingeführt hatte. Die hauptsächliche Ursache dafür war seine Familie. Ihm stand die Erkenntnis noch bevor, daß sie stärker war als er und daß sie ihn in einer Weise beeinflußte, die nicht abzuschätzen war. Nach drei Wochen in ihrer Gesellschaft war er lasch und ohne Schwung, siegreich im einzelnen und doch besiegt, alles in allem. Er kam zurück und dachte, ja redete sogar wie seine Mutter oder Ada.

Vor Durhams Ankunft war er sich dieser Veränderung nicht bewußt gewesen. Durham hatte ein wenig gekränkelt und kam ein paar Tage später. Als sein Gesicht, das blasser war als gewöhnlich, zur Tür hineinsah, hatte Maurice einen Anfall von Verzweiflung, und er versuchte sich darauf zu besinnen, auf welchem Stand ihre Beziehung sich im letzten Trimester befunden hatte, und er mühte sich, die Fäden der Schlacht wieder in die Hand zu bekommen. Er fühlte sich schlapp und hatte Angst davor, irgend etwas zu tun. Seine schlechtesten Seiten zeigten sich und trieben ihn dazu, die Bequemlichkeit dem Glück vorzuziehen.

»Hallo, alter Junge«, sagte er unbeholfen.

Durham schlüpfte wortlos herein.

»Was ist passiert?«
»Nichts«; und Maurice wußte, daß seine Sensibilität gelitten hatte. Im letzten Trimester hätte er dieses stumme Auftauchen verstanden.
»Wie auch immer, setz dich wenigstens erstmal.«
Durham suchte sich einen Platz auf dem Fußboden, außerhalb seiner Reichweite. Es war später Nachmittag. Die Geräusche des neuen Trimesters, die Düfte des in Blüte stehenden Cambridge strömten durch das Fenster ins Zimmer und flüsterten Maurice zu: »Du bist unser nicht wert.« Er wußte, daß er zu Dreivierteln tot war, ein Fremdling, ein Bauer in Athen. Er hatte hier nichts zu suchen, schon gar nicht mit einem solchen Freund.
»Was ich sagen wollte, Durham...«
Durham rückte näher. Maurice streckte eine Hand aus und spürte, wie sich der Kopf gegen sie schmiegte. Er vergaß, was er hatte sagen wollen. Die Geräusche und die Düfte flüsterten: »Du bist wie wir, wir sind die Jugend.« Sanft streichelte er das Haar und vergrub seine Finger darin, als wolle er die Kopfhaut liebkosen.
»Sag mal, Durham, ist es dir gut ergangen?«
»Und dir?«
»Nein.«
»Du schriebst aber, ja.«
»Stimmt aber nicht.«
Die Wahrheit in seiner eigenen Stimme ließ ihn erschauern. »Saublöde Ferien, und ich habe es überhaupt nicht bemerkt«, und er überlegte, wie lange dieses Wissen anhalten mochte. Der Nebel würde wieder herabsinken, dessen war er sich sicher, und mit einem tiefen Seufzer zog er Durhams Kopf an seine Knie, als sei er ein Talisman für ein helleres und reineres Leben. Da lehnte er nun, und Maurice hatte eine neue Art der Zärtlichkeit gefunden – er streichelte ihn immer wieder von der Schläfe hinab bis zum Hals. Dann zog er beide Hände zurück, ließ sie seitlich herunterhängen und saß seufzend da.

»Hall.« Maurice blickte auf.
»Hast du irgendwelche Probleme?«
Er streichelte Durham und zog seine Hand von neuem zurück. Es schien ihm ebenso gewiß, keinen Freund zu haben wie doch einen zu haben.
»Hat es etwas mit diesem Mädchen zu tun?«
»Nein.«
»Du schriebst, du hättest sie gern.«
»Es stimmte nicht ... stimmt nicht.«
Noch tiefere Seufzer stiegen aus seinem Innern empor. Sie rasselten in seiner Kehle und wuchsen zu einem regelrechten Stöhnen an. Sein Kopf fiel zurück, und er vergaß den Druck von Durhams Kopf gegen seine Knie, vergaß, daß Durham seinen qualvoll verworrenen Kampf beobachtete. Er hielt sein Gesicht mit zusammengepreßten Lippen und geschlossenen Augen auf die Decke gerichtet und verstand nichts, nur daß der Mensch geschaffen worden ist, ohne Hilfe des Himmels Schmerzen und Einsamkeit zu erleiden.
Jetzt streckte Durham eine Hand nach ihm aus, strich über seine Haare. Sie klammerten sich aneinander. Bald lagen sie Brust an Brust, ein Kopf lag auf der Schulter des anderen, aber in dem Augenblick als ihre Wangen sich berührten, rief jemand »Hall« vom Hof herauf, und er antwortete: Er antwortete immer, wenn irgend jemand rief. Beide schraken zusammen, und Durham lief zum Kamin, lehnte sich gegen den Sims und stützte seinen Kopf auf den Arm.
Alberne Leute tobten die Treppe hinauf. Sie wollten Tee. Maurice zeigte, wo er stand, dann wurde er in das Gespräch einbezogen und bemerkte kaum, daß sein Freund hinausging. Er redete sich ein, es sei eine ganz gewöhnliche Unterhaltung gewesen, ein wenig zu gefühlsbetont vielleicht, und er verspürte eine gewisse Unruhe in der Erwartung ihres nächsten Zusammentreffens.
Dieses fand bald genug statt. Zusammen mit einem halben

Dutzend Kommilitonen wollte er unmittelbar nach der Mensa zum Theater aufbrechen, als Durham ihn ansprach.

»Ich wußte, daß du das *Symposion* in den Ferien gelesen hast«, sagte er leise.

Maurice fühlte sich unbehaglich.

»Dann verstehst du also ... ohne mir mehr zu sagen ...«

»Wie meinst du das?«

Durham konnte nicht warten. Leute umstanden sie, aber er flüsterte, und seine Augen hatten dabei ein intensives Blau angenommen: »Ich liebe dich.«

Maurice war erschrocken und entsetzt. Er war bis auf den Grund seiner Vorstadtseele schockiert, und er rief aus: »Oh, verdammt!« Die Worte waren ausgesprochen, bevor er sie zurückhalten konnte. »Durham, du bist ein Engländer. Ich auch. Rede keinen Unsinn. Ich bin nicht beleidigt, weil ich weiß, daß du es nicht so meinst, aber es ist die einzige Sache, die absolut indiskutabel ist, du weißt ganz genau, daß sie laut Hochschulordnung das schlimmste Verbrechen ist, und du darfst sie nie wieder erwähnen. Durham! Ein verdammt blöder Einfall, wirklich ...«

Aber sein Freund war gegangen, ohne ein weiteres Wort, er rannte über den Hof, und der Knall der Tür zu seinem Zimmer hallte durch die Geräusche des Frühlings.

10

Eine träge Natur, wie die von Maurice, scheint gefühllos zu sein, denn sie braucht sogar zum Fühlen Zeit. Der Instinkt rät einer solchen Natur, sich auf Gedeih und Verderb so zu stellen, als sei nichts passiert, und dem Eindringling gegenüber Widerstand zu leisten. Doch hat es sie einmal erwischt, sind ihre Gefühle besonders intensiv und ihre Liebesempfindungen außerordentlich tief. Wenn man ihr Zeit läßt, vermag sie den Taumel der Ekstase zu erfahren und ihn weiterzugeben; aber sie kann auch bis ins Innerste der Hölle hinabsinken. So geschah es, daß seine Qual als ein leichtes Bedauern begann; schlaflose Nächte und einsame Tage trieben ihn hinauf zur Raserei, die ihn verzehrte. Sie wütete in seinem Innern, bis sie zu den Wurzeln vordrang, dorthin, wo Körper und Seele ihren Ursprung haben, zum »Ich«, von dem ihm systematisch beigebracht worden war, es zu verbergen, und das, als er schließlich Kenntnis von ihm nahm, seine Kraft verdoppelte und sich zu etwas Übermenschlichem auswuchs. Es hätte Glück bedeuten können. Dann wurden neue Welten in ihm weggerissen, und von der Verlassenheit des verbleibenden Trümmerfelds aus erkannte er, welche herrlichen Gefühle er verloren hatte, welche harmonische Gemeinsamkeit.

Sie sprachen zwei Tage lang nicht miteinander. Durham hätte es am liebsten noch länger hinausgezögert, aber die meisten ihrer Freunde waren inzwischen miteinander bekannt, und sie konnten es nicht vermeiden, einander zu begegnen. Als ihm dies klar wurde, schrieb er Maurice eine eisige Notiz, in der er vorschlug, auch im öffentlichen Interesse so zu tun, als sei nichts geschehen. Er fügte hinzu: »Ich wäre Dir dankbar, wenn Du meine verbrecherische Krankhaftigkeit niemandem gegenüber erwähnen würdest. Aus der feinfühligen Art und Weise, wie Du die

Nachricht aufgenommen hast, schließe ich mit Bestimmtheit, daß Du meine Bitte erfüllen wirst.« Maurice antwortete nicht, sondern steckte die Notiz zuerst zu den Briefen, die er während der Ferien erhalten hatte, dann verbrannte er alles.

Er vermutete, der Höhepunkt der Qual sei erreicht. Aber wirklichem Leiden gegenüber war er genauso unerfahren wie gegenüber jeder anderen Art von Wirklichkeit. Ihre Begegnung stand immer noch bevor. Am Nachmittag des zweiten Tages fanden sie sich beim Tennis in derselben Vierermannschaft wieder, und der Schmerz wurde unerträglich. Er konnte sich kaum aufrechthalten oder irgend etwas sehen; wenn er Durhams Aufschlag retournierte, verursachte der Ball ein erregendes Zucken in seinem Arm. Dann wurden sie als Partner in ein Doppel gesteckt; als sie einmal zusammenprallten, zuckte Durham zurück, es gelang ihm jedoch in der vertrauten Art und Weise zu lachen.

Es erwies sich als praktisch, daß er in Mauricens Beiwagen ins College zurückfuhr. Er stieg ein, ohne Einwände zu erheben. Maurice, der zwei Nächte lang nicht geschlafen hatte, fuhr etwas leichtsinnig, lenkte die Maschine in eine Nebenstraße und raste mit Höchstgeschwindigkeit dahin. Vor ihnen fuhr ein Leiterwagen voller Frauen. Er steuerte direkt auf ihn zu, als sie aufschrieen, trat er auf die Bremse und vermied nur knapp ein Unglück. Durham sagte nichts dazu. Wie er es in seiner Notiz angekündigt hatte, sprach er nur in Gegenwart anderer. Jeder weitere Umgang war beendet.

An diesem Abend ging Maurice wie gewöhnlich zu Bett. Aber als er seinen Kopf auf das Kissen legte, brach er in Tränen aus. Er war entsetzt. Ein Mann, der heulte! Fetherstonhaugh könnte ihn hören. Er weinte erstickt in das Bettlaken, er sprang auf, dann schlug er mit dem Kopf gegen die Wand und zerschmiß das Geschirr. Jemand kam die Treppe herauf. Sofort wurde er ruhig und fing auch nicht wieder an, als die Schritte in der Ferne verhallten. Er zündete eine Kerze an und betrachtete überrascht seinen zerrissenen Schlafanzug und seine zitternden Glieder. Er heulte weiter, weil er nicht aufhören konnte, aber die selbstzerstörerische Phase war vorüber, und nachdem er das Bett neu hergerichtet hatte, legte er sich hin. Als er die Augen öffnete, war sein Bursche dabei, die Trümmer wegzuräumen. Es berührte Maurice eigenartig. Er überlegte, ob der Mann vielleicht etwas argwöhnte, dann schlief er wieder ein. Als er das zweite Mal aufwachte, sah er Briefe auf dem Fußboden liegen – einen von seinem Großvater, dem alten Mr. Grace, wegen der Feier, die er zu seiner Volljährigkeit geben wollte, einen von der Frau eines Tutors, die ihn zum Mittagessen einlud (»Mr. Durham kommt ebenfalls, Sie sollten also nicht zögern«), und einen von Ada, in dem sie Gladys Olcott erwähnte. Doch er schlief von neuem ein.

Raserei ist kein Kinderspiel. Mauricens Toben erwies sich als Sturmwind, der die Wolken zerstob. Dieser Sturm hatte etwas in ihm aufgewühlt, nicht für drei Tage, wie er zuerst vermutete, sondern für sechs Jahre. Er hatte sich in der Finsternis des Seins zusammengebraut, wohin kein Auge vordringt, und die Menschen um Maurice hatten ihn nur noch verstärkt. Er war hervorgebrochen, und Maurice hatte überlebt. Der Glanz des Tages umgab ihn, er stand auf dem Berg, der die Jugend überschattet, und er sah.

Den größten Teil des Tages saß er mit weit geöffneten Augen da, als blicke er in das Tal hinunter, das er verlassen hatte. Es war inzwischen alles überdeutlich. Er hatte gelogen. Er nannte es bei sich »vollgepfropft mit Lügen«, doch Lügen sind die natürliche Nahrung der Kindheit, und er hatte sie gierig verschlungen. Sein erster Vorsatz bestand darin, in Zukunft vorsichtiger zu sein. Er wollte sein Leben geradlinig führen, nicht etwa deshalb, weil es jetzt für jemanden von Bedeutung war, sondern nur so, um der Spielregeln willen. Er würde sich selbst nicht mehr so hinters Licht führen. Er würde nicht so tun – und dies war die Feuerprobe –, als interessiere er sich für Frauen, wenn das einzige Geschlecht, das ihn anzog, sein eigenes war. Er liebte Männer, und er hatte sie immer geliebt. Er sehnte sich danach, sie zu umarmen und sein Sein mit dem ihren zu verschmelzen. Jetzt, da der Mann, der seine Liebe erwiderte, verloren war, akzeptierte er dies.

11

Nach dieser Krise reifte Maurice zum Mann. Bis dahin war er – falls man Menschen überhaupt beurteilen kann – niemals jemandes Zuneigung wert gewesen, denn er war konventionell und engstirnig. Und weil er gegen sich selbst unaufrichtig war, war er es auch anderen gegenüber. Doch jetzt hatte er das höchste Gut anzubieten. Der Idealismus und die Rücksichtslosigkeit, die das Knabenalter durchziehen, waren schließlich eine Verbindung miteinander eingegangen und hatten sich zur Liebe verflochten. Vielleicht wollte niemand eine derartige Liebe, aber er konnte sich ihrer nicht schämen, denn diese Liebe war »er«, weder Leib *oder* Seele, noch Leib *und* Seele, sondern »er«, der sich in beiden manifestierte. Er litt immer noch, doch von irgendwoher hatte ihn ein Gefühl des Triumphes überwältigt. Der Kummer hatte ihm eine Nische jenseits des Urteils der Welt gewiesen, in die er sich zurückziehen konnte.

Es gab immer noch viel zu lernen, und Jahre vergingen, bevor er gewisse Abgründe seines Seins erforschte – sie waren auch furchtbar genug. Aber er entdeckte die Methode und sah nicht mehr hin, wenn er Kritzeleien im Sand erblickte. Für das Glück war er zu spät erwacht, nicht jedoch für die Kraft, und er konnte eine ernste Freude spüren, wie diejenige eines Kriegers, der heimatlos ist, aber in voller Rüstung standhält.

Als das Trimester zuende ging, beschloß er, mit Durham zu sprechen. Er wägte seine Worte äußerst sorgfältig, nachdem er ihren Wert so spät entdeckt hatte. Warum sollte er leiden und seinen Freund leiden lassen, wenn Worte alles zurechtrücken konnten? Er hörte sich selbst sagen: »Ich liebe dich wirklich, so wie du mich liebst«, und Durham antwortete: »Ist das wahr? Dann vergebe ich dir«, und in der feurigen Leidenschaft der Jugend schien ein solches Gespräch möglich, obwohl er nicht glaubte, daß es zum Glück führe. Er unternahm mehrere Versuche, aber sie scheiterten an seiner eigenen Befangenheit und auch an derjenigen Durhams. Wenn er zu ihm hinüberging, war die Tür verschlossen, oder es waren Leute im Zimmer, und wenn er hineinging, verließ Durham es zusammen mit den anderen Gästen. Er lud ihn zum Essen ein – Durham konnte nie kommen; er bot ihm an, ihn wieder zum Tennis mitzunehmen, aber sein Freund erfand irgendeine Ausrede. Selbst wenn sie sich auf dem Hof trafen, tat Durham so, als habe er etwas vergessen, und rannte an ihm vorbei. Er war überrascht, daß ihre Freunde die Veränderung nicht bemerkten, aber nur wenige Studenten sind gute Beobachter – sie haben zuviel in sich selbst zu entdecken, und es war ein Tutor, der die Bemerkung machte, Durham habe seine Flitterwochen mit diesem Hall ja plötzlich abgebrochen.

Er fand eine Gelegenheit nach einer Diskussionsrunde, der sie beide angehörten. Durham – der sich auf die letzte Prüfung für den Bakkalaureatus der Philosophischen Fakultät vorbereitete – hatte abgesagt, aber er hatte darum gebeten, die Runde möge zuerst in seinem Zimmer zusammenkommen, da er seinen Beitrag als Gastgeber leisten wolle. Das sah ihm ähnlich; er haßte es, irgend jemandem verpflichtet zu sein. Maurice ging hin und blieb den ganzen ermüdenden Abend über da. Als alle, einschließlich des Gastgebers, hinaus an die frische Luft drängten, blieb Maurice zurück, dachte an den Abend, als er dieses Zimmer zum ersten Mal betreten hatte, und fragte sich, warum die Vergangenheit unwiederholbar sei.

Durham kam zurück und sah nicht sofort, wer noch im Zimmer war. Er ignorierte Maurice völlig und fing an, für die Nacht aufzuräumen.

»Du bist verdammt grausam«, platzte Maurice heraus. »Du kannst dir nicht vorstellen, wie es in einem aussieht, wenn man durcheinander ist, und das macht dich sehr grausam.«

Durham schüttelte den Kopf wie jemand, der sich weigert zuzuhören. Er sah so krank aus, daß Maurice eine heftige Sehnsucht überkam, ihn zu berühren.

»Statt mich zu meiden, könntest du mir eine Chance geben – ich will nur mit dir reden.«

»Wir haben den ganzen Abend geredet.«

»Ich meine über das *Symposion*, wie die alten Griechen.«

»Oh, Hall, sei nicht albern – du solltest wissen, daß es mir weh tut, allein zu sein mit dir. Nein, bitte fang nicht wieder von vorn an. Es ist vorbei. Es ist vorbei.« Er ging in das andere Zimmer und fing an, sich auszuziehen. »Verzeih bitte diese Unhöflichkeit, aber ich kann einfach nicht..., meine Nerven sind nach diesen drei Wochen völlig im Eimer.«

»Meine auch«, rief Maurice.

»Armer Bursche!«

»Durham, ich befinde mich in der Hölle.«

»Ach, da wirst du auch wieder herauskommen. Es ist ja nur die Hölle des Abscheus. Du hast nie etwas getan, wofür du dich schämen müßtest, du weißt also nicht, wie die Hölle wirklich beschaffen ist.«

Maurice stieß einen Schmerzensschrei aus. Seine Qual war so unverkennbar, daß Durham, der gerade die Tür zwischen ihnen schließen wollte, sagte: »Nun schön, ich werde mit dir darüber reden, wenn du möchtest. Worum geht es? Du scheinst dich wegen irgend etwas entschuldigen zu wollen. Warum? Du führst dich so auf, als sei ich dir böse. Was hast du denn Schlimmes getan? Du hast dich vom Anfang bis zum Ende absolut korrekt verhalten.«

Vergeblich protestierte Maurice.

»So korrekt, daß ich deine ganz normale freundschaftliche Gesinnung mißverstanden habe. Als du mir gegenüber so nett warst, all die Nachmittage, an denen ich raufkam..., da dachte ich, es sei etwas anderes. Ich bin trauriger, als ich es jemals sagen kann. Ich hatte kein Recht, hinter meinen Büchern und aus meiner Musik aufzutauchen, so wie ich es getan habe, als ich dir begegnete. Du wirst meine Entschuldigung sicherlich ebenso wenig wollen wie sonst irgend etwas, was ich dir geben könnte, aber, Hall, ich meine es sehr ernst. Es bedeutet für mich einen immerwährenden Kummer, dich beleidigt zu haben.«

Seine Stimme war schwach, aber klar, und seine Gesichtszüge waren scharf wie ein Schwert. Maurice ließ einige Worte über die Liebe fallen – es war sinnlos.

»Ich glaube, das ist alles. Heirate schnell und vergiß.«

»Durham, ich liebe dich.«

Sein Freund lachte bitter.

»Doch ... immer schon ...«

»Gute Nacht, gute Nacht.«

»Ich sage dir doch, es ist so ... ich bin gekommen, um es dir zu sagen ... genau in der gleichen Weise wie du ..., ich bin schon immer wie die Griechen gewesen, ich habe es nur nicht gewußt.«

»Diese Behauptung mußt du ein wenig erläutern.«

Sofort ließen ihn die Worte im Stich. Er konnte nur reden, wenn man ihn nichts fragte.

»Hall, mach dich nicht lächerlich.« Er hob seine Hand, da Maurice etwas sagen wollte. »Du bist ein grundanständiger Bursche, und es sieht dir ähnlich, mich trösten zu wollen, aber es gibt Grenzen; ein oder zwei Dinge kann ich einfach nicht hinnehmen.«

»Ich bin nicht lächerlich ...«

»Ich hätte das nicht sagen sollen. Und jetzt geh bitte. Ich bin heilfroh, dir in die Hände gefallen zu sein. Die meisten Leute hätten mich dem Dekan gemeldet oder der Polizei.«

»Ach, geh doch zur Hölle, das ist alles, wofür du taugst«, schrie Maurice, eilte in den Hof und vernahm einmal mehr das Zuknallen der Außentür. Wütend stand er auf der Brücke, in einer Nacht, die der ersten ähnelte – feucht mit schwach schimmernden Sternen. Er übte keine Nachsicht wegen der dreiwöchigen Qual, die so ganz anders war als seine eigene, noch wegen des Giftes, das der eine ganz einfach ausscheidet, während der andere in völlig anderer Weise darauf reagiert. Er war aufgebracht, weil er seinen Freund nicht so angetroffen hatte, wie er ihn verlassen hatte. Es schlug zwölf, eins, zwei, und er malte sich immer noch aus, was er sagen wollte, wo es doch nichts mehr zu sagen gab und die Quellen des Gesprächs erschöpft waren. Dann rasend, unbekümmert, bis auf die Haut durchnäßt, erblickte er im ersten Schein der Morgendämmerung das Fenster von Durhams Zimmer, und sein Herz schlug heftig, und ein Zittern durchlief seinen Körper. Es schrie in ihm: »Du liebst und wirst geliebt.« Er blickte über den Hof. Es schrie in ihm: »Du bist stark, er ist schwach und allein«, und es war stärker als er. Entsetzt über das, was er tun mußte, hielt er sich am Fensterkreuz fest, dann schwang er sich hinüber.

»Maurice ...«

Als er aufprallte, wurde sein Name aus Träumen heraus laut gerufen. Die Gewalttätigkeit wich aus seinem Herzen, und eine Reinheit, von der er sich niemals eine Vorstellung hatte machen können, erfüllte es. Sein Freund hatte ihn gerufen. Einen Augenblick lang stand er überwältigt da, dann verlieh ihm das neue Gefühl Worte, er legte seine Hand sehr sanft auf die Kissen und antwortete: »Clive!«

ZWEITER TEIL

12

Clive hatte als Junge wenig unter inneren Wirrnissen gelitten. Sein ernsthaftes Wesen, zusammen mit seinem ausgeprägten Sinn für Recht und Unrecht, hatten die Überzeugung in ihm reifen lassen, er sei verdammt. Tief religiös und von der brennenden Sehnsucht erfüllt, zu Gott zu gelangen und Ihm zu gefallen, fand er sich schon in jungen Jahren plötzlich mit jener anderen Sehnsucht konfrontiert, die offensichtlich von Sodom ausging. Er hegte keine Zweifel daran, was es sei: Sein Gefühlsleben war gefestigter als das von Maurice, und es war nicht in einen rücksichtslosen und einen idealen Teil gespalten, noch vergeudete er Jahre damit, den Abgrund zu überbrücken. Er verspürte jenen Drang in sich, der die »Stadt der Ebene« zerstört hatte. Dieser Drang würde niemals in fleischliche Lust ausarten, aber warum war von allen Christen ausgerechnet er mit ihm gestraft worden?

Zuerst dachte er, Gott wolle ihn versuchen, und wenn er ihn nicht schmähe, würde er ihn belohnen wie Hiob. Deshalb senkte er sein Haupt, fastete und hielt sich fern von jedem, von dem er glaubte, er könne eine Zuneigung zu ihm fassen. Sein sechzehntes Lebensjahr war für ihn eine ununterbrochene Qual. Er erzählte niemandem davon und brach schließlich zusammen und mußte von der Schule genommen werden. Im Verlauf seiner Genesung merkte er plötzlich, daß er sich in einen Vetter verliebte, der ihn im Krankenrollstuhl herumfuhr. Sein Vetter war ein jungverheirateter Mann. Es war hoffnungslos, er war verdammt.

Die gleichen Schrecken hatten Maurice heimgesucht, nur verschwommener. Für Clive waren sie eindeutig, stetig, und beim Heiligen Abendmahl waren sie nicht bedrängender als anderswo. Ungeachtet der Zügel, die er der schändlichen Versuchung anlegte, mißverstand er sie zu keiner Zeit. Den Körper konnte er unter Kontrolle halten; es war

die der Versuchung ausgesetzte Seele, die seine Gebete verhöhnte.
Der Junge war stets ein eifriger Schüler gewesen, offen für das gedruckte Wort, wobei die ihm zur Warnung heraufbeschworenen Schrecken der Bibel schon bald von Plato gebannt werden sollten. Niemals würde er seine tiefe Bewegung nach der ersten Lektüre des *Phaedros* vergessen können. Er fand seine Krankheit dort ausgezeichnet beschrieben, ganz sachlich, als eine Leidenschaft, die wir lenken können, wie jede andere auch, zum Guten oder zum Bösen. Hier wurde man zu nichts aufgefordert oder ermächtigt. Er wagte seinem guten Geschick anfangs gar nicht zu trauen – dachte, es müsse ein Mißverständnis vorliegen, er und Plato dächten vielleicht an zwei ganz unterschiedliche Dinge. Dann erkannte er, daß der zurückhaltende Heide ihn tatsächlich verstand und ihm eine neue Lebensphilosophie lieferte, da er eher hinter die Bibel zurückging als in Gegensatz zu ihr zu treten. »Um das Beste aus dem zu machen, was ich habe.« Nicht um es auszulöschen, nicht um vergeblich zu wünschen, es möge etwas anderes sein, sondern um es zu hegen und zu pflegen, derart, daß es weder Gott noch Mensch kränken könne.
Er sah sich trotzdem genötigt, das Christentum abzulegen. Jene, die ihr Verhalten mehr auf dem gründen, was sie sind, als auf dem, was sie sein sollen, müssen sich seiner am Ende immer entledigen, und zudem existiert eine Fehde zwischen Clives Neigungen und jener jahrhundertealten Religion. Kein klarsehender Mensch kann sie miteinander versöhnen. Diese Neigung, um die offizielle Glaubensregel zu zitieren, »dürfe unter Christen nicht erörtert werden«, und eine Legende behauptet, alle, die sie teilten, seien am Morgen von Christi Geburt gestorben. Clive bedauerte das. Er entstammte einer Familie von Rechtsgelehrten und Gutsbesitzern, in der Mehrzahl gute und fähige Männer, und er wollte sich nicht aus ihrer Tradition entfernen. Er wünschte, das Christentum würde einen

kleinen Kompromiß mit ihm eingehen, und er durchforschte die Heilige Schrift nach einem Gleichnis, auf das er sich stützen konnte. Da waren David und Jonathan; da gab es sogar den »Jünger, den Jesus liebte«. Aber die Auslegung der Kirche sprach gegen ihn; er vermochte in ihr keinerlei Ruhe für seine Seele zu finden, ohne ihren Sinn gewaltsam zu verbiegen, und von Jahr zu Jahr zog er sich immer stärker auf die antiken Schriftsteller zurück.

Mit achtzehn war er ungewöhnlich reif und hatte sich so gut unter Kontrolle, daß er es sich erlauben konnte, jedem gegenüber freundlich zu sein, zu dem er sich hingezogen fühlte. Auf die Askese war die Ausgeglichenheit gefolgt. In Cambridge hegte er zärtliche Gefühle für andere Studenten, und sein Leben, das bis dahin grau gewesen war, bekam einen leichten Hauch von zarten Farbtönen. Sein Verhalten war umsichtig und vernünftig, ohne kleinlich zu sein. Er war bereit, noch weiter zu gehen, wenn er es für richtig erachten sollte.

In seinem zweiten Jahr begegnete er Risley, der auch »so« war. Clive erwiderte das Vertrauen nicht, das ihm ziemlich offen entgegengebracht wurde; außerdem mochte er Risley und seine Clique nicht besonders. Aber die bloße Tatsache beflügelte ihn. Er war glücklich in dem Wissen, daß noch andere von seiner Art herumliefen, und ihre Offenheit verlieh ihm die Kraft, seiner Mutter von seinem Agnostizimus zu erzählen; das war alles, was er ihr erzählen konnte. Mrs. Durham war eine weltliche Frau und protestierte kaum. Erst zu Weihnachten begann der Ärger. Da sie die einzigen Gutsherren im Pfarrbezirk waren, gingen die Durhams getrennt von den übrigen Kirchgängern zum Abendmahl, und das Wissen, daß das ganze Dorf auf sie blickte, während sie mit ihren Töchtern ohne Clive mitten auf der langen Fußbank kniete, erfüllte sie mit Scham und machte sie wütend. Sie stritten miteinander. Er erkannte, wie sie wirklich war –

verwelkt, ohne Mitgefühl, leer –, und in seiner Ernüchterung entdeckte er plötzlich, daß er lebhaft an Hall dachte.

Hall: Er war nur einer von mehreren Männern, die er ziemlich gern mochte. Es war zwar richtig, auch er hatte eine Mutter und zwei Schwestern, aber Clive war zu hellsichtig, um sich vorzumachen, dies seien die einzigen Bande zwischen ihnen. Er mußte Hall stärker mögen, als er es sich eingestand – mußte wohl ein wenig in ihn verliebt sein. Und sobald sie sich wiedertrafen, hatte er eine Gefühlsaufwallung, die ihn zu Vertraulichkeiten hinriß.

Der Mann war ein Bourgeois, unausgegoren und einfältig – zum Vertrauten ganz und gar ungeeignet. Trotzdem erzählte er ihm von seinem Ärger daheim, da Chapmans Zurückweisung ihn getroffen hatte. Als Hall anfing, sich um ihn zu bemühen, war er hocherfreut. Andere hielten sich fern von ihm, da sie meinten, er sei leidenschaftslos, und er sah es gerne, wenn sich ein robuster und hübscher Junge für ihn interessierte. Außerdem war es wunderbar, wenn Hall ihm durch das Haar strich: Die Gesichter der beiden Menschen in dem Zimmer verschwammen, er lehnte sich zurück, bis seine Wange Maurices Flanellhosen streifte, und er spürte, wie die Wärme durch sie hindurchdrang. Er gab sich bei diesen Gelegenheiten keinen Illusionen hin. Er wußte, was für eine Art von Vergnügen er empfing, und er nahm es offen an, in dem sicheren Bewußtsein, daß sie alle beide keinen Schaden dabei nahmen. Hall war ein Mann, der nur Frauen mochte, das konnte man auf den ersten Blick sehen.

Gegen Ende des Trimesters bemerkte er, daß Hall einen besonderen und schönen Gesichtsausdruck bekommen hatte. Er kam nur manchmal zum Vorschein, war schwer zu deuten und wurzelte tief in seinem Innern; er bemerkte ihn zum erstenmal, als sie sich wegen religiöser Fragen kabbelten. Er war herzlich, beinahe zärtlich und bis zu einem gewissen Grade natürlich, aber es lag etwas darin, was er an dem Mann bisher nicht bemerkt hatte, eine

Spur... Schamlosigkeit? Er war sich dessen nicht sicher, aber er mochte es. Der Ausdruck kehrte wieder, wenn sie sich unvermutet trafen oder wenn sie eine Zeitlang geschwiegen hatten. Er schien ihm über den Verstand hinweg zuzuzwinkern und dabei sagen zu wollen: »Das ist ja alles schön und gut, du bist klug, wir wissen das..., aber nun komm schon!« Dieser Ausdruck verfolgte ihn, so daß er nach ihm Ausschau hielt, während sein Verstand arbeitete und seine Zunge geschäftig war, und wenn er auftauchte, hörte er sich selbst antworten: »Ich werde kommen... Ich habe ja gar nicht gewußt...«
»Du kannst dir jetzt nicht selbst helfen, du mußt kommen.«
»Ich will mir gar nicht selbst helfen.«
»Dann komm.«
Er kam. Er riß alle Barrieren ein – nicht auf einmal, denn er lebte nicht in einem Gebäude, das an einem Tag zerstört werden kann. Während des ganzen Trimesters und danach in den Briefen bahnte er den Weg. Als er sicher war, daß Hall ihn liebte, ließ er seiner eigenen Liebe freien Lauf. Bis dahin war es nur eine Tändelei gewesen, ein flüchtiges Vergnügen für Leib und Seele. Wie er dies doch inzwischen verabscheute. Liebe war harmonisch, unendlich. Er verschwendete die Würde und den Reichtum seines Wesens an sie, und wirklich waren beide in diesem ausgeglichenen Menschen eins. Clive hatte nichts Demütiges an sich. Er war sich seines eigenen Wertes bewußt, und damals, als er erwartet hatte, daß er ohne Liebe durchs Leben gehen müsse, hatte er eher auf die Umstände geschimpft als auf sich selbst. Hall hatte sich, obwohl er anziehend wirkte und sogar schön war, nicht gemein gemacht. Sie würden sich im nächsten Trimester auf gleicher Stufe treffen.
Aber während ihm Bücher so viel bedeuteten, vergaß er, daß andere Menschen durch sie aus dem Gleichgewicht gestoßen werden konnten. Hätte er dem Körper vertraut, dann hätte sich kein Unglück ereignet, aber indem er ihre

Liebe mit der Vergangenheit verknüpfte, verband er sie mit der Gegenwart und rief im Bewußtsein seines Freundes die Konventionen und die Furcht vor dem Gesetz wach. Nichts davon bemerkte er. Was Hall sagte, das mußte er auch so meinen. Warum sollte er es sonst sagen? Hall verabscheute ihn – das hatte er gesagt: »Oh, verdammt« – diese Worte verletzten ihn mehr als jede Mißhandlung, und sie klangen tagelang in seinen Ohren nach. Hall war der gesunde, normale Engländer, der nie eine Ahnung davon gehabt hatte, was vor sich ging.
Stark war der Schmerz, groß die Demütigung, aber das, was folgte, war schlimmer. So sehr war Clive eins geworden mit dem Geliebten, daß er anfing, sich selbst zu verabscheuen. Seine gesamte Lebensphilosophie brach zusammen, und in den Trümmern wurde das Gefühl für die Sünde wiedergeboren und kroch durch die Gänge. Hall hatte ihn einen Kriminellen genannt, und er mußte es wissen. Er war verdammt. Er würde sich nie mehr trauen, sich mit einem jungen Mann anzufreunden, aus Angst davor, ihn zu korrumpieren. Hatte er Hall nicht dazu gebracht, seinen Glauben an das Christentum aufzugeben, und hatte er nicht außerdem seine Reinheit auf die Probe gestellt?
In jenen drei Wochen veränderte sich Clive außerordentlich, und keine Argumente erreichten ihn, als Hall – dieser gutmütige, unbesonnene Mensch – in sein Zimmer kam, um ihn zu trösten, dann erfolglos dieses und jenes versuchte und schließlich in einem Gefühlsausbruch verschwand. »Oh, geh doch zur Hölle, das ist alles, wofür du taugst.« Niemals war ein wahreres Wort ausgesprochen worden, wenn es von dem Geliebten auch schwer zu akzeptieren war. Clives Niederlage verschlimmerte sich noch: Sein Leben war in Stücke zerbrochen, und er verspürte keine innere Kraft mehr, es wiederaufzubauen und das Böse daraus zu verbannen. Seine Schlußfolgerung lautete: »Lächerlicher Junge! Ich habe ihn niemals geliebt. Ich

habe nur ein Ideal aufgerichtet in meiner verdorbenen Seele, und Gott möge mir helfen, es wieder loszuwerden.«
Aber es war dieses Ideal, das ihn in seinem Schlaf heimsuchte, und ihn veranlaßte, seinen Namen zu flüstern.

»Maurice . . .«

»Clive . . .«

»Hall!« stieß er schwer atmend hervor, nachdem er endlich ganz wach war. Ein Gefühl der Wärme durchdrang ihn.

»Maurice. Maurice, Maurice . . . Oh, *Maurice* . . .«

»Ich weiß.«

»Maurice, ich liebe dich.«

Sie küßten sich und verlangten doch kaum danach. Dann verschwand Maurice, wie er gekommen war, durch das Fenster.

13

»Ich habe schon zwei Vorlesungen versäumt«, bemerkte Maurice, der im Schlafanzug frühstückte.
»Laß sie alle sausen – er wird höchstens ein Ausgangsverbot über dich verhängen.«
»Wollen wir mit dem Motorrad rausfahren?«
»Ja, aber weit raus«, sagte Clive und zündete sich eine Zigarette an. »Ich kann Cambridge bei diesem Wetter nicht ausstehen. Laß uns einfach so weit wie möglich fahren und baden. Ich kann unterwegs arbeiten... Oh, verdammt!« – auf der Treppe waren Schritte zu hören. Joey Fetherstonhaugh warf einen Blick herein und fragte, ob einer von ihnen am Nachmittag mit ihm Tennis spielen wolle. Maurice sagte zu.
»Maurice! Warum hast du das getan, du Idiot?«
»Ich wollte ihn mir möglichst schnell vom Halse schaffen. Clive, komm in zwanzig Minuten in die Garage, bring deine gräßlichen Bücher mit und leih dir Joeys Schutzbrille. Ich muß mich anziehen. Bring auch was zu essen mit.«
»Was hältst du statt dessen von Pferden?«
»Zu langsam.«
Sie trafen sich wie vereinbart. Die Schutzbrille zu bekommen hatte keine Schwierigkeiten gemacht, da Joey nicht da gewesen war. Als sie sich jedoch durch die Jesus Lane hindurchschlängelten, rief der Dekan sie an.
»Hall, haben Sie keine Vorlesung?«
»Ich habe verschlafen«, rief Maurice respektlos zurück.
»Hall! Hall! Halten Sie an, wenn ich mit Ihnen spreche.«
Maurice fuhr weiter. »Es hat keinen Sinn, sich groß zu streiten«, bemerkte er.
»Nein, wirklich nicht.«
Sie rasten über die Brücke, hinein in die Ely Road. Maurice sagte: »Jetzt werden wir zur Hölle fahren.« Das Motorrad war schnell, und er selbst natürlich leichtsinnig. Es

schoß vorwärts, in das Marschland hinein und in den zurückweichenden Dom des Himmels. Sie verschwanden in einer Wolke aus Staub und Gestank und in einem donnernden Getöse, aber die Luft, die sie atmeten, war rein, und das einzige Geräusch, das sie hörten, war der langgezogene Jubelruf des Windes. Sie scherten sich um niemanden, sie waren außerhalb der Menschheit, und der Tod, hätte er sich gezeigt, hätte ihre Jagd auf einen fliehenden Horizont zu nur angetrieben. Ein Turm, eine Stadt – es war Ely – lagen hinter ihnen, vor ihnen der immer gleiche Himmel, der schließlich fahler wurde, als ob das Meer sich ankündige.

Rechts rum, noch einmal, dann links, rechts, bis sie schließlich jede Orientierung verloren hatten. Da war ein Graben, ein Gitter. Maurice achtete nicht darauf. Plötzlich ein Geräusch wie von tausend Kieselsteinen, die zwischen seinen Beinen durcheinandergeschüttelt wurden. Er baute keinen Unfall, aber das Motorrad kam auf den dunklen, schwarzen Feldern zum Stillstand. Der Gesang einer Lerche erklang, hinter ihnen begann sich die Staubwolke zu legen. Sie waren allein.

»Laß uns was essen«, sagte Clive.

Sie aßen in der Uferböschung eines grasbewachsenen Deiches. Unter ihnen bewegte sich sanft das Wassser eines Kanals und spiegelte immerwährend einige Weiden wieder. Von den Menschen, die diese Landschaft geschaffen hatten, war nichts zu sehen. Nach dem Mittagessen dachte Clive, er solle vielleicht besser etwas arbeiten. Er breitete seine Bücher aus und war nach zehn Minuten eingeschlafen. Maurice lag oben am Wasser und rauchte. Der Karren eines Bauern tauchte auf, und ihm kam der Gedanke, sich zu erkundigen, in welcher Grafschaft sie sich befänden. Aber er sagte nichts, noch schien der Bauer ihn überhaupt zu bemerken. Als Clive aufwachte, war es drei Uhr vorbei.

»Wir werden bald nach etwas Tee Sehnsucht haben«, lautete sein Beitrag zur Unterhaltung.

»Einverstanden. Kannst du das verdammte Motorrad reparieren?«
»Ach ja, hat sich da nicht was verklemmt vorhin?« Er gähnte und ging zur Maschine hinunter. »Nein, das schaffe ich nicht, du, Maurice?«
»Bestimmt nicht.«
Sie fielen sich in die Arme und fingen an zu lachen. Die Bruchlandung erschien ihnen außerordentlich komisch. Großvaters Geschenk ebenfalls! Er hatte es Maurice für den Tag seiner Großjährigkeit im August gekauft. Clive sagte: »Was hältst du davon, wenn wir es hier liegen lassen und zu Fuß gehen?«
»Ja, wer würde sich schon daran zu schaffen machen? Laß die Mäntel und das übrige Zeug im Beiwagen. Joeys Schutzbrille zum Beispiel.«
»Was ist mit meinen Büchern?«
»Laß sie auch da.«
»Werde ich sie nach dem Kolleg nicht brauchen?«
»Ach, ich weiß nicht. Tee ist viel wichtiger als das Kolleg. Mein Verstand sagt mir – was gibt's da zu kichern? –, daß wir zu einem Gasthaus kommen müssen, wenn wir nur lange genug dem Deich folgen.«
»Natürlich, sie brauchen den Kanal, um ihr Bier zu verdünnen!«
Maurice knuffte ihn in die Seite, und zehn Minuten lang trieben sie zwischen den Bäumen ihr Spiel, viel zu albern für ein Gespräch. Sie wurden wieder nachdenklich und standen dicht nebeneinander, dann versteckten sie das Motorrad hinter Heckenrosen und machten sich auf den Weg. Der Deich, dem sie folgten, gabelte sich.
»Wir müssen da hindurchwaten«, sagte er. »Wir können ihn nicht umgehen, wenn wir überhaupt jemals irgendwo ankommen wollen. Maurice, sieh doch – wir müssen uns einfach immer geradeaus in südlicher Richtung halten.«
»In Ordnung.«
Es spielte keine Rolle, wer von ihnen an diesem Tag etwas

vorschlug; der andere stimmte immer zu. Clive zog sich Schuhe und Socken aus und krempelte seine Hosen hoch. Dann machte er einen Schritt auf die braunschimmernde Wasseroberfläche des Deiches zu und verschwand. Schwimmend kam er wieder zum Vorschein.

»Ist das tief!« prustete er und kletterte raus. »Das hätte ich nicht gedacht, Maurice! Du etwa?«

Maurice rief: »Ich sage nur, ich muß sowieso einmal ordentlich baden.« Er tat es, während Clive seine Sachen trug. Der Tag wurde immer strahlender. Bald darauf kamen sie zu einem Bauernhof.

Die Bäuerin war abweisend und sehr mürrisch, im nachhinein jedoch sprachen sie von ihr als »absolut fabelhaft«. Schließlich gab sie ihnen Tee und erlaubte Clive, seine Sachen an ihrem Küchenfeuer zu trocknen.Sie überließ es ihnen, ob sie etwas bezahlen wollten, und als sie mehr als reichlich zahlten, murrte sie lediglich. Aber nichts konnte ihnen die gute Laune verderben. Sie verwandelte alles.

»Auf Wiedersehen, wir sind Ihnen sehr zu Dank verpflichtet«, sagte Clive. »Und wenn einer Ihrer Leute auf das Motorrad stößt: ich wünschte, wir könnten besser beschreiben, wo wir es stehengelassen haben. Wie auch immer, ich gebe Ihnen die Karte meines Freundes. Sie sollen sie doch bitte an der Maschine befestigen und sie zur nächsten Bahnstation bringen. Irgend etwas in der Art, ich weiß auch nicht. Der Stationsvorsteher wird uns telegrafisch verständigen.«

Die Bahnstation lag etwa acht Kilometer weit entfernt. Als sie dort ankamen, stand die Sonne schon ziemlich tief, und sie waren erst nach dem Essen zurück in Cambridge. Dieser letzte Teil des Tages war vollkommen.

Der Zug war aus irgendeinem unerfindlichen Grund gedrängt voll, und sie saßen dicht nebeneinander, sprachen im allgemeinen Stimmengewirr in aller Ruhe miteinander und lächelten. Als sie sich trennten, geschah es wie üblich: Keiner von beiden hatte den Drang, etwas Besonderes zu sagen. Es war ein ganz gewöhnlicher Tag gewesen. Doch weder hatte einer von beiden bisher je einen solchen Tag erlebt, noch war es möglich, ihn zu wiederholen.

14

Der Dekan verwies Maurice von der Universität.
Mr. Cornwallis war kein strenger Beamter, und der Junge hatte einen annehmbaren Ruf, aber einen so groben Bruch der Disziplin konnte er nicht einfach übersehen. »Warum haben Sie nicht angehalten, als ich Sie rief, Hall?« Hall antwortete nicht, zeigte sich nicht einmal schuldbewußt. Seine Augen blitzten, und obwohl Mr. Cornwallis sehr verärgert war, mekrte er, daß er es mit einem Mann zu tun hatte. In einer toten, blutleeren Art und Weise ahnte er sogar, was geschehen war.
»Gestern haben Sie den Gottesdienst und vier Vorlesungen einschließlich meines Übersetzungskurses sowie das gemeinsame Abendessen versäumt. Sie haben so etwas schon einmal gemacht. Es ist unnötig, außerdem noch widerspenstig zu werden, meinen Sie nicht auch? Nun? Keine Antwort? Sie werden von der Universität abgehen und Ihre Mutter über den Grund informieren. Auch ich werde sie informieren. Erst wenn Sie mir einen Entschuldigungsbrief schreiben, werde ich Ihre Wiederzulassung zum College im Oktober befürworten. Verpassen Sie nicht das Zwölf-Uhr-Läuten.«
»In Ordnung.«
Mr. Cornwallis bedeutete ihm, er könne gehen.
Durham wurde nicht bestraft. Ihm waren im Hinblick auf seine Schlußprüfung alle Vorlesungen erlassen worden, und selbst wenn er faul gewesen wäre, hätte ihn der Dekan in Ruhe gelassen; als bester Student seines Jahrgangs in den Altertumswissenschaften hatte er sich eine bevorzugte Behandlung verdient. Es war nur gut, wenn Hall ihn nicht länger ablenken konnte. Mr. Cornwallis war solchen Freundschaften gegenüber stets argwöhnisch. Es war unnatürlich, daß Männer von verschiedenem Charakter allzu vertraulich miteinander umgingen, und obwohl Studen-

ten, anders als Schuljungen, offiziell als normal gelten, übten die Tutoren ein gewisses Maß an Wachsamkeit aus und fühlten sich verpflichtet, eine Liebesaffäre zu durchkreuzen, wann immer sie konnten.

Clive half ihm beim Packen und begleitete ihn zum Bahnhof. Er sprach wenig, um seinen Freund, der noch ganz den Heldenmütigen mimte, nicht zu deprimieren, aber sein Herz wurde ihm allmählich schwer. Es war sein letztes Trimester, da ihn seine Mutter nicht noch ein viertes Jahr bleiben lassen würde, und das bedeutete, daß er und Maurice nie mehr zusammen in Cambridge sein würden. Ihre Liebe hing mit dieser Stadt zusammen, vor allem mit ihren Zimmern im College, so daß er sich nicht vorstellen konnte, daß sie sich woanders treffen würden. Er hätte sich gewünscht, daß Maurice sich dem Dekan gegenüber nicht so halsstarrig verhalten hätte und auch, daß das Motorrad nicht verlorengegangen wäre, aber nun war es zu spät. Er verband intensive Erinnerungen mit diesem Motorrad – die Qual auf dem Tennisplatz, das Glück des gestrigen Tages. Zu einer einzigen Bewegung verschmolzen, schienen sie darauf einander näher gewesen als irgendwo sonst; die Maschine war zu eigenem Leben erwacht, und damit hatten sie die von Plato gelehrte Einheit verwirklicht. Das war nun vorbei, und als jetzt auch noch der Zug mit Maurice abfuhr und ihre Hände buchstäblich auseinanderriß, da brach er zusammen, und er schrieb, als er auf sein Zimmer zurückgekehrt war, einen Brief voll leidenschaftlicher Verzweiflung.

Maurice erhielt ihn am nächsten Vormittag. Der Brief vollendete, was seine Familie begonnen hatte, und Maurice hatte seinen ersten gegen die ganze Welt gerichteten Wutausbruch.

15

Ich kann nicht um Entschuldigung bitten, Mutter – ich habe es doch schon gestern abend erklärt, es gibt da nichts zu entschuldigen. Sie hatten kein Recht, mich zu relegieren, schließlich versäumt jeder mal eine Vorlesung. Es ist reine Bosheit, du kannst fragen, wen du willst – Ada, versuch doch mal, Kaffee zu fabrizieren, statt Salzwasser.«
Sie schluchzte: »Maurice, du hast Mutter völlig aus der Fassung gebracht: wie kannst du nur so gemein und rücksichtslos sein?«
»Ich habe es ja nicht absichtlich getan. Ich sehe nicht, wieso ich gemein gewesen sein soll. Ich werde jetzt direkt ins Geschäftsleben eintreten, so wie Vater damals, ohne einen ihrer verdammten akademischen Grade zu erwerben. Ich sehe darin nichts Schlimmes.«
»Du solltest deinen armen Vater raushalten, er hatte niemals Unannehmlichkeiten«, sagte Mrs. Hall. »Oh, Morrie, mein Liebling – wir haben so viele Erwartungen in Cambrigde gesetzt.«
»Dieses ganze Gejammer führt zu nichts«, verkündete Kitty, die sich unbedingt als ausgleichendes Element betätigen wollte. »Es bestärkt Maurice nur in dem Glauben, er sei wichtig, was gar nicht der Fall ist: Er wird dem Dekan einen Brief schreiben, sobald ihm niemand mehr zusetzt.«
»Das werde ich nicht. So etwas kann man einfach nicht tun«, erwiderte ihr Bruder unnachgiebig.
»Das sehe ich nicht so.«
»Kleine Mädchen sehen vieles nicht.«
»Da bin ich mir nicht so sicher.«
Er schaute sie an. Aber sie meinte lediglich, sie sähe eine ganze Menge mehr als manche kleinen Jungen, die von sich selbst glauben, sie seien Männer. Sie schwatzte nur dumm daher, und die Furcht, die – mit einem Anflug von Respekt – in ihm aufgestiegen war, verging. Nein, er konnte

sich nicht entschuldigen. Er hatte nichts Unrechtes getan, und er würde jetzt auch nicht plötzlich das Gegenteil behaupten, es war die erste Regung von Ehrlichkeit, die ihn seit Jahren überkommen hatte, und Ehrlichkeit ist wie Blut. In seiner unbeugsamen Stimmung dachte der Junge, es müsse doch möglich sein, ohne Kompromiß zu leben und alles zu ignorieren, was ihm und Clive nicht passe! Clives Brief hatte ihn halb wahnsinnig gemacht. Kein Zweifel, er war töricht – ein vernünftiger Liebhaber würde sich entschuldigen und zurückkehren, um seinen Freund zu trösten –, aber es war die Torheit der Leidenschaft, die lieber nichts haben wollte als nur ein bißchen.

Sie redeten und heulten ohne Unterbrechung. Schließlich stand er auf und sagte: »Ich kann in solch einer Gesellschaft nichts essen«, und ging hinaus in den Garten. Seine Mutter folgte ihm mit einem Tablett. Ihre hingebungsvolle Sanftmut machte ihn wütend, denn die Liebe verleiht ungeahnte Kräfte. Es kostete sie nichts, überall mit zärtlichen Worten und tröstendem Zuspruch herumzuschleichen: Sie wollte ihn ja nur sanfter stimmen.

Sie wollte wissen, ob sie richtig gehört habe! Weigerte er sich wirklich, sich zu entschuldigen? Sie wunderte sich, was ihr Vater wohl sagen würde, und erfuhr beiläufig, daß das Geburtstagsgeschenk an irgendeinem ostenglischen Bewässerungsgraben lag. Sie machte sich allmählich ernsthafte Sorgen, denn dieser Verlust war für sie wirklicher als der Verlust eines akademischen Grades. Die Mädchen hielten sich ebenfalls nicht zurück. Den verbleibenden Vormittag über beklagten sie das Motorrad, und obwohl Maurice sie durchaus hätte zum Schweigen bringen oder außer Hörweite schicken können, spürte er, daß ihre geschmeidige Art seine Entschlossenheit – wie schon in den Osterferien – erneut zu unterminieren drohte.

Am Nachmittag erlitt er einen Zusammenbruch. Er wurde sich bewußt, daß Clive und er nur einen Tag lang zusammen gewesen waren! Und den hatten sie damit vertan, wie die Verrückten in der Gegend herumzukutschieren – statt sich in die Arme zu nehmen! Maurice ahnte nichts davon, daß sie den Tag auf diese Weise vollkommen verbracht hatten – er war zu jung, um eine Beziehung um ihrer selbst willen zu entdecken und ihre Trivialität hinzunehmen. Auch wenn ihn sein Freund gezügelt hätte, würde er die Leidenschaft bis zum Überdruß ausgekostet haben. Später, als seiner Liebe neue Kraft zuwuchs, wurde ihm klar, wie gut das Schicksal es mit ihm gemeint hatte. Die Umarmung in der Dunkelheit, der lange Tag in Wind und Wetter, waren zwei Säulen, jede sinnlos ohne die andere. Und alle Qualen der Trennung, die er jetzt durchlitt, zerstörten die Liebe nicht, sondern führten sie der Erfüllung näher.

Er versuchte, Clive zu antworten. Schon fürchtete er, sein Brief könne falsch klingen. Am Abend erhielt er Clives zweiten Brief, der aus den Worten bestand: »Maurice! Ich liebe dich.« Er antwortete: »Clive, ich liebe dich.« Dann schrieben sie sich jeden Tag, und aufgrund ihrer Aufmerksamkeit schuf jeder ein neues Bild von sich im Herzen des anderen. Durch Briefe können noch schneller Mißverständnisse entstehen als durch Schweigen. Clive überfiel plötzlich die Angst, es könne etwas schiefgehen, und kurz vor seinem Examen erhielt er die Erlaubnis, nach London zu fahren. Maurice aß mit ihm zu Mittag. Es war schrecklich. Sie waren beide müde und hatten ein Restaurant ausgesucht, in dem sie vor lauter Krach ihr eigenes Wort nicht verstehen konnten. »Ich fand es nicht schön«, meinte Clive, als sie sich verabschiedeten. Maurice war erleichtert. Er hatte sich selbst vorgemacht, es schön gefunden zu haben, und sich dadurch nur noch elender gefühlt. Sie vereinbarten, daß sie sich in ihren Briefen auf Tatsachen beschränken und nur schreiben sollten, wenn es etwas Dringendes gab. Die gefühlsmäßige Beanspruchung ließ nach, und Maurice, der einer Gehirnhautentzündung näher war, als er ahnte, verbrachte mehrere traumlose

Nächte, die ihn heilten. Aber das Alltagsleben war nach wie vor ein armseliges Geschäft.

Seine Situation zu Hause war nicht so, wie sie sein sollte. Mrs. Hall wünschte, daß ihr jemand die Entscheidung abnehmen würde. Maurice sah aus wie ein Mann, und vorige Ostern hatte er die Howells fortgejagt; aber auf der anderen Seite hatte man ihn von Cambridge verwiesen, und er war noch nicht einundzwanzig. Wo war sein Platz in ihrem Haus? Angestachelt von Kitty, machte sie den Versuch, sich durchzusetzen, aber nach einem aufrichtig überraschten Blick stellte sich Maurice taub. Mrs. Hall schwankte, und obwohl sie stolz war auf ihren Sohn, unternahm sie den unklugen Schritt, sich an Dr. Barry zu wenden. Maurice wurde eines Abends hinübergebeten, um sich mit ihm zu unterhalten.

»Nun, Maurice, wie sieht's aus mit der Karriere? Nicht ganz so, wie du erwartet hast, wie?«

Maurice hatte immer noch Angst vor dem Nachbarn.

»Nicht ganz so, wie deine Mutter es erwartet hat, was den Kern des Problems wohl eher trifft.«

»Nicht ganz so, wie alle es erwartet haben«, antwortete Maurice und blickte auf seine Hände.

Dann sagte Dr. Barry: »Ach, im Grunde genommen ist es doch nur gut so. Was willst du denn mit einem Universitätsdiplom? So etwas war nie vorgesehen für die Leute aus den Vororten. Du willst weder Geistlicher noch Rechtsanwalt oder Lehrer werden. Und du bist nicht adlig. Reine Zeitverschwendung. Begib dich sofort ins Geschirr der täglichen Arbeit. Du hast vollkommen recht, den Dekan zu beleidigen. Dein Platz ist in der Stadt. Deine Mutter...«, er machte eine Pause und zündete sich eine Zigarre an, dem Jungen hatte er nichts angeboten. »Deine Mutter versteht das nicht. Sich darüber zu ärgern, daß du dich nicht entschuldigst! Ich für meinen Teil glaube, daß sich solche Sachen von selbst einrenken. Du bist in eine Umgebung geraten, für die du einfach nicht geschaffen bist, und du hast völlig zu Recht die erste Gelegenheit ergriffen, um da herauszukommen.«

»Wie meinen Sie das, Sir?«

»Oh, immer noch nicht deutlich genug? Ich bin der Ansicht, jemand von Adel würde ganz instinktiv um Entschuldigung bitten, wenn er zu der Einsicht gelangt, sich wie ein ungehobelter Bursche aufgeführt zu haben. Du stehst eben in einer anderen Tradition.«

»Ich glaube, ich muß jetzt nach Hause«, sagte Maurice nicht ohne Würde.

»Ja, das glaube ich auch. Ich hoffe, dir ist klar, daß ich dich nicht eingeladen habe, um einen angenehmen Abend zu verbringen.«

»Sie haben offen gesprochen..., vielleicht werde ich es eines Tages auch tun. Ich bin mir sicher, daß ich es gerne täte.«

Jetzt geriet der Doktor außer sich, und er brüllte:

»Wie kannst du es wagen, deine Mutter so zu drangsalieren, Maurice. Man sollte dich mit der Reitpeitsche verprügeln. Du Grünschnabel, du! Herumstolzieren, statt sie um Verzeihung zu bitten! Ich weiß alles darüber. Sie kam mit Tränen in den Augen zu mir und bat mich, mit dir zu sprechen. Sie und deine Schwestern sind mir schätzenswerte Nachbarn, und wenn eine Frau mich ruft, stehe ich ihr zu Diensten. Antworte mir nicht, junger Herr, antworte mir nicht, ich will keine deiner großartigen Reden hören, seien sie nun offen oder sonstwie. Du bist kein Kavalier! Ich weiß nicht, wohin es noch mit der Welt kommen soll. Ich weiß nicht, was die Welt... Ich bin enttäuscht von dir und zutiefst empört.«

Als er endlich draußen war, wischte Maurice sich die Stirn. In einer Hinsicht schämte er sich. Er wußte, daß er sich seiner Mutter gegenüber schlecht benommen hatte, und der Angeber in ihm war an der empfindlichsten Stelle getroffen worden. Aber er konnte keinen Rückzieher machen, konnte nichts mehr daran ändern. Einmal aus dem

Gleis geraten, schien er es für immer zu sein. »Kein Kavalier!« Er dachte über die Anschuldigung nach. Wenn nun eine Frau in jenem Beiwagen gesessen und er sich der Aufforderung des Dekans, anzuhalten, widersetzt hätte, ob Dr. Barry dann wohl eine Entschuldigung von ihm verlangt haben würde? Sicherlich nicht. Es bereitete ihm einige Schwierigkeiten, diesen Gedankengang weiterzuverfolgen. Sein Denkvermögen war immer noch schwach entwickelt. Aber er war gezwungen, es einzusetzen, da so vieles von dem, was normalerweise gesagt und gedacht wurde, erst einmal interpretiert werden mußte, ehe er es verstehen konnte.

Er traf seine Mutter, die sich ihrerseits zu schämen schien; sie spürte, genau wie er, daß sie ihn selbst hätte ausschimpfen sollen. Maurice sei erwachsen geworden, beklagte sie sich Kitty gegenüber; die Kinder wendeten sich ab von einem; es sei alles sehr traurig. Kitty behauptete, ihr Bruder sei nach wie vor nur ein kleiner Junge; trotzdem hatten diese Frauen ein Gespür für eine gewisse Veränderung seiner Mundwinkel, seiner Augen und seiner Stimme, seit er Dr. Barry die Stirn geboten hatte.

16

Die Durhams lebten in einem entlegenen Winkel Englands an der Grenze zwischen Wiltshire und Sommerset. Obwohl sie keine alte Familie waren, besaßen sie seit vier Generationen Land, und diese Tatsache hatte sie geprägt. Clives Urgroßonkel war Lordoberrichter während der Regierungszeit George IV. gewesen, und das Schäfchen, das er ins Trockene gebracht hatte, war Penge. Doch das Schäfchen war allmählich etwas schwach auf der Brust geworden. Hundert Jahre hatten an dem Vermögen genagt, das durch keine reiche Braut wieder aufgefüllt worden war, und sowohl das Haus als auch das Gut waren zwar nicht unbedingt von Verfall, jedoch von Stillstand gezeichnet, der diesem vorausgeht.

Das Haus lag inmitten von Wäldern. Ein Park, der noch immer von den Reihen sich langsam auflösender Hecken durchzogen wurde, umschloß es und bot Licht und Luft sowie Weideland für die Pferde und die Alderney-Kühe. Dahinter erstreckte sich ein Gehölz, dessen Bäume in der Mehrzahl noch vom alten Sir Edwin, der sich das Gemeindeland einverleibt hatte, gepflanzt worden waren. Der Park hatte zwei Ausgänge, der eine führte zum Dorf, der andere auf einen morastigen Weg, der an der Bahnstation endete. Früher hatte es keine Station gegeben, und die Zufahrtstraße, die sich in einem unwürdigen Zustand befand und an den rückwärtigen Grundstücken entlangführte, war ein für das alte England typisches Beispiel eines im nachhinein verwirklichten Einfalles.

Maurice traf am Abend ein. Er kam direkt von seinem Großvater in Birmingham, wo er mit ziemlich gedämpfter Begeisterung seine Volljährigkeit gefeiert hatte. Obwohl er in Ungnade gefallen war, hatte man ihn nicht um seine Geschenke betrogen, aber sie wurden ohne Überschwang gegeben und empfangen. Er hatte sich so viel davon versprochen, einundzwanzig zu sein. Kitty ließ durchblicken, er freue sich deshalb nicht darüber, weil er auf die schiefe Bahn geraten sei. Er zwickte sie wegen dieser Bemerkung liebevoll in das Ohrläppchen und gab ihr dabei einen Kuß, was sie ziemlich ärgerte. »Du hast einfach keinen *Sinn* für Situationen«, sagte sie mürrisch. Er lächelte.

Der Unterschied zwischen Alfriston Gardens mit all seinen Verwandten und Fleischbrühen und Penge war enorm. Adelige Familien haben, selbst wenn sie verständig sind, etwas Beunruhigendes an sich, und Maurice näherte sich jenem Landsitz mit beträchtlicher Scheu. Natürlich hatte Clive ihn abgeholt und saß neben ihm in der Kutsche, aber dort saß außerdem noch eine gewisse Mrs. Sheepshanks, die mit dem gleichen Zug eingetroffen war. Mrs. Sheepshanks hatte eine Magd, die ihr mit dem Gepäck in einem Fiaker folgte, und Maurice überlegte, ob auch er einen Diener hätte mitbringen müssen. Das Parktor wurde von einem kleinen Mädchen aufgehalten. Mrs. Sheepshanks meinte, es sei wünschenswert, daß *jeder* einen Knicks mache. Clive trat ihm auf den Fuß, als sie das sagte, aber er war sich nicht sicher, ob es vielleicht nur ein Zufall gewesen war. Er war sich überhaupt keiner Sache mehr sicher. Als sie sich dem Haus näherten, verwechselte er die Rückseite mit der Vorderfront und schickte sich an, die Tür zu öffnen. Mrs. Sheepshanks sagte: »Oh, das ist aber schmeichelhaft.« Im übrigen gab es natürlich einen Butler, um die Tür öffnen zu lassen.

Der – sehr bittere – Tee erwartete sie, und Mrs. Durham schaute nach rechts, während sie dem Nachbarn zu ihrer Linken einschenkte. Überall standen Leute herum, die den Eindruck erweckten, als seien sie etwas Außergewöhnliches oder als wären sie aus einem ganz außergewöhnlichen Grunde hier. Sie beschäftigten sich mit irgendwelchen Dingen oder veranlaßten andere dazu: Miss Durham verpflichtete Maurice, morgen um Stimmen für die Einführung von Schutzzöllen zu werben. Politisch waren sie zwar einer Meinung, aber der Ausruf, mit dem sie ihr Bündnis mit ihm begrüßte, gefiel ihm gar nicht. »Mutter, Mr. Hall ist wirklich sehr vernünftig.« Major Western, ein Vetter, der ebenfalls im Hause weilte, fragte ihn über Cambridge aus. Ob die Armee es einem verüble, wenn man relegiert worden war? ... Nein, es war schlimmer als im Restaurant, denn dort waren sie wenigstens beide nicht in ihrem Element gewesen.

»Pippa, kennt Mr. Hall sein Zimmer schon?«

»Das blaue Zimmer, Mama.«

»Das ohne Kamin«, rief Clive. »Führ ihn hinauf.« Er begleitete gerade ein paar Besucher hinaus.

Miss Durham überantwortete Maurice dem Butler. Sie stiegen eine Seitentreppe hinauf, Maurice erblickte das zentrale Treppenhaus zu seiner Rechten und überlegte, ob er zurückgesetzt werden sollte. Sein Zimmer war klein, spärlich möbliert. Es hatte keine Aussicht. Als er sich hinhockte, um auszupacken, überwältigte ihn ein Gefühl wie in Sunnington, und er beschloß, während seines Aufenthalts in Penge alle seine Kleidungsstücke zu tragen. Sie sollten ja nicht denken, er sei altmodisch; er war ebenso gut wie alle anderen. Aber er war kaum zu dieser Erkenntnis gelangt, als Clive hereinhuschte, die Sonne in seinem Rücken. »Maurice, ich möchte dich küssen«, sagte er und tat es.

»Wo ... was ist denn hinter der Tür dort?«

»Unser Arbeitszimmer...«, er lachte, sein Gesicht strahlte vor wildem Ungestüm.

»Ach, deshalb also ...«

»Maurice! Maurice! Du bist tatsächlich gekommen. Du bist hier. Dieses Haus wird nie mehr dasselbe für mich sein, ich werde es schließlich doch noch lieben.«

»Ich freue mich so, hier zu sein«, sagte Maurice und hatte das Gefühl, zu ersticken: Die plötzliche Freude machte ihn ganz benommen.

»Mach ruhig weiter mit dem Auspacken. Ich habe das

absichtlich so arrangiert. Wir sind hier oben, auf dieser Seite des Treppenhauses, ganz unter uns. Ich habe versucht, so viel Collegeatmosphäre wie nur möglich reinzukriegen.«

»Es ist sogar besser als im College.«

»Ich hoffe.«

An der Tür zum Flur klopfte es. Maurice schrak zusammen, aber obwohl Clive noch an seine Schulter gelehnt dasaß, rief sein Freund gleichmütig: »Herein!« Ein Hausmädchen brachte heißes Wasser.

»Außer zu den Mahlzeiten brauchen wir den anderen Teil des Hauses überhaupt nicht zu betreten«, fuhr er fort. »Wir werden entweder hier sein oder draußen. Hübsch, nicht wahr?« Er zog Maurice in sein Arbeitszimmer. »Sieh doch, der Blick. Du kannst vom Fenster aus Karnickel schießen. Ach übrigens, wenn meine Mutter oder Pippa dir beim Abendessen beibringen wollen, was du morgen alles tun solltest, dann ärgere dich nicht. Sag einfach ja zu allem. In Wirklichkeit wirst du mit mir zusammen ausreiten, und das wissen sie auch. Es ist nur ein Ritual. Auch wenn du Sonntag nicht in der Kirche warst, werden sie hinterher behaupten, du seist dort gewesen.«

»Aber ich habe gar keine passenden Reithosen.«

»In diesem Fall kann ich leider keinen Umgang mit dir pflegen«, erwiderte Clive und eilte davon.

Als Maurice in den Salon zurückkehrte, fühlte er, daß er ein größeres Recht habe, dort zu sein, als sonst jemand. Er trat zu Mrs. Sheepshanks, sprach sie an, bevor sie ihren Mund aufmachen konnte, und war ihr gegenüber äußerst zuvorkommend. Er nahm seinen Platz in dem lächerlichen Oktett ein, das sich jetzt formierte, um in den Speisesaal zu gehen – Clive und Mrs. Sheepshanks, Major Western und eine andere Frau, ein anderer Mann und Pippa, er selbst und seine Gastgeberin. Sie entschuldigte sich wegen der kleinen Gesellschaft.

»Aber nicht doch«, sagte Maurice und sah, wie Clive ihn

maliziös ansah: Er hatte die falsche Floskel erwischt. Dann prüfte ihn Mrs. Durham auf Herz und Nieren, aber er scherte sich keinen Pfifferling darum, ob er sie zufriedenstellte oder nicht. Sie hatte die Gesichtszüge ihres Sohnes und schien ebenfalls recht tüchtig zu sein, wenn auch nicht so aufrichtig. Er verstand, warum Clive sie verachtete.

Nach dem Abendessen rauchten die Männer, dann schlossen sie sich den Damen an. Es war ein Abend wie bei ihm zu Hause in seinem Vorort, aber in einem unterschied er sich doch: Diese Leute machten alle den Eindruck, als hätten sie etwas zu erledigen: Entweder hatten sie England gerade aufgebaut, oder sie würden es bald wieder aufbauen. Und doch hatte er auf dem Weg hierher bemerkt, in welch schlechtem Zustand sich das Parktor und die Straßen befanden, der Zaun war nicht ordentlich gehalten, die Fenster klemmten, die Dielen knarrten. Er war von Penge weniger beeindruckt, als er erwartet hatte.

Als sich die Damen zurückzogen, meinte Clive: »Maurice, du siehst auch müde aus.« Er verstand den Wink, und fünf Minuten später trafen sie sich in Clives Arbeitszimmer wieder und hatten die ganze Nacht für sich. Sie zündeten ihre Pfeifen an. Es war das erste Mal, daß sie in aller Ruhe miteinander sprechen konnte, und es würde köstlich sein. Sie wußten es und mochten doch kaum damit beginnen.

»Ich werde dir jetzt das Neueste erzählen«, sagte Clive. »Sobald ich nach Hause gekommen war, hatte ich einen Krach mit meiner Mutter, und ich habe ihr erzählt, saß ich noch ein viertes Jahr dranhängen werde.«

Maurice schrie überrascht auf.

»Was ist denn?«

»Ich bin relegiert worden.«

»Aber du kommst doch wieder im Oktober.«

»Eben nicht. Cornwallis sagte, ich müsse mich entschuldigen, und das wollte ich nicht – ich dachte mir, du würdest nicht mehr dort sein, und so war es mir egal.«

»Und ich habe alles versucht, länger zu bleiben, weil ich dachte, du wärest dort: Komödie der Irrungen.«
Maurice starrte düster vor sich hin.
»Komödie der Irrungen, nicht Tragödie. Du kannst dich immer noch entschuldigen.«
»Es ist zu spät.«
Clive lachte. »Warum zu spät? Jetzt ist es sogar einfacher. Du mochtest dich nicht entschuldigen, bevor das Trimester, in dem du Mist gebaut hast, zu Ende war. ›Lieber Mr. Cornwallis, jetzt, da das Trimester vorbei ist, wage ich es, Ihnen zu schreiben.‹ Ich setze den Brief morgen auf.«
»Clive, du bist ein Teufel.«
»Zugegeben, ich habe etwas von einem Vogelfreien an mir, aber es geschieht diesen Leuten recht. Solange sie von dem unaussprechlichen Laster der Griechen sprechen, können sie kein faires Spiel erwarten. Es geschah auch meiner Mutter ganz recht, wenn ich vor dem Abendessen schnell zu dir hinaufgesprungen bin, um dich zu küsssen. Sie würde keine Gnade kennen, wenn sie es wüßte, und sie würde keinen Versuch machen, ja nicht einmal den Wunsch verspüren, die Tatsache zu verstehen, daß ich dir gegenüber genauso empfinde wie Pippa ihrem Verlobten gegenüber, nur viel großartiger, viel tiefer, mit Leib und Seele, keine mittelalterliche Hungerleiderei natürlich, nur eine... eine ganz besondere Harmonie von Körper und Geist, von der Frauen, glaube ich, überhaupt keine Ahnung haben. Du aber kennst sie.«
»Ja. Ich werde mich entschuldigen.«
Es trat eine lange Pause ein. Dann sprachen sie über das Motorrad, von dem sie nie wieder etwas gehört hatten. Clive machte Kaffee.
»Sag mir, was hat dich veranlaßt, mich in jener Nacht nach der Diskussionsrunde zu wecken? Erzähl.«
»Ich wollte die ganze Zeit über etwas sagen, aber ich konnte nicht, zum Schluß konnte ich nicht einmal mehr denken, und so bin ich einfach zu dir gegangen.«

»Typisch für dich.«
»Willst du mich auf den Arm nehmen?« fragte Maurice schüchtern.
»Mein Gott!« Sie schwiegen. »Erzähl mir jetzt von dem Abend, als ich diese Sache zum erstenmal zur Sprache gebracht habe. Warum hast du uns beide so unglücklich gemacht?«
»Ich sage doch, ich weiß es nicht. Ich kann überhaupt nichts erklären. Warum hast du mich mit diesem verdammten Plato verführt? Ich wußte nicht mehr, wo mir der Kopf stand, und warf einen Haufen Dinge durcheinander, die ich seither auseinanderhalten kann.«
»Aber hatte ich dich nicht schon seit Monaten beeinflußt? Eigentlich doch, seit wir uns zuerst bei Risley begegnet sind?«
»Frag mich nicht.«
»Es ist jedenfalls eine verrückte Sache.«
»Genau.«
Clive lachte behaglich und räkelte sich tief in seinem Stuhl. »Maurice, je mehr ich darüber nachdenke, desto mehr glaube ich, daß du der Teufel bist.«
»Nun, meinetwegen.«
»Ich wäre im Halbschlaf durch das Leben gegangen, wenn du den Anstand besessen hättest, mich in Ruhe zu lassen. Geistig wach, ja, und in einer gewissen Weise gefühlsmäßig; aber hier...«, er deutete mit dem Pfeifenstiel auf sein Herz; und beide lächelten. »Vielleicht haben wir uns gegenseitig geweckt. Der Gedanke gefällt mir sowieso.«
»Wann hast du dich zuerst für mich interessiert?«
»Frag mich nicht«, äffte Clive ihn nach.
»Oh, sei mal ein bißchen ernsthaft..., nun, was hat zuerst dein Interesse an mir geweckt?«
»Möchtest du das wirklich wissen?« fragte Clive, der in der Stimmung war, die Maurice so an ihm liebte – halb boshaft, halb leidenschaftlich; ein Gefühl intensivster Liebe.
»Ja.«

»Gut, es war deine Schönheit.«
»Meine was?«
»Schönheit... Bisher habe ich immer jenen Mann dort über dem Bücherregal am meisten bewundert.«
»Ich glaube allerdings nicht, daß ich sein Bild ausstechen kann«, sagte Maurice, nachdem er einen Blick auf den Michelangelo geworfen hatte. »Clive, du bist ein verrückter kleiner Idiot, und da du einmal davon angefangen hast, so bin ich der Meinung, daß du schön bist, der einzig schöne Mensch, dem ich je begegnet bin. Ich liebe deine Stimme und alles, was mit dir zu tun hat, bis hin zu deiner Kleidung oder dem Zimmer, in dem du dich befindest. Ich bete dich an.«
Clive wurde rot. »Setz dich grade hin und laß uns das Thema wechseln«, sagte er, und die ganze Verrücktheit fiel von ihm ab.
»Ich wollte dich keineswegs ärgern...«
»Solche Dinge müssen einmal gesagt werden, sonst würden wir niemals wissen, daß sie in unseren Herzen sind. Ich hätte es nicht vermutet, zumindest nicht in diesem Maße. Wir haben es ganz richtig gemacht, Maurice.« Er wechselte nicht etwa das Thema, sondern entwickelte aus ihm ein neues, für das er sich kürzlich interessiert hatte, nämlich den genauen Einfluß des Verlangens auf unsere ästhetischen Urteile. »Sieh dir zum Beispiel dieses Bild an. Ich liebe es, weil ich, wie der Maler selbst, das Motiv liebe. Ich beurteile es nicht mit den Augen eines normalen Mannes. Man scheint auf zwei Wegen zur Schönheit gelangen zu können, der eine ist der allgemein übliche, und alle Welt hat sich Michelangelo auf ihm genähert, aber der andere ist allein mir und einigen wenigen vorbehalten. Wir gelangen auf beiden Wegen zu ihr. Auf der anderen Seite Greuze – sein Thema stößt mich ab. Ich kann mich ihm nur auf dem einen Weg nähern. Die übrige Welt hat deren zwei zur Verfügung.«

Maurice unterbrach ihn nicht: Für ihn war das alles nur ein bezaubernder Unsinn.

»Diese Privatwege stellen vielleicht ein Mißverständnis dar«, fuhr Clive fort, »aber solange jemand den menschlichen Körper malt, wird man sie benutzen. Landschaft ist der einzige unverfängliche Gegenstand – oder vielleicht auch noch etwas Geometrisches, Rhythmisches, vom Menschen vollkommen Losgelöstes. Ich überlege, ob es das ist, was die Mohammedaner wollten und auch der alte Moses – der Gedanke ist mir gerade gekommen. Wenn du den menschlichen Körper ins Spiel bringst, erregst du sofort entweder Ablehnung oder Verlangen. Nur sehr schwach manchmal, aber ein solches Gefühl stellt sich ein. ›Du sollst dir kein Bildnis machen von deinem Gott‹ – denn man könnte es ja schlechterdings nicht stellvertretend für alle anderen Leute machen. Maurice, sollen wir die Geschichte neu schreiben? *Die ästhetische Philosophie der Zehn Gebote*. Ich habe es immer bemerkenswert von Gott gefunden, daß er dich oder mich nicht verdammt hat in ihnen. Ich habe es seinem Sinn für Gerechtigkeit zugeschrieben, obgleich ich inzwischen vermute, daß er bloß nicht gut genug informiert war. Aber wie auch immer, ich könnte eine Studie darüber verfassen. Soll ich meine Dissertation über dieses Thema schreiben?«

»Du weißt, daß ich dir nicht folgen kann«, meinte Maurice ein wenig kleinlaut.

Und ihre Liebesstunde zog sich hin und hatte den unschätzbaren Vorteil einer neuen Sprache. Keine Konventionen schüchterten die beiden Jungen ein. Keine Übereinkunft bestimmte, was gefühlvoll war, was lächerlich. Sie waren mit einer Leidenschaft bei der Sache, die immer nur sehr wenige Engländer gebilligt haben, und sie konnten sich auf diese Weise ungehindert entfalten. Und schließlich erschloß sich ihnen beiden etwas, das voll war von köstlicher Schönheit, etwas Unvergeßliches und Ewiges, das nichtsdestoweniger nur auf den bescheidensten

Sprachbrocken und auf den einfachsten Gefühlsregungen gegründet war.
»Sag, willst du mich küssen?« fragte Maurice, als die Spatzen in der Dachrinne über ihnen erwachten und fern in den Wäldern die Lachtauben zu gurren begannen.
Clive schüttelte den Kopf, und sie trennten sich lächelnd, nachdem sie in ihr Leben ein Stückchen Vollkommenheit gebracht hatten, jedenfalls für eine gewisse Zeit.

17

Es mutet seltsam an, daß Maurice die Wertschätzung der Durhams errungen haben sollte, aber sie mochten ihn durchaus. Sie konnten lediglich diejenigen Leute nicht ausstehen, die sich zu sehr um sie bemühten – das war eine ausgesprochene Manie –, und der Verdacht, jemand buhle um die Aufnahme in die adelige Gesellschaft einer Grafschaft, war Grund genug, ihn aus ihr auszuschließen. Innerhalb dieser Gesellschaft – einer Welt von regem Gedankenaustausch und mannigfaltigen würdevollen Bestrebungen, die nichts bedeuteten – stieß man auf Menschen, die wie Mr. Hall ihrem Schicksal weder besonders dankbar waren, noch sich vor ihm fürchteten und die ohne einen Seufzer verschwinden würden, falls es notwendig sein sollte. Die Durhams waren zwar der Ansicht, Maurice eine Gefälligkeit zu erweisen, indem sie ihn als Ihresgleichen behandelten, dennoch waren sie angenehm berührt, daß er das selbstverständlich fand, da Dankbarkeit für sie, merkwürdigerweise, ein Zeichen von schlechter Erziehung war. Da er nur etwas zu essen und die Nähe seines Freundes wollte, bemerkte Maurice nicht, daß er Erfolg hatte, und er war überrascht, als die alte Dame ihn gegen Ende seines Besuchs zu einem Gespräch aufforderte. Sie hatte ihn schon über seine Familie ausgefragt und deren völlige Bedeutungslosigkeit konstatiert, aber diesmal trat sie ihm voller Respekt gegenüber: Sie wollte gern seine Meinung über Clive hören.

»Mr. Hall, wir möchten, daß Sie uns helfen. Clive hält soviel von Ihnen. Finden Sie es angemessen, daß er ein viertes Jahr in Cambridge bleibt?«

Maurice dachte gerade darüber nach, welches Pferd er am Nachmittag reiten sollte, und so war er nur halb bei der Sache, was ihm einen Anschein von Tiefgründigkeit verlieh.

»Ist es wirklich richtig, wenn man die traurige Figur bedenkt, die er in der Prüfung gemacht hat?«
»Er möchte es wohl gerne«, sagte Maurice.
Mrs. Durham nickte.
»Da sind Sie zum Kern des Problems vorgestoßen. Clive möchte es gerne. Schön, er ist sein eigener Herr. Dieses Gut gehört ihm. Hat er es Ihnen erzählt?«
»Nein.«
»Ach so, nach dem letzten Willen meines Mannes gehört Penge ausschließlich ihm. Sobald er heiratet, muß ich mich auf das Altenteil zurückziehen.«
Maurice fuhr zusammen; sie sah ihn an und bemerkte, daß er errötete. Da ist also tatsächlich ein Mädchen, dachte sie. Sie vernachlässigte diesen Punkt für den Augenblick, wandte sich erneut Cambridge zu und meinte, ein viertes Jahr könne für einen »Bauern« kaum sinnvoll sein – sie verwendete das Wort mit fröhlicher Selbstsicherheit –, und es sei doch wünschenswert, wenn Clive seine Aufgaben übernähme. Da war die Jagd, da waren seine Pächter und da war die Politik. »Sein Vater vertrat unseren Bezirk, wie Sie zweifellos wissen werden.«
»Nein.«
»Worüber spricht er denn mit Ihnen?« lachte sie. »Wie auch immer, mein Mann war sieben Jahre lang Abgeordneter, und obwohl jetzt ein Liberaler im Landtag sitzt, weiß jeder, daß es nicht so weitergehen kann. Alle unsere alten Freunde bauen auf ihn. Aber er muß seinen Platz einnehmen, muß sich qualifizieren, und was um alles in der Welt ist an einer verlängerten Studienzeit so gut. Er sollte das Jahr lieber reisen, nach Amerika und wenn möglich in die Kolonien. Das ist inzwischen ein absolutes Muß.«
»Er spricht davon, nach seinem Abschluß in Cambridge zu reisen. Er will, daß ich ihn begleite.«
»Ich hoffe zuversichtlich, daß Sie es tun werden – aber nicht Griechenland, Mr. Hall. Das heißt ja zum Vergnügen reisen. Reden Sie ihm Italien und Griechenland aus.«

»Auch ich würde Amerika vorziehen.«

»Natürlich – jeder vernünftige Mensch würde das; aber er ist ein Student – ein Träumer. Pippa sagt, er schreibt Gedichte. Haben Sie welche gesehen?«

Maurice hatte ein Gedicht gesehen: Es war an ihn gerichtet. Da er wußte, daß das Leben mit jedem Tag erstaunlicher wurde, sagte er nichts. War er noch derselbe, der sich von Risley vor acht Monaten derart hatte verwirren lassen? Was hatte sein Blickfeld denn so erweitert? Nach und nach erwachten die Streitkräfte des Allzumenschlichen. Sie erwachten, doch sie waren ein wenig lächerlich; sie mißverstanden ihn völlig: Sie enthüllten nur ihre Schwäche, wenn sie sich für besonders scharfsinnig hielten. Er mußte ganz einfach lächeln.

»Sie haben offensichtlich...«, dann plötzlich: »Mr. Hall gibt es da irgend jemanden? Ein Mädchen aus Newnham? Pippa behauptet es.«

»Pippa hätte ihn lieber selbst fragen sollen«, antwortete Maurice. Mrs. Durham war beeindruckt. Er hatte eine Zudringlichkeit mit einer anderen beantwortet. Wer hätte bei einem jungen Mann eine derartige Gewandtheit vermutet? Sein Sieg schien ihn sogar gleichgültig zu lassen, und er lächelte einem Gast zu, der sich über den Rasen her näherte, um sich eine Tasse Tee zu holen. In dem Tonfall, den sie für Ihresgleichen reservierte, bat sie ihn: »Reden sie ihm jedenfalls zu wegen Amerika. Er braucht Wirklichkeit. Das ist mir voriges Jahr aufgefallen.«

Während sie über die Lichtung ritten, redete Maurice ihm in gebührender Weise zu.

»Ich dachte mir, daß du gut ankommst«, lautete Clives Kommentar. »Es sieht ihnen ähnlich. Sie würden sich für keinen billigen Jakob interessieren.« Clive war voller Opposition gegen seine Familie, er haßte ihre Weltlichkeit, die mit einer vollkommenen Unkenntnis der Welt einherging. »Diese Kinder werden eine ziemliche Plage sein«, meinte er während eines leichten Galopps.

»Welche Kinder?«

»Meine! Ich muß für einen Erben auf Penge sorgen. Meine Mutter nennt es Ehe, aber das war auch alles, woran sie bisher dachte.«

Maurice schwieg. Es war ihm bis jetzt nie in den Sinn gekommen, daß weder er noch sein Freund Leben zurücklassen würden.

»Ich werde ewig damit geplagt werden. So wie die Sache aussieht, werden sie immer irgendein Mädchen im Haus parat haben.«

»Warte ab, bis du älter wirst.«

»He, was ist denn, Junge?«

»Nichts«, sagte Maurice und verhielt sein Pferd.

Eine unendliche Traurigkeit – er hatte geglaubt, über solche Irritationen hinaus zu sein – hatte ihn überwältigt. Er und der Geliebte würden vollständig verschwinden – würden weder im Himmel noch auf Erden weiterexistieren. Den Konventionen hatten sie ihren Sieg abgerungen, aber die Natur bot ihnen nach wie vor die Stirn und meinte gelassen: »Sehr schön, ihr seid also so beschaffen, ich tadele niemanden von meinen Kindern. Aber ihr müßt den Weg aller Unfruchtbaren gehen.« Der Gedanke an seine Unfruchtbarkeit verursachte ein plötzliches Gefühl der Scham in dem jungen Mann. Seiner Mutter oder Mrs. Durham mochte es an Verstand oder Herz mangeln, aber sie hatten ein Werk vollbracht, das allen sichtbar war, sie hatten die Fackel weitergereicht, die ihre Söhne austreten würden.

Er hatte Clive nicht damit behelligen wollen, aber sobald sie sich ins Farnkraut legten, sprudelte es nur so aus ihm heraus. Clive war nicht einverstanden. »Warum Kinder?« fragte er. »Warum denn immer Kinder? Es ist doch sehr viel schöner, wenn die Liebe dort endet, wo sie anfängt, und die Natur weiß das auch.

»Ja, aber wenn jeder so ...«

Clive stieß ihn wieder auf ihre ureigensten Probleme. Er

murmelte etwas von Ewigkeit, die in einer Stunde eingeschlossen ist: Maurice verstand ihn nicht, aber die Stimme seines Freundes beruhigte ihn.

18

Während der folgenden zwei Jahre erlebten Maurice und Clive soviel Glück, wie Männer unter diesem Himmel nur erwarten können. Sie waren von Natur aus zärtlich und verträglich und dank Clive äußerst vernünftig. Clive wußte, daß der Gefühlsüberschwang nicht andauern kann, jedoch imstande ist, das Flußbett für etwas Dauerndes zu graben, und er baute an einer Beziehung, die Bestand haben sollte. Maurice lebte die Liebe, und Clive war es, der sie behütete und ihre Ströme leitete, um den Garten zu bewässern. Er konnte es nicht ertragen, daß auch nur ein einziger Tropfen vergeudet wurde, weder in Augenblicken der Bitterkeit noch in solchen der Gefühlsseligkeit, und im Laufe der Zeit enthielten sie sich jeglicher Geständnisse (»wir haben einander alles gesagt«) und beinahe auch aller Zärtlichkeiten. Ihr Glück bestand darin, zusammenzusein; wenn sie unter Menschen waren, dann strahlten sie etwas von ihrer Gelassenheit auf andere aus, und sie vermochten ihren Platz in der Gesellschaft einzunehmen.

Clive hatte sich – seit der Zeit, da er das Wesen Griechenlands verstanden hatte – in diese Richtung bewegt. Die Liebe, die Sokrates gegenüber Phaidon empfand, war jetzt auch ihm möglich, eine leidenschaftliche, aber beherrschte Liebe, wie nur edlere Wesen sie verstehen können, und er begegnete in Maurice einer Natur, die nicht unbedingt edel, aber auf bezaubernde Weise lenkbar war. Er führte den Geliebten einen schmalen und wunderschönen Pfad empor, hoch über jedem Abgrund. Diesen Pfad stiegen sie immer weiter, bis sie die endgültige Dunkelheit erreicht haben würden – er konnte sich keinen anderen Schrecken denken – und wenn diese sich einst herabsenkte, dann hätten sie immerhin ein erfüllteres Leben gelebt als irgendein Heiliger oder Lüstling, und sie hätten so viel Erhabenheit und Süße aus der Welt gesogen als nur möglich. Er erzog Maurice, oder vielmehr sein Geist erzog Mauricens Geist, da sie sich selbst immer ähnlicher wurden. Keiner von beiden dachte: »Werde ich geführt – führe ich?« Die Liebe hatte Clive der Gewöhnlichkeit entrissen und Maurice der Verwirrung, auf daß zwei unvollkommene Seelen zur Vollkommenheit gelangen möchten.

So gingen sie ihren Weg wie andere Männer auch. Die Gesellschaft nahm sie auf, wie sie Tausende aufnahm, die ihnen ähnelten. Hinter der Gesellschaft lauerte das Gesetz. Sie verbrachten ein letztes Jahr zusammen in Cambridge, sie reisten nach Italien. Dann schloß sich der Kerker, aber hinter beiden. Clive arbeitete in einer Advokatur, Maurice legte sich in einem Büro ins Geschirr. Sie waren immer noch zusammen.

19

In dieser Zeit hatten sich ihre Familien kennengelernt. »Sie werden niemals etwas miteinander anfangen können«, war ihre einstimmige Meinung gewesen. »Sie gehören verschiedenen Schichten der Gesellschaft an.« Aber – vielleicht war es nur eine Laune – die Familien kamen miteinander aus, und Clive und Maurice fanden es amüsant, sie zu beobachten, wenn sie zusammen waren. Sie waren beide Weiberfeinde, vor allem Clive. Während sie damit beschäftigt waren, ihr Naturell zu begreifen, waren sie nicht einmal auf den Gedanken gekommen, den Frauen zumindest Respekt entgegenzubringen, und in der Zeit ihrer Liebe war ihnen das andere Geschlecht so fern wie Pferde oder Katzen; alles, was diese Wesen taten, schien ihnen töricht zu sein. Wenn Kitty darum bat, Pippas Baby halten zu dürfen, wenn Mrs. Durham und Mrs. Hall gemeinsam die Königliche Akademie besuchten, dann sahen sie darin eher einen Fehler der Natur als einen der Gesellschaft und ergingen sich in unsinnigen Deutungen. Es gab wirklich nichts Merkwürdiges: Sie ruhten völlig in sich selbst. Ihre Leidenschaft füreinander war die stärkste Kraft in beiden Familien und zog alles nach sich, wie eine verborgene Strömung ein Boot in ihren Sog zieht. Mrs. Hall und Mrs. Durham verabredeten sich, weil ihre Söhne befreundet waren. »Und jetzt«, sagte Mrs. Hall, »sind wir auch Freunde.«

Maurice war an dem Tag dabei, als ihre »Freundschaft« begann. Die beiden alten Damen trafen sich in Pippas Haus in London. Pippa hatte einen gewissen Mr. London geheiratet, eine Übereinstimmung, die großen Eindruck auf Kitty gemacht hatte, die ihrerseits hoffte, sie würde nicht daran denken und beim Tee darüber lachen müssen. Da Ada für einen Antrittsbesuch einfach zu beschränkt war, blieb sie auf Anordnung von Maurice zu Hause. Es passierte überhaupt nichts. Dann fuhren Pippa und ihre Mutter hinaus, um den Höflichkeitsbesuch zu erwidern. Maurice war in der Stadt, aber wieder schien nichts passiert zu sein, außer daß Pippa gegenüber Ada die Intelligenz Kittys gelobt, und gegenüber Kitty Adas Schönheit, und auf diese Weise beide Mädchen beleidigt hatte. Und Mrs. Hall hatte Mrs. Durham davor gewarnt, in Penge eine Zentralheizung installieren zu lassen. Dann trafen sie sich wieder, und soweit er es beurteilen konnte, verlief dieser Besuch ähnlich; nichts, und immer wieder nichts.

Mrs. Durham hatte natürlich ihre Beweggründe. Sie hielt Ausschau nach Frauen für Clive und setzte die Hall-Mädchen auf ihre Liste. Sie hing der Theorie an, man sollte die Arten ein wenig kreuzen, und Ada war gesund, wenn auch eine typische Vorortbewohnerin. Kein Zweifel, das Mädchen war ein bißchen dumm, aber Mrs. Durham beabsichtigte nicht, sich tatsächlich auf das Altenteil zurückzuziehen, was auch immer sie verkünden mochte, und sie hoffte, Clive am besten auf dem Umweg über seine Frau dirigieren zu können. Kitty hatte geringere Qualifikationen. Sie war weniger dumm, weniger schön und weniger reich. Ada würde das gesamte Vermögen ihres Großvaters erben, und dieses war beträchtlich, und sie hatte schon seit jeher seine gute Laune geerbt. Mrs. Durham begegnete dem alten Mr. Grace einmal und mochte ihn sehr.

Hätte sie den Verdacht gehegt, daß die Halls ebenfalls irgendwelche Pläne schmiedeten, hätte sie sich zurückgezogen. Wie bei Maurice wurde ihr Interesse durch die Gleichgültigkeit der drei Frauen wachgehalten. Mrs. Hall war zu träge, um irgendwelche Intrigen auszuhecken, und die Mädchen waren zu unschuldig. Mrs. Durham betrachtete Ada als vorteilhafte Partie und lud sie nach Penge ein. Nur Pippa, durch deren Bewußtsein irgendwann ein Hauch modernen Denkens geweht war, begann die Kälte ihres Bruders allmählich merkwürdig zu finden. »Clive *wirst* du dich denn nun verheiraten?« fragte sie plötzlich.

Aber seine Antwort: »Nein, sag es auch Mutter«, zerstreute ihren Argwohn. Es ist genau die Art von Antwort, die ein Mann geben würde, wenn er gerade Vorbereitungen zur Heirat trifft.

Maurice wurde von niemandem behelligt. Er hatte zu Hause seine Macht etabliert, und seine Mutter fing an, mit ihm in dem Ton zu sprechen, den sie einst für ihren Gatten reserviert hatte. Er war nicht nur der Sohn des Hauses, sondern eine stärkere Persönlichkeit, als man allgemein erwartet hatte. Er achtete darauf, daß die Dienstboten gehorchten, er verstand sich auf den Wagen, billigte dieses und jenes nicht, erklärte gewisse Bekanntschaften der Mädchen für tabu. Mit dreiundzwanzig Jahren war er ein vielversprechender Provinzdespot, dessen Entscheidungen um so nachdrücklicher ausfielen, als sie leidlich gerecht und mild waren. Kitty lehnte sich dagegen auf, aber sie fand keine Unterstützung und hatte auch keinerlei Erfahrung. Am Ende konnte sie nur sagen, daß es ihr leid tue, und einen Kuß entgegennehmen. Sie war diesem gutmütigen und etwas feindseligen jungen Mann nicht gewachsen, und sie versäumte es, den Vorteil auszunutzen, den ihr seine Eskapade in Cambridge verschafft hatte.

Mauricens Alltag verlief gleichförmig. Er verzehrte ein üppiges Frühstück und fuhr mit dem 8-Uhr-36 in die Stadt. Im Zug las er den *Daily Telegraph.* Er arbeitete bis ein Uhr, nahm ein leichtes Mittagessen zu sich und arbeitete weiter bis in den Nachmittag hinein. Nach Hause zurückgekehrt, trieb er ein wenig Gymnastik, dann aß er ausführlich zu Abend und las die Abendzeitung, oder er sah energisch nach dem Rechten, trat gebieterisch auf, oder spielte Billard oder Bridge.

Aber jeden Mittwoch übernachtete er in Clives kleiner Stadtwohnung. Die Wochenenden waren ihm genauso heilig. Sie sagten zu Hause: »An seinem Mittwoch oder an den Wochenenden darf man Maurice niemals stören. Er wäre äußerst verärgert.«

20

Clive absolvierte sein juristisches Examen für den Anwaltsberuf erfolgreich, aber kurz bevor er seine Zulassung erhielt, hatte er einen leichten fiebrigen Grippeanfall. Schon auf dem Wege der Besserung, besuchte ihn Maurice, steckte sich an und mußte selbst das Bett hüten. Aus diesem Grund besuchten sie sich mehrere Wochen lang kaum, und wenn sie sich sahen, dann war Clive immer sehr blaß und nervös. Er zog für ein paar Tage zu den Halls, da er ihr Haus demjenigen von Pippa vorzog, und hoffte, das gute Essen und die Ruhe würden ihn wiederherstellen. Er aß wenig, und wenn er überhaupt etwas sagte, dann sprach er über die Vergeblichkeit aller Dinge.

»Ich bin Anwalt und habe jetzt die Möglichkeit, eine Rolle im öffentlichen Leben zu spielen«, beantwortete er eine Frage Adas. »Aber warum soll ich eine Rolle im öffentlichen Leben spielen? Wer braucht mich?«

»Ihre Mutter sagt, die Grafschaft.«

»Wenn die Grafschaft jemanden braucht, dann einen Radikalen. Aber ich habe auch noch mit anderen als nur mit meiner Mutter gesprochen, und die sind der feinen Leute überdrüssig, d. h. der begüterten Klasse, die in Automobilen herumfährt und fordert, daß dieses oder jenes getan wird. All das feierliche Hin und Her zwischen den großen Häusern – es ist ein Spiel ohne Fröhlichkeit. Sie werden kaum bemerken, daß man es außerhalb Englands spielt (Maurice, ich werde nach Griechenland fahren.) Niemand braucht uns oder sonst irgend etwas, einzig und allein ein gemütliches Zuhause.«

»Aber den Leuten ein gemütliches Zuhause zu verschaffen, das ist doch das öffentliche Leben«, rief Kitty mit schriller Stimme.

»Ist es das, oder sollte es so sein?«

»Nun, das ist doch dasselbe.«

»Ob etwas ist oder sein sollte, ist nicht dasselbe«, sagte ihre Mutter, stolz darauf, den Unterschied zu erfassen. »Du *solltest* so höflich sein und Mr. Durham nicht unterbrechen, während du...«

»...ißt«, ergänzte Ada, und das Gelächter der ganzen Familie schreckte Clive auf.

»Wir sind und wir sollten sein«, entschied Mrs. Hall und beendete die Diskussion. »Ein großer Unterschied.«

»Nicht immer«, widersprach Clive.

»Nicht immer, denk dran, Kitty«, wiederholte sie mit einem leise warnenden Unterton: Bei anderen Gelegenheiten hatte er sie nie beachtet. Kitty kam lauthals auf ihre erste Behauptung zurück. Ada sprach über alles und jedes, Maurice sagte gar nichts. Er aß in aller Seelenruhe weiter, und da er viel zu sehr an solche Tischgespräche gewöhnt war, bemerkte er nicht, daß sie seinen Freund ärgerten. Zwischen den Gängen erzählte er eine Anekdote. Alle waren still, um ihm zuzuhören. Er sprach langsam, geistlos, ohne auf seine Worte zu achten oder sich die Mühe zu machen, interessant zu wirken. Plötzlich unterbrach ihn Clive mit den Worten: »Ich glaube..., ich werde ohnmächtig«, und fiel von seinem Stuhl.

»Hol ein Kissen, Kitty; Ada, Eau de Cologne«, rief ihr Bruder. Er lockerte Clives Kragen. »Mutter, fächele ihm Luft zu; nein, du sollst fächeln...«

»Das ist wirklich verrückt«, murmelte Clive.

Als er sprach, gab Maurice ihm einen Kuß.

»Es geht mir schon wieder gut.«

Ada und Kitty sowie ein Dienstmädchen kamen hereingerannt.

»Ich kann aufstehen«, sagte er, und sein Gesicht bekam wieder ein wenig Farbe.

»Auf keinen Fall«, rief Mrs. Hall. »Maurice wird Sie nach oben tragen... Mr. Durham, legen Sie Ihren Arm um Maurice.«

»Komm her, alter Knabe. Den Arzt: Jemand soll telefonie-

ren.« Er hob seinen Freund hoch, der so schwach war, daß er zu weinen begann.
»Maurice ... ich bin ein Dummkopf.«
»Sei ruhig ein Dummkopf«, sagte Maurice und trug ihn die Treppe hinauf, zog ihn aus und legte ihn ins Bett. Mrs. Hall klopfte, er ging vor die Tür und sagte schnell: »Mutter, du brauchst den anderen nicht zu erzählen, daß ich Durham geküßt habe.«
»Oh, gewiß nicht.«
»Er würde es nicht wollen. Ich war ziemlich durcheinander und tat es, ohne nachzudenken. Du weißt ja, wir sind enge Freunde, beinahe Verwandte.«
Das genügte. Sie liebte es, kleine Geheimnisse mit ihrem Sohn zu haben; es erinnerte sie an die Zeit, als sie ihm soviel bedeutet hatte. Ada kam mit einer Wärmflasche auf sie zu, die er dem Patienten hineinbrachte.
»Der Arzt wird mich in diesem Zustand sehen«, wimmerte Clive.
»Ich hoffe, er wird es.«
»Warum?«
Maurice zündete sich eine Zigarette an und setzte sich auf die Bettkante. »Es ist gut, wenn er dich in diesem Zustand sieht. Warum ließ Pippa dich fahren?«
»Alle haben angenommen, ich sei gesund.«
»Der Teufel soll dich holen.«
»Können wir reinkommen?« rief Ada durch die Tür.
»Nein. Schick den Doktor allein rein.«
»Er ist da«, schrie Kitty von weitem. Ein Mann, nur wenig älter als Maurice, wurde angemeldet.
»Hallo, Jowitt«, sagte Maurice und stand auf. »Machen Sie mir diesen Burschen gefälligst gesund. Er hatte Grippe, und seine Leute behaupteten, er sei wieder in Ordnung. Resultat: Er ist in Ohnmacht gefallen und kann nicht mehr aufhören, zu weinen.«
»Das kennen wir«, bemerkte Mr. Jowitt und steckte ein Thermometer in Clives Mund. »Hart gearbeitet?«

»Ja, und nun will er auch noch nach Griechenland fahren.«
»Soll er ruhig. Sie verschwinden jetzt. Ich sehe Sie dann unten.«
Maurice gehorchte, überzeugt, daß Clive ernsthaft krank sei. Jowitt folgte nach etwa zehn Minuten und erklärte Mrs. Hall, es sei nichts Schlimmes – lediglich ein böser Rückfall. Er schrieb ein paar Rezepte aus und sagte, er werde eine Krankenschwester schicken. Maurice folgte ihm in den Garten, legte ihm eine Hand auf den Arm und sagte: »Jetzt erzählen Sie mir, wie krank er ist. Das ist kein Rückfall. Es ist mehr. Bitte sagen Sie mir die Wahrheit.«
»Er *ist* in Ordnung«, sagte der andere; er war etwas verärgert, da er sich einiges darauf einbildete, immer die Wahrheit zu sagen. »Ich dachte, Sie hätten es bemerkt. Der Weinkrampf ist vorbei, und er wird jetzt schlafen. Es ist ein ganz normaler Rückfall. Er wird diesmal vorsichtiger sein müssen als das letzte Mal, das ist alles.«
»Und wie lange werden diese ganz normalen Rückfälle, wie Sie sie nennen, weitergehen? Kann er denn jeden Augenblick wieder diese schrecklichen Schmerzen bekommen?«
»Er fühlt sich nur ein bißchen unwohl – glaubt, er habe sich eine Erkältung im Auto zugezogen.«
»Jowitt, das können Sie mir nicht weismachen. Ein erwachsener Mann heult nicht, wenn es nicht ganz schön weit mit ihm gekommen ist.«
»Das ist nur die Schwäche.«
»Oh, nennen Sie es ruhig, wie Sie wollen«, sagte Maurice und zog seine Hand weg. »Im übrigen halte ich Sie auf.«
»Keineswegs, mein junger Freund, ich bin hier, um allen möglichen Schwierigkeiten zu begegnen.«
»Nun, wenn die Sache so unbedeutend ist, warum schikken Sie dann eine Krankenschwester?«
»Natürlich um ihn aufzumuntern. Ich glaube, er ist recht gut situiert.«

»Können wir ihn denn nicht aufmuntern?«
»Nein, wegen der Ansteckung. Sie waren ja dabei, als ich Ihrer Mutter gesagt habe, daß keiner von Ihnen in das Zimmer darf.«
»Ich dachte, Sie meinten meine Schwestern.«
»Auch Sie – vor allem Sie, denn Sie haben sich schon einmal bei ihm angesteckt.«
»Ich will keine Krankenschwester haben.«
»Mrs. Hall hat schon in der Schwesternschule angerufen.«
»Warum geschieht denn alles in so einer verdammten Eile?« fragte Maurice und hob seine Stimme. »Ich werde ihn selbst pflegen.«
»Dann können Sie demnächst ja das Baby spazierenfahren.«
»Wie bitte?«
Jowitt ging lachend davon.
In einem Ton, der keinen Einwand erlaubte, erklärte Maurice seiner Mutter, er werde im Zimmer des Patienten schlafen. Er wollte nicht, daß ein Bett hineingetragen würde, damit Clive nicht aufwachte; er legte sich auf den Fußboden, den Kopf auf einem Fußschemel, um beim Schein der Kerze noch zu lesen. Nicht lange danach bewegte sich Clive und sagte mit schwacher Stimme:
»Oh, verflixt, oh, verflixt.«
»Möchtest du irgend etwas?« rief Maurice.
»Ich habe so ein schlimmes Bauchweh.«
Maurice hob ihn aus dem Bett und setzte ihn auf den Nachttopf. Nachdem Clive sich erleichtert hatte, trug er ihn wieder zurück.
»Ich kann gehen: Du solltest so etwas nicht tun.«
»Du würdest es auch für mich tun.«
Er trug den Nachttopf den Korridor hinunter und säuberte ihn. Jetzt, da Clive so schwach war und jeglicher Würde beraubt, liebte er ihn mehr als jemals zuvor.
»Du solltest das nicht«, wiederholte Clive, als er wieder zurückkehrte. »Das ist zu scheußlich.«

»Stört mich nicht«, sagte Maurice und legte sich hin. »Mach, daß du wieder einschläfst.«
»Der Arzt sagte mir, er würde eine Krankenschwester schicken.«
»Was willst du mit einer Krankenschwester? Du hast nur ein bißchen Durchfall. Was mich betrifft, so kann das ruhig jede Nacht so gehen. Ehrlich, es stört mich nicht – ich sage das nicht, um dir einen Gefallen zu tun. Es ist einfach so.«
»Ich kann unmöglich ... Dein Büro ...«
»Schau mal, Clive, möchtest du lieber eine ausgebildete Krankenschwester oder mich? Es kommt eine heute nacht, aber ich habe die Anweisung gegeben, daß man sie wieder nach Hause schickt, weil ich lieber das Büro versäumen und mich selbst um dich kümmern möchte; ich dachte, auch du würdest es lieber so haben.«
Clive schwieg so lange, daß Maurice dachte, er schliefe. Schließlich seufzte er: »Ich glaube, ich würde doch lieber eine Krankenschwester haben wollen.«
»Gut. Sie wird dich besser pflegen können als ich. Vielleicht hast du recht.«
Clive antwortete nicht.
Ada hatte sich erboten im Zimmer unter ihnen zu bleiben, und Maurice klopfte dreimal auf den Fußboden, so wie sie es verabredet hatten, und während er auf sie wartete, betrachtete er Clives entstelltes und verschwitztes Gesicht. Was der Arzt auch sagen mochte: Sein Freund litt unter heftigen Schmerzen. Er sehnte sich danach, ihn zu umarmen, erinnerte sich jedoch daran, daß dies den Weinkrampf ausgelöst hatte; außerdem war Clive so zurückhaltend, beinahe überempfindlich. Als Ada nicht kam, ging er hinunter und sah, daß sie eingeschlafen war. Sie lag, ein Bild blühenden Lebens in einem großen Ledersessel, ihre Hände hingen herab, und ihre Beine hatte sie weit von sich gestreckt. Ihr Busen hob und senkte sich, ihr schweres, schwarzes Haar diente ihrem Gesicht als Kissen, und zwi-

schen ihren Lippen konnte er ihre Zähne und eine scharlachrote Zunge sehen. »Wach auf«, schrie er gereizt.
Ada erwachte.
»Wie kannst du erwarten, die Haustür zu hören, wenn die Krankenschwester kommt?«
»Wie geht's dem armen Mr. Durham?«
»Sehr krank; ernsthaft krank.«
»Oh, Maurice! Maurice!«
»Die Krankenschwester soll bleiben. Ich habe dich gerufen, aber du bist nicht gekommen. Geh jetzt ins Bett, du bist ja doch zu nichts zu gebrauchen.«
»Mutter hat gesagt, ich soll aufbleiben, weil die Krankenschwester nicht von einem Mann hereingelassen werden soll – es würde nicht gut aussehen.«
»Es ist unglaublich, daß du Zeit hast, an solch einen Quatsch zu denken«, sagte Maurice.
»Wir müssen auf den guten Ruf des Hauses achten.«
Er antwortete nicht, dann lachte er auf eine Weise, die die Mädchen nicht mochten. Im Grunde ihres Herzens mochten sie ihn überhaupt nicht, waren aber nicht hellsichtig genug, um sich dies klarzumachen. Sein Lachen war die einzige Kränkung, die sie sich offen eingestanden.
»Krankenschwestern sind nicht so heikel. Kein wirklich empfindliches Mädchen würde Krankenschwester werden. Wenn sie es doch sind, dann kannst du sicher sein, daß sie aus Häusern kommen, in denen es nicht so heikel zugeht, sonst würden sie zu Hause bleiben.«
»Ada, wie lange bist du zur Schule gegangen?« fragte ihr Bruder, als er sich einen Drink machte.
»Zu Hause zu bleiben, bedeutet für mich, zur Schule zu gehen.«
Er setzte sein Glas mit einem Klirren ab und ging.
Clives Augen standen offen, aber er sagte nichts, und er schien auch nicht zu bemerken, daß Maurice zurückgekehrt war; das Eintreffen der Krankenschwester weckte ihn ebenfalls nicht.

21

Nach ein paar Tagen war klar, daß Clive nicht ernsthaft erkrankt war. Der Anfall war, trotz seines dramatischen Beginns, weniger schlimm als der vorhergehende und erlaubte Clives baldige Verlegung nach Penge.

Sein Aussehen und seine Stimmung blieben miserabel, aber das war nach einer Grippe nicht anders zu erwarten, und niemand außer Maurice verspürte die leiseste Unruhe.

Maurice dachte selten über Krankheit und Tod nach, aber wenn er es tat, dann nur mit äußerster Mißbilligung. Krankheit und Tod durften sein Leben oder das seines Freundes keinesfalls ruinieren, und er setzte all seine Jugend und Gesundheit daran, um auf Clive einzuwirken. Er war dauernd bei ihm, fuhr an den Wochenenden oder für ein paar Feiertage uneingeladen nach Penge und versuchte ihn mehr durch sein gutes Beispiel als durch Vorschriften aufzuheitern. Clive reagierte nicht. In Gesellschaft vermochte er sich zusammenzureißen und sogar einer Frage des Wegerechts Interesse entgegenzubringen, die zwischen den Durhams und dem britischen Staat aufgekommen war, aber sobald sie alleine waren, überwältigte ihn von neuem seine Schwermut, er wollte nicht sprechen, oder er redete in einem halb ernsthaften, halb scherzhaften Ton, der ein Zeichen von geistiger Erschöpfung ist. Er beschloß, nach Griechenland zu reisen. Das war der einzige Punkt, an dem er festhielt. Er werde unbedingt reisen, auch wenn es dann September sei und er allein fahren müsse. »Es hilft alles nichts«, sagte er. »Es ist ein Gelübde. Jeder Barbar muß der Akropolis einmal eine Chance geben.«

Maurice konnte mit Griechenland nichts anfangen. Sein Interesse am klassischen Altertum war spärlich und eher schlüpfrig gewesen, und es hatte sich verflüchtigt, seitdem er Clive liebte. Die Geschichten von Harmodios und Aristogeiton, von Phaedros und von der Thebaischen Legion waren gut genug für jene, deren Herzen leer waren, aber sie waren kein Ersatz für das Leben. Daß Clive sie gelegentlich erwähnte, verwirrte ihn. In Italien, das er trotz des Essens und der Fresken ganz gern mochte, hatte er sich geweigert, zu dem noch heiligeren Land jenseits der Adria überzusetzen. »Griechenland scheint ziemlich baufällig zu sein«, lautete sein Argument. »Ein Haufen alter Steine. Hier dagegen...« – er deutete auf die Bibliothek der Kathedrale von Siena – »da kannst du sagen, was du willst, hier wird gelebt und gearbeitet.« Clive sprang vergnügt auf den Piccolomini-Fliesen herum, und der Wächter lachte, statt sie zu schelten. Italien war wirklich sehr schön gewesen – zumindest so, wie man es sich für eine Besichtigung wünscht –, aber in letzter Zeit war Griechenland plötzlich wieder aktuell geworden. Maurice haßte schon das bloße Wort und brachte es durch einen eigenartigen Umkehrschluß mit Morbidität und Tod in Verbindung. Jedesmal, wenn er Pläne schmieden oder Tennis spielen oder einfach nur Unsinn reden wollte, kam Griechenland dazwischen. Clive bemerkte seinen Widerwillen und fing an, ihn deswegen auf nicht sehr nette Weise zu hänseln.

Denn Clive war nicht nett: das war für Maurice das alarmierendste aller Symptome. Er ließ dauernd boshafte Bemerkungen fallen und nutzte seine intimen Kenntnisse aus, um ihn zu verletzen. Doch das gelang ihm nicht, das heißt, seine Kenntnisse waren unvollständig, sonst hätte er gewußt, daß es unmöglich ist, einer wirklich starken Liebe Verletzungen zuzufügen. Wenn Maurice ihn, oberflächlich beurteilt, bisweilen abwehrte, dann nur, weil er es menschlich fand, zu reagieren: Er hatte es Christus immer angekreidet, die andere Wange hinzuhalten. Innerlich verletzte ihn nichts. Der Wunsch nach einem harmonischen Zusammensein war zu groß, um Groll aufkommen zu lassen. Und manchmal führte er sehr liebevoll eine dementsprechende Unterhaltung und attackierte Clive von Zeit zu Zeit, aber er ging seinen eigenen Weg auf das Licht zu und hoffte inständig, der Geliebte werde ihm nachfolgen.

Ihre letzte Unterhaltung wurde unter diesem Aspekt geführt. Es war der Abend vor Clives Abfahrt, und dieser hatte die gesamte Familie Hall in Erwiderung der Freundlichkeiten, die sie ihm erwiesen hatten, zum Abendessen ins Savoy eingeladen, wobei er sie zwischen die Verabredungen mit einigen anderen Freunden geschoben hatte.

»*Diesmal* wissen wir jedenfalls, was daran schuld ist, wenn Sie umfallen«, rief Ada und deutete mit einem Kopfnicken auf den Champagner. »Auf Ihre Gesundheit!« erwiderte er. »Und auf die Gesundheit aller Damen. Komm, Maurice!« Er gefiel sich darin, leicht altmodisch zu sein. Sie prosteten sich zu, und nur Maurice spürte etwas von der unterschwelligen Bitterkeit.

Nach dem Nachtisch fragte er Maurice: »Schläfst du zu Hause?«

»Nein.«

»Ich dachte, du möchtest vielleicht deine Familie um dich haben.«

»Er nicht, Mr. Durham«, sagte seine Mutter. »Es gibt nichts auf der Welt, womit ich ihn veranlassen könnte, einen Mittwoch zu versäumen. Maurice ist ein richtiger alter Junggeselle.«

»Meine Wohnung ist über und über mit Gepäck vollgestopft«, bemerkte Clive. »Ich verlasse London mit dem Frühzug und fahre durch bis Marseille.«

Maurice nahm keine Notiz davon und begleitete ihn. Während sie auf den Fahrstuhl warteten, standen sie sich gähnend gegenüber, dann fuhren sie hinauf, gingen eine weitere Treppe zu Fuß und dann einen Flur entlang, der an den Weg zu Risleys Zimmer im Trinity-College erinnerte. Die Wohnung war klein, dunkel und ruhig und lag am Ende des Flures. Sie war, wie Clive schon angedeutet hatte, ziemlich unordentlich, überall lagen Sachen herum, aber seine Haushälterin, die außer Haus wohnte, hatte wie gewöhnlich Mauricens Bett gemacht und Getränke bereitgestellt.

»Nicht schon wieder«, meinte Clive.

Maurice trank Alkohol ziemlich gerne und hatte einen guten Zug.

»Ich gehe zu Bett. Ich sehe, daß du gefunden hast, wonach du suchtest.«

»Paß auf dich auf. Übertreibe es nicht mit all diesen griechischen Säulen. Ach, übrigens...«, er holte ein Fläschchen aus seiner Tasche. »Ich wußte, daß du das vergessen würdest. Es ist Chlorodyne.«

»Chlorodyne! Dein Beitrag!«

Maurice nickte.

»Chlorodyne für Griechenland ... Ada hat mir erzählt, daß du dachtest, ich läge im Sterben. Warum um alles in der Welt machst du dir Sorgen wegen meiner Gesundheit? Es besteht überhaupt kein Grund, sich zu ängstigen. Ich werde niemals eine so saubere und klare Erfahrung machen wie den Tod.«

»Ich weiß, daß ich irgendwann sterben werde, und trotzdem möchte ich es nicht. Ich will auch nicht, daß du stirbst. Wenn einer von uns beiden geht, bleibt für den anderen nichts. Ich weiß nicht, ob du das sauber und klar nennst?«

»Ja, das tue ich.«

»Dann möchte ich lieber schmutzig sein«, sagte Maurice nach einer Pause.

Clive überlief ein Schauer.

»Bist du anderer Meinung?«

»Oh, du wirst allmählich so wie alle anderen. Du brauchst unbedingt eine Theorie. Wir können nicht ruhig geradeaus gehen, immer müssen wir alles auf eine Formel bringen, obwohl jede Formel versagt. ›Schmutzig, um jeden Preis, das ist im Augenblick deine Formel. Ich finde, es gibt Beispiele dafür, daß jemand zu schmutzig wird. Dann wird

Lethe, falls ein solcher Fluß existiert, den Schmutz fortwaschen. Aber vielleicht gibt es gar keinen solchen Fluß. Die Griechen haben sich sehr zurückgehalten mit ihren Annahmen, aber vielleicht gingen sie immer noch zu weit. Vielleicht findet man jenseits des Grabes gar kein Vergessen. Vielleicht besteht diese jämmerliche Einrichtung weiter. Mit anderen Worten: Jenseits des Grabes befindet sich unter Umständen die Hölle.«

»Ach, Quatsch.«

Clive gefiel sich immer mal wieder in philosophischen Gedankengängen. Aber jetzt ging er fast zu weit. »Alles zu vergessen – sogar das Glück. Glück! Ein flüchtiger Reiz, den irgend jemand oder irgend etwas auf uns ausübt – das ist alles. Hätten wir uns doch nie geliebt! Denn dann, Maurice, hätten du und ich ganz still dagelegen und hätten unsere Ruhe gehabt. Wir hätten geschlafen, und hätten zusammen mit den Königen der Erde und ihren Ratgebern, die sich trostlose Stätten erbaut haben, geruht...«

»Wovon um alles in der Welt sprichst du eigentlich?«

»... oder wir hätten als verlorene Frühgeburten gar nicht existiert; Embryos, die niemals das Licht der Welt erblickten. Aber so, wie es nun einmal steht... Nun, schau nicht so ernsthaft drein.«

»Dann versuch auch nicht, witzig zu sein«, sagte Maurice. »Ich habe nie etwas von dem geglaubt, wovon du da sprichst.«

»Worte verbergen Gedanken. Meinst du diese Theorie?«

»Sie verursachen ein törichtes Geräusch. Außerdem interessieren mich deine Gedanken nicht.«

»Was interessiert dich dann an mir?«

Maurice lächelte: Sobald diese Frage zur Debatte stand, fühlte er sich glücklich und weigerte sich, sie zu beantworten.

»Meine Schönheit?« fragte Clive zynisch. »Diese bereits ein wenig welken Reize. Mein Haar fällt aus. Hast du es bemerkt?«

»Mit dreißig bist du kahl wie ein Ei.«
»Wie ein faules Ei. Vielleicht magst du mich wegen meines Intellektes. Während und nach meiner Krankheit muß ich wirklich ein höchst angenehmer Zeitgenosse gewesen sein.«
Maurice sah ihn zärtlich an, er studierte ihn wie in den frühesten Tagen ihrer Bekanntschaft. Damals wußte er, wie Clive sich fühlte, jetzt merkte er nur, wenn etwas schiefgegangen war. Irgend etwas war schiefgegangen. Die Krankheit gärte immer noch in ihm, quälte sein Gemüt und war schuld an seiner Schwermut und Launenhaftigkeit. Und Maurice verübelte es ihm nicht: Er hoffte, dort Erfolg zu haben, wo der Arzt gescheitert war. Er wußte um seine Kraft. Nachher würde er sie in Liebe umwandeln und seinen Freund heilen, aber für den Augenblick versuchte er zu verstehen.
»Ich nehme an, du magst mich wegen meines Intellekts – wegen seiner Schwäche. Du hast immer gewußt, daß ich unterlegen bin. Du bist unwahrscheinlich rücksichtsvoll – gibst mir genug Möglichkeiten, ins Verderben zu rennen, und putzt mich niemals herunter, wie du es beim Abendessen mit deiner Familie getan hast.«
Es schien ganz so, als wolle er einen Streit vom Zaun brechen.
»Dann und wann forderst du mich auf, bei Fuß zu gehen...« Clive knuffte ihn in die Seite und tat so, als mache er Spaß. Maurice zuckte zusammen. »Was ist denn jetzt los? Müde?«
»Ich haue ab ins Bett«, erwiderte Maurice.
»Das heißt, du bist müde. Warum kannst du eine Frage nicht richtig beantworten? Ich habe ja nicht gefragt, ob dich meine Anwesenheit ermüdet, obgleich ich es hätte tun können.«
»Hast du dein Taxi für den 9-Uhr-Zug bestellt?«
»Nein, und meine Fahrkarte habe ich auch noch nicht besorgt. Ich sollte vielleicht gar nicht nach Griechenland

fahren. Vielleicht ist es genauso unerträglich wie England.«
»Nun schön, gute Nacht also, alter Knabe.«
Er ging tief beunruhigt in sein Zimmer. Warum behauptete bloß jeder, Clive sei gesund genug zum Reisen? Clive wußte selbst nur zu gut, daß dem nicht so war. Deshalb hatte er es auch bis zum letzten Augenblick aufgeschoben, sich eine Fahrkarte zu besorgen. Vielleicht blieb er doch noch hier.
Aber dieser Hoffnung Ausdruck zu geben, hieß zugleich, sie zunichte zu machen. Maurice zog sich aus, und als er sich im Spiegel sah, dachte er: »Zum Glück bin ich gut in Form.« Er erblickte einen durchtrainierten, belastbaren Körper, bedeckt mit einem Flaum dunkler Haare, und ein Gesicht, das nicht mehr im Widerspruch dazu stand. Er schlüpfte in seinen Pyjama, sprang ins Bett, beunruhigt und doch durch und durch glücklich, da er stark genug war, für zwei zu leben. Clive hatte ihm geholfen. Clive half ihm sicherlich wieder, wenn das Pendel auf die andere Seite schwingen würde, währenddessen mußte er Clive helfen, und ihr ganzes Leben hindurch würden sie sich auf diese Weise gegenseitig abwechseln: Als er einnickte, hatte er einen fernen Traum von Liebe, der sich nicht sehr von der Vision einer Liebe in ihrer höchsten Vollendung unterschied.
An der Wand zwischen ihren Zimmern ertönte ein Klopfen.
»Was ist los?« rief er; dann: »Komm rein!« denn jetzt stand Clive in der Tür.
»Darf ich zu dir ins Bett kommen?«
»Komm her«, sagte Maurice und machte Platz.
»Ich friere und fühle mich ziemlich elend. Ich kann nicht schlafen, ich weiß auch nicht warum.«
Maurice mißverstand ihn nicht. Was diesen Punkt anbetraf, so kannte und teilte er Clives Ansichten. Sie lagen Seite an Seite, ohne sich zu berühren. Kurz darauf sagte

Clive: »Hier ist es auch nicht viel besser. Ich gehe jetzt wieder.«
Maurice war nicht traurig darüber, denn auch er fand keinen Schlaf, und er hatte Angst, Clive könne das Klopfen seines Herzens hören und die Ursache dafür ahnen.

22

Clive saß im Theater des Dionysos. Die Bühne und der Zuschauerraum waren leer, wie seit vielen Jahrhunderten; die Sonne war untergegangen, obwohl die Akropolis dahinter immer noch Hitze ausstrahlte. Er überblickte kahle Ebenen, die sich bis zum Meer hinunter erstreckten, Salamis, Ägina und die Berge, alles verschmolz in einem violett schimmernden Abend. Hier walteten seine Götter – allen voran Pallas Athene: Er konnte sich ihr unberührtes Heiligtum vergegenwärtigen und auch ihre Statue, wie sie den letzten Schimmer der Glut auffing. Sie verstand alle Männer, obwohl sie mutterlos und eine Jungfrau war. Er war gekommen, um ihr zu danken, weil sie ihn aus dem Sumpf gezogen hatte.
Aber er sah nur ersterbendes Licht und totes Land. Er sprach kein Gebet, glaubte an keine Gottheit und wußte, daß die Vergangenheit, genauso wie die Gegenwart, keinerlei Bedeutung besaß und nur Feiglingen eine Zuflucht bot.
Nun gut, am Ende hatte er Maurice geschrieben. Sein Brief war auf dem Weg zum Meer. Dort, wo die eine Unfruchtbarkeit die andere berührte, würde er an Bord gehen und an Sunion und Kythera vorbeireisen, würde an Land und wieder an Bord und noch einmal an Land getragen werden. Maurice würde ihn erhalten, wenn er zu seiner Arbeit aufbrach. »Ich bin gegen meinen Willen normal geworden. Ich kann es nicht ändern.« Die Worte standen schwarz auf weiß auf dem Papier.
Erschöpft stieg er die Treppe des Theaters hinunter. Wer konnte etwas daran ändern? Nicht nur was geschlechtliche Dinge anbetrifft, sondern auch sonst haben sich die Menschen blindlings vorwärts bewegt, haben sich aus dem Schlamm heraus entwickelt, nur um wieder zu Schlamm zu werden, sobald dieses Resultat eines

zufälligen Geschehens an seinem Ende angekommen ist. μὴ Φῦναι τὸν ἅπαντα νικῇ λόγον*, seufzten die Schauspieler an diesem Ort vor 2000 Jahren.
Und obwohl diese Bemerkung weiter von der Vergänglichkeit entfernt war als die meisten Dinge des Lebens, war selbst sie vergeblich.

* Nicht ausposaunen das Wort nach dem Sieg.

23

Lieber Clive,
bitte komm zurück, sobald Du diese Zeilen erhältst. Ich habe Deine Reiseverbindungen herausgesucht. Du kannst England Dienstag in acht Tagen erreichen, wenn Du sofort aufbrichst. Ich mache mir wegen Deines Briefes große Sorgen um Dich, da er beweist, wie krank Du bist. Seit vierzehn Tagen habe ich auf eine Nachricht von Dir gewartet, und jetzt kommen zwei Sätze, die vermutlich bedeuten sollen, daß Du niemanden mehr von Deinem eigenen Geschlecht lieben kannst. Wir wollen sehen, ob dies so ist, sobald du ankommst!
Ich habe gestern Pippa angerufen. Sie sprach von nichts anderem als von dem Prozeß und glaubt, Deine Mutter habe einen Fehler begangen, als sie den Weg sperren ließ. Deine Mutter hat den Leuten vom Dorf erklärt, daß sich die Sperrung nicht gegen das Dorf richtet. Ich rief an, um Neuigkeiten von Dir zu erfahren, aber Pippa hatte auch nichts gehört. Es wird Dich amüsieren, daß ich neulich etwas über klassische Musik gelernt habe – und auch etwas Golf. Bei »Hill und Hall's« komm ich gut voran. Meine Mutter ist nach langem und unentschlossenem Hin und Her für eine Woche nach Birmingham gefahren. Jetzt kennst Du alle Neuigkeiten. Telegrafiere, sobald Du diese Zeilen bekommst, und dann noch mal, bevor Du in Dover eintriffst.

Maurice

Clive erhielt diesen Brief und schüttelte den Kopf. Er ging gerade mit einigen Bekannten aus dem Hotel auf den Pentelikon und zerriß das Blatt Papier auf dem Berggipfel in kleine Stücke. Er hatte aufgehört, Maurice zu lieben und hätte dies auch offen sagen sollen.

24

Er blieb noch eine Woche länger in Athen, weil er sicher sein wollte, sich nicht zu täuschen. Die Veränderung war so schockartig eingetreten, daß er manchmal dachte, Maurice habe recht und es sei nur das Endstadium seiner Krankheit. Es demütigte ihn, da er geglaubt hatte, seine Seele oder, wie er es ausdrückte, sich selbst seit seinem fünfzehnten Lebensjahr zu verstehen. Aber Geheimnisse des Körpers sind unergründlich. Es hatte keine warnenden Anzeichen gegeben – nur eine schwer deutbare Veränderung des Lebensgefühls, nur eine Vorahnung: »Du, der du bisher Männer geliebt hast, wirst hinfort Frauen lieben. Verstehe es oder auch nicht, das ist mir gleich.« Daraufhin war er zusammengebrochen. Er versuchte, die Veränderung rational zu erklären, um sie zu verstehen, um sich weniger gedemütigt zu fühlen. Aber ihre Natur glich derjenigen von Tod oder Geburt, und er scheiterte.

Die Veränderung machte sich während der Krankheit bemerkbar – wahrscheinlich war sie durch diese Krankheit ausgelöst worden. Im Verlauf des ersten Anfalles, als er mit hohem Fieber und losgelöst vom normalen Leben dalag, fand sie eine Gelegenheit, die sie irgendwann sowieso ergriffen haben würde. Er bemerkte, wie reizend seine Krankenschwester war, und genoß es, ihr zu gehorchen. Als er eine Spazierfahrt machte, ruhten seine Augen auf Frauen. Winzige Einzelheiten, ein Hut, die Art, wie ein Rock getragen wurde, ein Duft, Gelächter, der anmutige Hopser über eine Pfütze, verbanden sich zu einem bezaubernden Ganzen, und es gefiel ihm, daß die Frauen seinen Blick oft mit dem gleichen Vergnügen erwiderten. Männer hatten nie reagiert – sie erwarteten nicht, daß er sie bewunderte, und waren entweder ahnungslos oder verwirrt. Aber für Frauen war Bewunderung etwas Selbstverständliches. Sie waren möglicherweise beleidigt oder spröde, aber sie verstanden und hießen ihn in einer Welt köstlicher Augenflirts und Gedankenspiele willkommen. Während der ganzen Ausfahrt strahlte Clive. Wie glücklich gestalteten normale Leute ihr Leben! Auf wie wenig hatte er vierundzwanzig Jahre lang sein Leben gegründet! Er plauderte mit seiner Krankenschwester und fühlte sich für immer mit ihr verbunden. Er nahm von den Denkmälern, den Plakaten, den Journalen Notiz. Als er an einem Lichtspielhaus vorüberkam, ging er hinein. Der Film war auf unerträgliche Weise gekünstelt, aber der Mann, der ihn gemacht hatte, die Männer und die Frauen, die ihn sich ansahen – sie alle wußten Bescheid, und er war einer von ihnen.

Natürlich konnte die Hochstimmung nicht anhalten. Er ähnelte einem Menschen, dessen Ohren ausgespült worden waren: In den ersten paar Stunden hört er außergewöhnliche Geräusche, die aber bald verschwinden. Er hatte kein Sinnesorgan hinzuerworben, sondern nur eines reaktiviert, das Leben würde nicht länger wie ein einziger Ferientag sein. Und sogleich wurde es trüb, denn bei seiner Rückkehr wartete Maurice auf ihn. Die Folge war ein neuer, plötzlicher Anfall: Es traf ihn wie ein Schlag. Er murmelte etwas davon, er sei zu müde zum Sprechen, und entwich, dann verschaffte ihm Mauricens Krankheit einen weiteren Aufschub. Währenddessen redete er sich ein, daß sich ihre Beziehung nicht geändert habe und daß er, ohne untreu zu sein, Frauen nachschauen könne. Er schrieb einen liebevollen Brief und nahm ohne böse Vorahnung die Einladung an, sich bei Maurice zu erholen. Er behauptete, er habe sich im Wagen erkältet; aber im Innersten seines Herzens glaubte er, der Grund seines Rückfalls sei seelisch bedingt: Er empfand plötzlich Widerwillen, mit Maurice zusammenzusein oder mit irgend jemandem sonst, der mit ihm zu tun hatte. Die Hitze beim Abendessen! Die Stimmen der Halls! Ihr Gelächter! Mauricens Geschichte! All das vermischte sich mit dem Essen – war das Essen. Unfähig, Körperliches von

Geistigem zu unterscheiden, fiel er in Ohnmacht. Aber als er die Augen öffnete, wußte er, daß die Liebe gestorben war, und deshalb weinte er, als sein Freund ihn küßte. Jede Freundlichkeit steigerte sein Leiden, so daß er die Krankenschwester bat, Mr. Hall den Zutritt zu seinem Zimmer zu verwehren. Dann erholte er sich und konnte sich nach Penge flüchten, wo er Maurice liebte wie eh und je bis zu dem Zeitpunkt, wo dieser auftauchte. Er bemerkte Maurices Hingabe, ja sogar Aufopferung, aber sein Freund fiel ihm lästig. Er sehnte den Augenblick herbei, da Maurice in die Stadt zurückkehrte, und er sagte dies auch. So dicht bis an die Oberfläche war der Felsen emporgestiegen. Maurice schüttelte den Kopf und blieb.

Clive gab diesem neuen Lebensgefühl nicht kampflos nach. Er glaubte an den Verstand und versuchte, sich in den alten Gemütszustand zurückzudenken. Er wandte seine Augen von den Frauen ab und versteckte sich, als dies fehlschlug, hinter kindischen und unüberlegten Ausflüchten. Die eine war die Reise nach Griechenland, die andere ..., er konnte sich nur mit Abscheu daran erinnern. Nicht einmal wenn alle Gefühle versiegt wären, würde dies der Fall sein. Er bedauerte es zutiefst, da Maurice ihm jetzt körperliches Unbehagen einflößte, was die Zukunft noch schwieriger erscheinen ließ, wollte er doch mit seinem früheren Geliebten befreundet bleiben und ihm während der nahenden Katastrophe beistehen. Es war alles so kompliziert. Wenn die Liebe von einem weicht, wird sie nicht als Liebe erinnert, sondern als etwas anderes. Glücklich die Stumpfsinnigen, die sie ganz und gar vergessen und sich nie mehr an den früheren Rausch oder das vergangene Begehren erinnern, an lange, ziellose Gespräche.

25

Clive telegrafierte nicht, und er brach auch nicht sofort auf. Obgleich er freundlich sein wollte und sich dazu zwang, Maurice gegenüber gerecht zu sein, weigerte er sich, wie früher irgendwelchen Anordnungen zu folgen. Er kehrte ohne besondere Hast nach England zurück. Er telegrafierte von Folkestone aus an Mauricens Büro und erwartete, in Charing Cross abgeholt zu werden, und als das nicht der Fall war, nahm er einen Zug in den Vorort, um so schnell als möglich alles zu erklären. Seine Haltung war von Mitgefühl und innerer Ruhe geprägt.

Es war ein Oktoberabend; die fallenden Blätter, der Nebel, der Schrei einer Eule erfüllten ihn mit angenehmer Melancholie. Griechenland war rein, aber tot gewesen. Er liebte die Atmosphäre des Nordens, dessen Prinzip nicht die Wahrheit ist, sondern der Kompromiß. Er und sein Freund würden eine Vereinbarung treffen, die die Frauen miteinschloß. Trauriger und älter geworden, aber ohne Krise, würden sie in eine neue Beziehung hinübergleiten, wie der Abend in die Nacht. Er liebte auch die Nacht. Sie hatte etwas Barmherziges und Erholsames. Es war nicht ganz dunkel. Gerade als er kurz davor war, sich auf seinem Weg vom Bahnhof zu verirren, sah er eine Straßenlaterne und dann dahinter noch eine. Es führten Lichterketten in jede Richtung, und einer von ihnen folgte er bis an sein Ziel.

Kitty hörte seine Stimme und kam aus dem Salon, um ihn zu begrüßen. Für Kitty hatte er sich immer am wenigsten von der ganzen Familie interessiert – sie war keine richtige Frau, wie er es jetzt nannte –, und sie erzählte ihm, Maurice sei die Nacht über geschäftlich weg. »Mutter und Ada sind in der Kirche«, fügte sie hinzu. »Sie mußten zu Fuß gehen, weil Maurice den Wagen genommen hat.«

»Wohin ist er denn gefahren?«

»Fragen Sie mich nicht. Er hinterläßt seine Adresse bei den Dienstboten. Seitdem Sie zum letzten Mal hier waren, wissen wir eher noch weniger von Maurice, falls Sie sich das vorstellen können. Er ist ein höchst geheimnisvoller Mensch geworden.« Sie reichte ihm Tee und summte eine Melodie dabei.

Ihr Mangel an Sensibilität und Charme verursachten eine Reaktion zugunsten ihres Bruders, die ihm nicht unwillkommen war. Sie fuhr fort, sich in der eingeschüchterten Art über ihn zu beklagen, die sie von Mrs. Hall geerbt hatte.

»Es sind doch nur fünf Minuten bis zur Kirche«, meinte Clive.

»Nun ja, wenn er uns Bescheid gesagt hätte, wären die beiden hier gewesen, um Sie willkommen zu heißen. Er macht aus allem ein solches Geheimnis, und dann lacht er über die Mädchen.«

»Ich war es, der ihn nicht benachrichtigt hat.«

»Wie war Griechenland?«

Er erzählte es ihr. Sie war ebenso gelangweilt, wie es ihr Bruder gewesen wäre, aber sie hatte nicht seine Gabe, Zwischentöne herauszuhören. Clive erinnerte sich daran, wie oft er in Mauricens Gegenwart Reden geschwungen hatte, und verspürte schließlich eine Anwandlung von Vertrautheit. Es gab vieles, das aus den Trümmern jener Leidenschaft gerettet werden konnte. Maurice war stark, und er war so feinfühlig, wenn er erst einmal verstanden hatte.

Kitty fuhr fort zu reden und schilderte mit vorsichtiger Klugheit ihre eigenen Probleme. Sie hatte gefragt, ob sie nicht auf eine Hauswirtschaftsschule gehen dürfe, und ihre Mutter hätte es ihr erlaubt, aber Maurice hatte seinen Daumen gesenkt, als er hörte, daß die Gebühren drei Pfund die Woche betrugen. Kittys Kummer bezog sich in der Hauptsache auf das Finanzielle: sie wollte Taschengeld. Ada erhielt welches. Ada, als rechtmäßige Erbin, sollte »den Wert des Geldes schätzen lernen«. »Aber ich

darf überhaupt nichts lernen.« Clive beschloß, seinem Freund zu sagen, er solle das Mädchen besser behandeln; er hatte sich schon einmal eingemischt, und Maurice, der im Innersten seines Wesens ein netter Bursche war, hatte ihm das Gefühl gegeben, er könne ihm alles sagen.
Eine dunkle Stimme unterbrach sie; die Kirchgänger waren zurückgekehrt. Ada kam herein, sie hatte eine Weste und einen grauen Rock an und eine Baskenmütze auf; der Herbstnebel hatte einen zarten Schimmer auf ihrem Haar zurückgelassen. Ihre Wangen waren gerötet, ihre Augen glänzten; sie begrüßte ihn mit offensichtlicher Freude, und obwohl ihre Vorwürfe denen Kittys glichen, hatten sie eine andere Wirkung. »Warum haben Sie uns nicht benachrichtigt?« rief sie aus. »Ich glaube, wir haben nichts anderes als Pastete zu Hause. Wir hätten Ihnen ein richtiges englisches Abendessen zubereitet.«
Er sagte, er müsse in ein paar Minuten in die Stadt zurückkehren, aber Mrs. Hall bestand darauf, daß er bei ihnen übernachte. Er war sehr froh darüber. Das Haus füllte sich mehr und mehr mit zärtlichen Erinnerungen, vor allem wenn Ada sprach. Er hatte vergessen, daß sie so ganz anders war als Kitty.
»Ich dachte schon, Sie wären Maurice«, sagte er zu ihr. »Ihre Stimmen sind sich bemerkenswert ähnlich.«
»Das kommt daher, weil ich erkältet bin«, meinte sie und lachte.
»Nein, sie sind sich ähnlich«, sagte Mrs. Hall. »Ada hat Mauricens Stimme, seine Nase, und damit meine ich natürlich auch seinen Mund, sowie seine gute Laune und gute Gesundheit. Kitty dagegen hat seinen Verstand.«
Alle lachten. Die drei Frauen waren offensichtlich stolz aufeinander. Clive sah Ähnlichkeiten, wo er keine vermutet hätte, da sie sich erst in der Abwesenheit des Hausherrn zeigten. Pflanzen leben dank der Sonne, aber einige wenige erblühen bei Einbruch der Nacht, und die Halls erinnerten an die Nachtkerzen, die eine verlassene Allee in

Penge säumten. Wenn sie mit ihrer Mutter und ihrer Schwester sprach, wurde sogar Kitty schön, und er beschloß, Maurice ihretwegen Vorwürfe zu machen; nicht unfreundlich, denn Maurice war ebenfalls schön und gewann aus dieser neuen Perspektive deutlich an Größe.
Die Mädchen waren von Dr. Barry dazu angeregt worden, einen Erste-Hilfe-Kurs zu absolvieren, und nach dem Abendessen ließ Clive sich verbinden. Ada verband ihm den Kopf, Kitty seine Fußgelenke, während Mrs. Hall glücklich und unbekümmert wiederholte: »Nun, Mr. Durham, das ist auf jeden Fall eine angenehmere Krankheit als die vorige.«
»Mrs. Hall, ich würde es begrüßen, wenn Sie mich bei meinem Vornamen nennen würden.«
»Gut, das werde ich. Aber Ada und Kitty – ihr nicht.«
»Doch, Ada und Kitty sollen es auch tun.«
»Also Clive!« sagte Kitty.
»Also, Kitty!«
»Clive.«
»Ada – das ist besser.« Aber er errötete. »Ich hasse Förmlichkeiten.«
»Ich auch«, ertönte es im Chor. »Es ist mir gleichgültig, was andere denken ..., war mir immer gleichgültig«, und sie sahen ihn offen an.
»Maurice dagegen«, bemerkte Mrs. Hall, »ist da sehr heikel.«
»Maurice ist wirklich ein Pfundskerl ... au, du tust mir ja weh.«
»Au, au«, äffte Ada ihn nach.
Das Telefon läutete.
»Er hat Ihr Telegramm über sein Büro erhalten«, verkündete Kitty. »Er möchte wissen, ob Sie hier sind.«
»Sagen Sie es ihm.«
»Dann wird er heute nacht nach Hause kommen. Jetzt möchte er Sie sprechen.«
Clive nahm den Hörer, konnte jedoch nur einen Schnarr-

ton vernehmen. Sie waren unterbrochen worden. Von hier aus konnten sie Maurice nicht mehr zurückrufen, da sie nicht wußten, wo er sich aufhielt; doch Clive fühlte sich eher erleichtert, da ihn das Nahen der Wirklichkeit beunruhigte. Es machte ihn glücklich, bandagiert zu werden: Sein Freund würde noch früh genug eintreffen. Jetzt beugte sich Ada über ihn. Er erblickte Gesichtszüge, die er kannte, und das Licht von hinten verklärte sie. Er ließ den Blick von den dunklen Haaren und Augen zu dem klaren Mund und den Rundungen des Körpers schweifen, und er fand genau das in ihr, was er in seinem Übergangsstadium benötigte. Er hatte schon verführerischere Frauen gesehen, aber keine, die einen solchen Frieden versprach. Sie war der Kompromiß zwischen Erinnerung und Sehnsucht, sie war der ruhige Abend, der Griechenland nie zuteil geworden war. Kein Streit konnte ihr etwas anhaben, da sie die zärtliche Sanftmut verkörperte, die die Gegenwart mit der Vergangenheit versöhnt. Er hätte nicht gedacht, daß es ein solches Wesen geben könne, außer vielleicht im Himmel. Jetzt war plötzlich vieles möglich geworden. Er lag da und blickte ihr in die Augen, in denen sich einige seiner Hoffnungen widerspiegelten. Er wußte, daß er sie dazu bringen könnte, ihn zu lieben. Es war äußerst angenehm – er verlangte im Augenblick nicht nach mehr, und seine einzige Angst bestand darin, daß Maurice einträfe, denn eine Erinnerung sollte eine Erinnerung bleiben. Immer wenn die anderen aus dem Zimmer rannten, um zu sehen, ob der Lärm draußen von Mauricens Auto komme, hielt er sie zurück, und schon bald verstand sie, daß er sich dies wünschte, und blieb ohne seine Aufforderung.

»Wenn Sie wüßten, was es bedeutet, wieder in England zu sein!« sagte er plötzlich.

»Ist Griechenland nicht schön?«

»Schrecklich.«

Sie war bekümmert, und Clive seufzte ebenfalls. Ihre Blicke trafen sich.

»Es tut mir so leid, Clive.«
»Oh, jetzt ist ja alles vorbei.«
»Was war denn so ...«
»Folgendes, Ada: Während ich in Griechenland war, mußte ich mein Leben von Grund auf neu gestalten. Keine leichte Aufgabe, aber ich glaube, ich habe es geschafft.«
»Wir haben oft von Ihnen gesprochen. Maurice meinte, Sie würden Griechenland mögen.«
»Maurice weiß ja nicht... Niemand weiß so viel wie Sie! Ich habe Ihnen mehr als sonst irgend jemandem erzählt. Können Sie ein Geheimnis bewahren?«
»Natürlich.«
Clive wußte nicht weiter. Das Gespräch hatte sich in eine heikle Richtung entwickelt. Aber Ada erwartete niemals, daß etwas konsequent weiterging. Mit Clive, den sie unbewußt bewunderte, allein zu sein, genügte ihr. Sie erzählte ihm, wie froh sie sei, daß er wieder da war. Er stimmte ihr nachdrücklich zu. »Vor allem wieder *hier* zu sein.«
»Der Wagen!« kreischte Kitty auf.
»Gehen Sie nicht!« wiederholte er und ergriff ihre Hand.
»Ich muß ... Maurice ...«
»Zum Kuckuck mit Maurice«, er hielt sie fest. In der Halle erhob sich Lärm. »Wo ist er denn?« rief sein Freund mit dröhnender Stimme. »Wo habt ihr ihn versteckt?«
»Ada, lassen Sie uns morgen zusammen spazierengehen. Lernen Sie mich besser kennen ... Es ist abgemacht.«
Maurice stürmte herein. Als er die Verbände sah, dachte er, es habe einen Unfall gegeben, dann lachte er über sein Mißverständnis. »Befreie dich von diesem Zeug, Clive. Warum hast du dir das gefallen lassen? Ich finde, er sieht gut aus. Du siehst gut aus. He, mein Alter. Komm und nimm einen Drink. Ich werde dich auswickeln. Nein Mädchen, ihr nicht.« Clive folgte ihm, aber als er sich umdrehte, fing er ein unmerkliches Kopfnicken von Ada auf.
Maurice sah in seinem Pelzmantel wie ein riesiges Tier aus. Sobald sie allein waren, legte er ihn ab und kam

lächelnd auf Clive zu. »So, du liebst mich also nicht mehr?« verlangte er zu wissen.
»Wir sollten das alles morgen besprechen«, sagte Clive und wandte seinen Blick ab.
»Recht so, nimm einen Drink.«
»Maurice, ich will keinen Streit.«
»Ich aber.«
Clive hielt sich an seinem Glas fest. Der Sturm mußte losbrechen. »Aber du darfst auch nicht so mit mir sprechen«, fuhr er fort. »Es macht nur alles schwieriger für mich.«
»Ich will einen Streit, und ich werde ihn auch bekommen.« Er ging auf ihn zu wie früher und fuhr Clive mit einer Hand durchs Haar. »Setz dich. So und jetzt: Warum hast du mir diesen Brief geschrieben?«
Clive antwortete nicht. Er blickte mit wachsender Bestürzung in das Gesicht, das er einst geliebt hatte. Er erschrak vor einer derart selbstbewußten Männlichkeit, und er fragte sich, was wohl passieren würde, wenn Maurice versuchte, ihn zu umarmen.
»Nun? Also? Jetzt bist du wieder gesund, erzähl!«
»Geh erst von meinem Stuhl runter.«
Dann begann er einen seiner Vorträge, die er sich zurechtgelegt hatte. Er war dabei wissenschaftlich und unpersönlich, da er Maurice auf diese Weise am wenigsten verletzen würde: »Ich bin normal geworden – wie andere Männer, ich weiß auch nicht wie, nicht mehr, als ich von meiner Geburt weiß. Das ist jenseits aller Vernunft, und es geschieht gegen meinen Willen. Frag mich, was du willst. Ich bin gekommen, um dir zu antworten, denn ich konnte in meinem Brief nicht auf Einzelheiten eingehen. Aber ich habe dir den Brief geschrieben, weil es stimmte.«
»Weil es stimmte, sagst du?«
»Weil es stimmte! Es war und es ist die Wahrheit.«
»Du behauptest, daß du dich nur für Frauen interessierst, nicht für Männer?«

»Ich interessiere mich für Männer im eigentlichen Sinn des Wortes, Maurice, und das wird immer so bleiben.«
»Und das kommt einfach so, ganz plötzlich?«
Maurice blieb ebenfalls unpersönlich, aber er war auf der Stuhllehne sitzengeblieben. Seine Hand lag nach wie vor auf Clives Kopf, berührte den Verband, seine Stimmung war von Fröhlichkeit in stille Sorge umgeschlagen. Er war weder ärgerlich noch ängstlich, er wollte seinen Freund nur kurieren, und inmitten seines Widerwillens bemerkte Clive, was für ein Triumph der Liebe dort zugrunde ging und wie schwach beziehungsweise wie zynisch die Macht sein mußte, die den Menschen lenkt.
»Wer hat diese Veränderung bewirkt?«
Er mochte es nicht, wie diese Frage formuliert war. »Niemand. Die Veränderung war rein körperlich.« Er begann von seinen Erfahrungen zu berichten.
»Also offensichtlich die Krankenschwester«, sagte Maurice nachdenklich. »Ich wünschte, du hättest mir vorher davon erzählt... Ich wußte, daß irgend etwas schiefgegangen war und dachte an verschiedene Dinge, aber nicht daran. Man sollte keine Geheimnisse voreinander haben, oder es wird alles nur schlimmer. Man sollte reden, reden, reden – vorausgesetzt, man hat jemanden, mit dem man reden kann, so wie du und ich. Wenn du mir davon erzählt hättest, wärst du inzwischen wiederhergestellt.«
»Wie kommst du darauf?«
»Weil ich dich schon wiederhergestellt hätte.«
»Wie denn?«
»Das wirst du schon noch sehen«, sagte Maurice lächelnd.
»Das führt doch zu nichts – ich bin ein anderer geworden.«
»Kann man aus seiner Haut heraus? Clive, du bist ziemlich durcheinander. Das Ganze hängt mit deinem angegriffenen Zustand zusammen. Ich mache mir jetzt keine Sorgen mehr, denn ansonsten bist du ja gesund. Du siehst sogar glücklich aus, und das übrige kommt schon von allein. Ich sehe ein, daß du Angst davor hattest, es mir zu erzählen,

weil du mir keinen Kummer machen wolltest, aber damit ist es jetzt vorbei, ab sofort werden wir uns gegenseitig nicht mehr schonen. Du hättest es mir sagen sollen. Wozu bin ich denn da? Du kannst doch zu niemandem sonst Vertrauen haben. Du und ich, wir sind Außenseiter der Gesellschaft. All das hier«, er deutete auf den gutbürgerlichen Komfort des Zimmers, »würde uns weggenommen, wenn die Leute etwas davon wüßten.«

Clive stöhnte: »Aber ich bin ein anderer geworden, ich habe mich verändert.«

Wir können nur durch Erfahrungen klug werden. Das Wort »Verwirrung« konnte Maurice verstehen, nicht das Wort »Veränderung«. »Du glaubst nur, du hättest dich verändert«, sagte er und lächelte. »Ich dachte es ebenfalls, als Miss Olcott bei uns zu Besuch war, aber als ich wieder bei dir war, war alles vorbei.«

»Ich kenne mich«, sagte Clive, dem es zu warm wurde und der sich aus dem Stuhl befreite. »Ich war nie so wie du.«

»Jetzt bist du es aber. Erinnerst du dich noch, wie ich dir nachgelaufen bin ...«

»Natürlich erinnere ich mich daran. Sei nicht kindisch.«

»Wir lieben uns und wissen es. Was könnte also ...«

»Ach, um Himmels willen, Maurice, halt die Klappe. Wenn ich jemanden liebe, dann ist es Ada.« Er fügte hinzu: »Ich erwähne ihren Namen aufs Geratewohl, als Beispiel sozusagen.«

Beispiele aber waren das einzige, was Maurice begreifen konnte.

»Ada?« sagte er, und sein Tonfall veränderte sich.

»Nur, um dir die Sache zu veranschaulichen.«

»Du kennst Ada doch kaum.«

»Ich kannte auch meine Krankenschwester oder die anderen Frauen, die ich erwähnt habe, nicht. Ich habe vorhin schon gesagt, es ist keine bestimmte Person, nur eine Tendenz.«

»Wer war hier, als du angekommen bist?«

»Kitty.«

»Und doch ist es Ada, nicht Kitty.«

»Ja, aber ich meine ja auch nicht... Ach, sei nicht dumm!«

»Was meinst du denn?«

»Wie auch immer, du begreifst es jetzt«, sagte Clive. Er versuchte, einen unpersönlichen Ton beizubehalten und das Gespräch mit tröstenden Worten zu beenden. »Ich habe mich verändert. Jetzt wünsche ich mir, daß du auch verstehst, daß diese Veränderung dem eigentlichen Kern unserer Freundschaft nichts anhaben kann. Ich mag dich schrecklich gern – mehr als jeden anderen Mann, der mir jemals begegnet ist.« (Er empfand dies nicht so, als er es sagte.) »Ich respektiere und bewundere dich ganz außerordentlich. Die wirklich bindende Kraft ist die Persönlichkeit, nicht die Leidenschaft.«

»Hast du mit Ada gesprochen, kurz bevor ich reinkam? Hast du denn nicht gehört, wie mein Wagen vorfuhr? Warum kamen Kitty und meine Mutter heraus und du nicht? Du mußt doch den Lärm gehört haben, den ich gemacht habe. Du wußtest, daß ich meine Arbeit für dich unterbrochen habe. Du hast kein einziges Mal mit mir telefoniert. Du hast mir nicht geschrieben aus Griechenland und bist auch nicht zurückgekommen. Wie oft hast du sie gesehen, als du damals hier warst?«

»Schau, mein Alter, du kannst mich doch keinem Kreuzverhör unterziehen.«

»Du hast gesagt, ich könnte.«

»Nicht über deine Schwester.«

»Warum nicht?«

»Ich finde, du solltest jetzt den Mund halten. Kommen wir wieder auf das zu sprechen, was ich über die Persönlichkeit gesagt habe – die wirklich bindende Kraft zwischen zwei Menschen. Du kannst kein Haus auf Sand bauen, und Leidenschaft ist wie Sand. Wir brauchen ein festes Fundament...«

»Ada!« rief Maurice, und er schien plötzlich etwas Bestimmtes im Sinn zu haben.
Clive schrie erschrocken: »Was soll das?«
»Ada! Ada!«
Clive eilte zur Tür und verschloß sie. »Maurice, es muß doch nicht so enden – nicht mit einem Krach«, flehte er. Aber als Maurice näher kam, zog er den Schlüssel heraus und schloß die Faust um ihn, denn jetzt war die Ritterlichkeit in ihm erwacht. »Du kannst keine Frau hineinziehen«, keuchte er, »ich will das nicht.«
»Gib her.«
»Ich darf nicht. Mach es doch nicht noch schlimmer. Nein ... nein.«
Maurice umklammerte ihn. Clive befreite sich. Sie jagten um den großen Sessel herum, stritten sich im Flüsterton um den Schlüssel.
Sie packten sich gegenseitig am Arm, und ihre Berührung war feindselig, dann ließen sie für immer voneinander ab, und der Schlüssel fiel zwischen ihnen zu Boden.
»Clive, habe ich dir weh getan?«
»Nein.«
»Liebling, das habe ich nicht gewollt.«
»Mir fehlt nichts.«
Sie starrten sich einen Augenblick lang an, bevor sie ein neues Leben begannen. »Was für ein Ende«, schluchzte Maurice, »was für ein Ende.«
»Ich liebe sie sehr«, sagte Clive, und er war sehr blaß.
»Was soll nun werden?« fragte Maurice, setzte sich hin und wischte sich den Mund ab. »Mach du das ... Ich kann nicht mehr.«
Da Ada auf dem Flur war, ging Clive zu ihr hinaus: zur Frau, das war seine erste Pflicht. Nachdem er sie mit vagen Worten beruhigt hatte, kehrte er in das Herrenzimmer zurück, doch die Tür zwischen ihnen war jetzt verschlossen. Er hörte, wie Maurice das elektrische Licht ausschaltete.

»Sei doch kein Dummkopf«, rief Clive nervös. Keine Antwort. Er wußte nicht so recht, was er tun sollte. Jedenfalls konnte er nicht im Haus bleiben. So machte er das Vorrecht eines Mannes geltend und verkündete, er müsse nun doch in der Stadt schlafen; die Frauen schickten sich darein. Er tauschte die Dunkelheit drinnen mit derjenigen draußen: Die Blätter fielen, als er zum Bahnhof ging, die Eulen schrien, der Nebel hüllte ihn ein. Es war so spät, daß die Straßenlaternen in den Vorortstraßen gelöscht worden waren, und auf ihm lastete, wie auf seinem Freund, finsterste Nacht. Auch Clive litt und rief: »Was für ein Ende!« Aber ihm blieb die Verheißung einer Morgendämmerung. Die Liebe von Frauen würde ebenso sicher am Horizont erscheinen wie die Sonne, jegliche Unreife hinwegsengen und einen vollen irdischen Tag ankündigen: Sogar in seinem Kummer wußte er es. Er würde Ada nicht heiraten – sie war nur eine Zwischenstation gewesen –, aber irgendeine Göttin des neuen Universums, das sich ihm in London erschlossen hatte, jemanden, der ganz und gar anders war als Maurice Hall.

DRITTER TEIL

26

Drei Jahre lang hatte Maurice sich wohl gefühlt und er war so glücklich gewesen, daß er am nächsten Tag automatisch weitermachte wie bisher. Er wachte mit dem Gefühl auf, es müsse sich bald alles wieder einrenken. Clive werde zurückkommen und sich entschuldigen oder auch nicht, ganz wie ihm zumute war, und er werde Clive verzeihen. Clive mußte ihn lieben, denn sein ganzes Leben beruhte auf Liebe, und jetzt ging es weiter wie gewöhnlich. Wie konnte er schlafen und Ruhe finden, wenn er keinen Freund hatte? Als er aus der Stadt zurückkehrte und keine Nachricht vorfand, blieb er für eine kurze Zeit gelassen und erlaubte seiner Familie, Vermutungen über Clives Weggehen anzustellen. Doch er begann Ada zu beobachten. Sie sah elend aus – sogar ihre Mutter bemerkte es. Er beobachtete sie heimlich. Ohne sie hätte er die Szene als »eine von Clives langen Ansprachen« abgetan, aber Ada kam in dieser Ansprache als Beispiel vor. Er überlegte, warum sie wohl so traurig sei.

»Ich möchte dir...«, rief er, als sie alleine waren; er wußte nicht, was er sagen wollte, obwohl ihn eine plötzliche Verfinsterung des Gemüts hätte warnen sollen. Sie antwortete, aber er konnte sie nicht hören. »Was fehlt dir?« fragte er und zitterte.

»Nichts.«

»Da gibt es doch etwas – ich sehe es, ich kann es sehen. Du kannst mich nicht täuschen.«

»O nein ... wirklich, Maurice, es ist nichts.«

»Warum hat ... was hat er gesagt?«

»Nichts.«

»Wer hat nichts gesagt?« brüllte er und schlug mit beiden Fäusten auf den Tisch. Er hatte sie ertappt.

»Nichts ..., nur Clive.«

Als er den Namen von ihren Lippen vernahm, tat sich die

Hölle auf. Er litt schrecklich, und bevor er sich zurückhalten konnte, hatte er Worte ausgesprochen, die keiner von ihnen jemals vergaß. Er beschuldigte seine Schwester, seinen Freund zu verführen. Er ließ durchblicken, Clive habe sich über ihr Verhalten beklagt und sei deswegen in die Stadt zurückgekehrt. Ihre sanftmütige Natur war so getroffen, daß sie sich nicht verteidigen konnte, sondern nur noch schluchzte und schluchzte, sie flehte ihn an, ihrer Mutter nichts zu sagen, so als sei sie schuldig. Er willigte ein: Die Eifersucht hatte ihn toll gemacht.

»Aber wenn du ihn siehst... Mr. Durham, sag ihm, ich hätte das nicht gewollt... Sag ihm, es gäbe niemanden, mit dem ich lieber...«

»... auf die schiefe Bahn geraten wäre«, ergänzte er: Erst später sah er seine schurkische Handlungsweise ein. Ada schlug die Hände vor das Gesicht und brach zusammen.

»Ich werde es ihm nicht erzählen. Ich werde Durham niemals wiedersehen und ihm nie wieder irgend etwas erzählen können. Du hast die Genugtuung, diese Freundschaft kaputt gemacht zu haben.«

Sie schluchzte: »Das ist mir gleich... Du bist immer so unfreundlich zu uns gewesen.« Schließlich erhob er sich. Kitty hatte ähnliches auch schon zu ihm gesagt. Ada jedoch noch nie. Ihm wurde klar, daß seine Schwestern ihre Abneigung hinter ihrem unterwürfigen Gehorsam versteckten: Nicht einmal zu Hause war er erfolgreich. Er brummte vor sich hin: »Es ist nicht meine Schuld«, und ließ sie allein.

Eine vielschichtigere Natur würde sich anständiger verhalten und vielleicht weniger gelitten haben. Maurice dachte weder rational, noch war er religiös, und er verfügte auch nicht über den eigenartigen Trost, den das Selbstmitleid manchen Menschen gewährt. Außer in einem Punkt war er völlig normal, und er benahm sich so, wie sich ein durchschnittlicher Mann verhalten hätte, der nach zwei glücklichen Jahren von seiner Frau betrogen wird. Es bedeutete ihm nichts, daß die Natur die heruntergefallene Masche wieder aufgefangen hatte, um das begonnene Muster zu vollenden. Solange er geliebt wurde, hatte er Vernunft bewahrt. Jetzt sah er Clives Wandlung als Verrat an und Ada als deren Ursache, und innerhalb weniger Stunden kehrte er an den Abgrund zurück, vor dem er schon als Junge gestanden hatte.

Nach dieser Eruption ging sein übliches Leben weiter. Er nahm den gewohnten Zug in die Stadt, um auf die alte Weise Geld zu verdienen und auszugeben; er las die Zeitungen und diskutierte mit seinen Freunden über die Streiks und die Scheidungsgesetze. Anfangs war er stolz auf seine Selbstbeherrschung: Lag Clives Ruf nicht in seiner Hand? Doch allmählich verbitterte er, er wünschte, er hätte gebrüllt, solange er noch die Kraft dazu verspürt hatte, er hätte diesen Wall von Lügen niedergerissen. Was wäre denn schon, wenn auch er hineingezogen würde? Seine Familie, seine Stellung in der Gesellschaft – viele Jahre lang hatten sie ihm nichts bedeutet. Er war ein Verfemter, der sich hinter einer Maske verbarg. Vielleicht hatten sich unter denen, die sich in alten Zeiten in die Wälder zurückgezogen hatten, zwei Männer befunden, die so waren wie er – zwei. Bisweilen überließ er sich diesem Traum. Zwei Männer können die Welt herausfordern.

Ja, der innerste Kern seiner Qual würde die Einsamkeit sein. Da er langsam dachte, dauerte es eine Weile, bis ihm dies klar wurde. Die inzestuöse Eifersucht, die Demütigung, die Wut über seine damalige Begriffsstutzigkeit – all das mochte vorübergehen, und es ging vorüber. Die Erinnerung an Clive mochte verblassen. Doch die Einsamkeit blieb. Clive suchte ihn immer öfter in seinen Träumen heim. Er wußte genau, daß da niemand war, aber Clive lächelte in seiner betörendsten Weise und sagte: »Diesmal bin ich es wirklich«, nur um ihn zu quälen. Einmal träumte er von dem Gesicht und der Stimme, es war nur ein Traum, nichts Wirkliches. Dann hatte er auch Träume jener ande-

ren Art, die versuchten, ihn zu zerstören. Den Nächten folgten die Tage. Ein ungeheures Schweigen, wie das des Todes, umfing den jungen Mann, und als er eines Morgens in die Stadt fuhr, schien es ihm, als sei er wirklich tot. Worin lag der Sinn dieses Geldraffens, Essens und Spielens? Das war alles, was er tat oder je getan hatte.
»Das Leben ist eine verdammt armselige Angelegenheit«, rief er aus und knüllte den *Daily Telegraph* zusammen.
Die anderen Fahrgäste im Abteil, die ihn mochten, fingen an zu lachen.
»Für zwei Pence würde ich aus dem Fenster springen.«
Nachdem er das gesagt hatte, dachte er über den Selbstmord nach. Nichts hielt ihn zurück. Er empfand keine, wie auch immer geartete, ursprüngliche Angst vor dem Tod, und er hatte keine Vorstellung von einem Jenseits, und es war ihm auch egal, daß er Schande über seine Familie bringen würde. Er wußte, die Einsamkeit vergiftete ihn, so daß er immer niederträchtiger wurde und auch immer unglücklicher. Sollte er unter diesen Umständen nicht ein Ende machen? Er fing an, Wege und Möglichkeiten gegeneinander abzuwägen, und er hätte sich erschossen, wenn nicht ein unerwartetes Ereignis eingetreten wäre. Dieses Ereignis war die Krankheit und der Tod seines Großvaters, eine Erfahrung, die ihn veränderte.
In der Zwischenzeit hatte er einige Briefe von Clive erhalten, in allen stand jedoch der Satz: »Wir sollten uns besser noch nicht sehen.« Jetzt verstand er. Sein Freund würde alles für ihn tun, nur nicht mit ihm zusammensein; so war es schon seit seiner ersten Krankheit gewesen, und unter dieser Voraussetzung bot er ihm seine Freundschaft für die Zukunft an. Maurice liebte immer noch, aber sein Herz war zerbrochen; er hing nie phantastischen Vorstellungen darüber nach, Clive zurückzugewinnen. Was er einmal begriffen hatte, das begriff er mit einer Konsequenz, die begabtere Menschen vielleicht mit Neid erfüllte, doch er litt bis zum Äußersten.

Er beantwortete diese Briefe auf eine seltsame Weise treuherzig und ernsthaft. Er schrieb nach wie vor das, was wahr war, und vertraute seinem Freund an, daß seine Einsamkeit unerträglich sei und er sich eine Kugel durch den Kopf jagen würde, bevor das Jahr zu Ende gehe. Aber er schrieb leidenschaftslos. Es war eher ein Tribut an ihre großartige Vergangenheit, und so verstand es Durham auch. Seine Antworten waren ebenfalls fremd und gefühllos, und es war ganz deutlich, daß er keinen Zugang mehr zu Maurices Seele fand, trotz der Hilfe, die ihm dabei gewährt wurde, und obwohl er es so hartnäckig versuchte.

27

Der Großvater von Maurice war sein Leben lang ein durchschnittlicher Geschäftsmann gewesen – tüchtig und zäh –, und er zog sich rechtzeitig zurück – mit überraschenden Folgen. Er begann Bücher zu studieren, und obwohl die unmittelbare Wirkung eher wunderlich war, erweckte die Lektüre eine Sanftmut, die sein Wesen veränderte. Plötzlich erschien ihm die Meinung anderer, der er früher widersprochen oder die er ignoriert hatte, der Beachtung wert, und er gab ihren Wünschen unter Umständen nach. Ida, seine unverheiratete Tochter, die ihm den Haushalt führte, hatte sich vor der Zeit, »da mein Vater nichts zu tun haben wird«, gefürchtet, und da sie selbst starrköpfig war, bemerkte sie nicht, daß er sich verändert hatte, bis er drauf und dran war, sie zu verlassen.

Der alte Herr beschäftigte sich in seinen Mußestunden damit, eine neue Religion zu entwickeln, oder vielmehr eine neue Theorie von der Entstehung der Welt, die nicht im Widerspruch zur Kirche stand. Der wichtigste Punkt lautete, daß Gott innerhalb der Sonne lebe, deren strahlende Hülle aus den Seelen der Verstorbenen bestehe. Gott offenbare sich den Menschen durch Sonnenflecken, so daß Mr. Grace, wenn sie auftraten, viele Stunden an seinem Teleskop verbrachte und die Dunkelheit in ihrem Inneren registrierte. Die Menschwerdung zeigte sich ihm in bestimmter Weise als Sonnenfleck.

Er war glücklich, wenn er seine Entdeckung mit jemandem diskutieren konnte, aber er versuchte nicht, die Leute zu bekehren, und meinte, jeder müsse selbst damit fertig werden: Clive Durham, mit dem er einmal ein langes Gespräch geführt hatte, wußte ebensoviel über seine Vorstellungen wie andere. Sie waren diejenigen eines pragmatischen Mannes, der versucht, sein Denken ins Religiöse zu wenden – absurd und materialistisch, aber aus erster

Hand. Mr. Grace hatte die wohlfeilen Darstellungen des Jenseits, die von den Kirchen angeboten werden, zurückgewiesen, und dies war auch der Grund, warum sich der Bewunderer der griechischen Antike mit ihm auseinandergesetzt hatte.

Jetzt war er dem Tode nahe. Die fragwürdige Aufrichtigkeit der Vergangenheit war verblaßt, und er blickte nach vorne, weil er mit denen zusammensein wollte, die er liebte, und weil er in einer angemessenen Zeitspanne mit denen vereint zu werden hoffte, die er zurückließ. Er beorderte die Angestellten seiner Firma zu sich – alles Männer ohne Illusionen, aber sie erwiesen »dem alten Heuchler« den Gefallen. Er ließ seine Familie kommen, die er immer gut behandelt hatte. Seine letzten Tage waren sehr schön. Den Ursachen des Schönen nachzugehen, würde bedeuten, zu genau zu forschen, und nur ein Zyniker würde den Duft von Schmerz und Frieden verscheuchen, der Alfriston Gardens durchdrang, während ein lieber alter Mann im Sterben lag.

Die Verwandten kamen einzeln, in Gruppen zu zweit oder zu dritt. Alle außer Maurice waren beeindruckt. Es wurden keine Intrigen gesponnen, da Mr. Grace sich freimütig über seinen letzten Willen geäußert hatte und jeder wußte, was ihn erwartete. Ada, das Lieblingsenkelkind, teilte sich das Vermögen mit ihrer Tante, die übrigen erhielten Legate. Maurice beabsichtigte nicht, seines anzunehmen. Er unternahm zwar nichts, um seinen eigenen Tod herbeizuzwingen, doch dieser wartete nur, um ihn im richtigen Augenblick zu treffen – wahrscheinlich dann, wenn er zurückkehrte.

Aber der Anblick eines Mitreisenden stürzte ihn in Verwirrung. Sein Großvater bereitete sich auf eine Reise zur Sonne vor, und von der Krankheit geschwätzig geworden, sprudelte es eines Dezembernachmittags aus ihm heraus: »Maurice, du hast doch die Zeitungen gelesen. Du kennst die neue Theorie...« Ein Meteorschwarm war auf einen der Saturnringe aufgetroffen und hatte Stücke aus ihm herausgebrochen, die daraufhin in die Sonne hineingestürzt waren. Mr. Grace lokalisierte das Böse in den äußeren Planeten unseres Sonnensystems, und da er nicht an die ewige Verdammnis glaubte, fürchtete er, sich ihrem Einfluß nun nicht entziehen zu können. Die neue Theorie wies einen Ausweg: Sie waren herausgebrochen worden und hatten sich von neuem mit dem Guten vereinigt. Höflich und ernsthaft hörte der junge Mann zu, bis ihn plötzlich die Angst ergriff, dieser Unsinn könne wahr sein. Die Angst verging schnell wieder, aber sie verursachte eine jener Umschichtungen, die die gesamte Persönlichkeit beeinflussen. Sie machte ihm auf einmal deutlich, daß sein Großvater tatsächlich von dieser These überzeugt war. Ein weiteres menschliches Wesen war zum Leben erwacht. Er hatte einen Schöpfungsakt vollbracht, und als er es getan hatte, wandte sich der Tod von ihm ab. »Es ist etwas Wunderbares, so zu glauben wie du«, sagte Maurice sehr traurig. »Seit Cambridge glaube ich an gar nichts mehr – außer an eine Art Finsternis.«

»Ach, als ich in deinem Alter war... Und jetzt sehe ich ein hell strahlendes Licht... Kein elektrisches Licht läßt sich damit vergleichen.«

»Als du in meinem Alter warst, Großvater, was war da?«

Aber Mr. Grace beantwortete keine Fragen. Er sagte: »Strahlender als Magnesiumdraht – das Licht im Innern.« Dann zog er eine alberne Parallele zwischen Gott, dem dunklen Innern der hellglühenden Sonne und der im sichtbaren Körper unsichtbaren Seele. »Die Kraft da drinnen – die Seele: laß sie heraus, aber jetzt noch nicht, nicht vor dem Abend.« Er machte eine Pause. »Maurice, sei gut zu deiner Mutter – zu deinen Schwestern – zu deiner Frau und deinen Kindern – zu deinen Angestellten, so wie ich es gewesen bin.« Er schwieg erneut, und Maurice stöhnte, aber nicht respektlos. Der Satz hatte ihn getroffen: »Nicht vor dem Abend, laß sie nicht vor dem Abend heraus.« Der alte Mann brummelte zusammenhanglos vor sich hin. Man solle gut sein ... freundlich ... tapfer: die altbekannten Ratschläge. Und doch waren sie aufrichtig. Sie kamen aus einem lebendigen Herzen.

»Warum?« unterbrach er. »Großpapa, warum?«

»Das Licht da drinnen ...«

»Ich habe keines.« Er lachte, um nicht von seinen Gefühlen überwältigt zu werden. »Das Licht, das ich hatte, ist vor sechs Wochen erloschen. Ich will nicht gut oder freundlich oder tapfer sein. Wenn ich weiterlebe, so werde ich ... all das nicht sein ... das Gegenteil davon. Aber auch das will ich nicht, ich will überhaupt nichts.«

»Das Licht da drinnen ...«

Maurice war nahe daran, irgendwelche Geständnisse abzulegen, aber sie wären nicht gehört worden. Sein Großvater verstand nicht, konnte nicht verstehen. Er konnte nur »das Licht da drinnen« begreifen und »sei freundlich«, und doch vollendete dieser Satz die Umschichtung, die in seinem Inneren begonnen hatte. Warum *sollte* man freundlich und gut sein? Um irgend jemandes willen – um Clives oder Gottes oder der Sonne willen? Aber er hatte niemanden. Niemand, außer seiner Mutter machte sich etwas aus ihm, und auch sie nur wenig. Er war doch allein, warum sollte er weiterleben? Es gab wirklich keinen Grund, und doch hatte er das dumpfe Gefühl, er sollte es tun, denn auch der Tod war ihm nicht zuteil geworden; der Tod hatte ihn, ebenso wie die Liebe, einen Augenblick lang angesehen, doch dann hatte er sich abgewandt und ihn allein gelassen, damit er »das Spiel spiele«. Und vielleicht würde er es so lange wie sein Großvater spielen und sich dann auf ebenso groteske Weise zurückziehen.

28

Die Wandlung, die sich dann in ihm vollzog, war keine Bekehrung. Es war nichts Erbauliches daran. Als er nach Hause kam und die Pistole, die er nie gebrauchen würde, überprüfte, packte ihn Ekel; als er seine Mutter begrüßte, empfand er keine unverbrüchliche Liebe für sie. Er lebte weiter dahin, unglücklich und unverstanden wie zuvor, und wurde immer einsamer. Man kann dies nicht oft genug wiederholen: Mauricens Einsamkeit wuchs und wuchs.

Aber eine Veränderung war eingetreten. Er legte sich neue Angewohnheiten zu, und kultivierte besonders jene nebensächlichen Lebenskünste, die er vernachlässigt hatte, während er mit Clive zusammen gewesen war. Pünktlichkeit, Höflichkeit, Patriotismus, ja sogar Ritterlichkeit waren einige von ihnen. Er übte strenge Selbstdisziplin. Es war nicht nur notwendig, solche Verhaltensweisen anzunehmen, sondern man mußte auch wissen, wann man sie anwandte, und man mußte behutsam sein Verhalten ändern. Anfangs konnte er wenig tun. Er zeigte ein bestimmtes Gebaren, das seine Familie und die Welt an ihm kannten, denn jede Abweichung hätte sie beunruhigt. Das wurde in einer Unterhaltung mit Ada sehr deutlich.

Ada hatte sich mit seinem alten Kumpel Chapman verlobt, und seine häßliche Rivalität mit ihr konnte nun ein Ende haben. Sogar noch nach dem Tode seines Großvaters hatte er gefürchtet, sie könne Clive heiraten, und war vor Eifersucht verrückt gewesen. Clive würde irgendeine Frau heiraten. Aber wenn er im Zusammenhang mit Ada an ihn dachte, dann wurde er nach wie vor rasend, und er konnte sich kaum normal benehmen, bevor die Angelegenheit nicht bereinigt war.

Die Partie war ausgezeichnet, und nachdem er sie in aller Öffentlichkeit gebilligt hatte, nahm er Ada beiseite und sagte: »Ada, Liebes, ich habe mich dir gegenüber nach dem Besuch von Clive häßlich benommen. Ich möchte dir das jetzt sagen und dich bitten, mir zu verzeihen. Diese Sache hat mir seitdem viel Kummer bereitet. Es tut mir sehr leid.«

Sie sah ihn überrascht und nicht sehr erfreut an; er bemerkte, daß sie ihn immer noch nicht mochte. Sie murmelte: »Das ist doch alles vorbei . . ., jetzt liebe ich Arthur.«

»Ich wollte, ich wäre an jenem Abend nicht durchgedreht, aber ich war zufällig sehr verärgert wegen einer bestimmten Sache. Clive hat niemals etwas von dem gesagt, wovon ich dich glauben ließ, er hätte es gesagt. Er hat nie etwas an dir auszusetzen gehabt.«

»Es interessiert mich nicht, ob er es getan hat. Das ist ohne Bedeutung.«

Entschuldigungen ihres Bruders waren so selten, daß sie die Gelegenheit ergriff, ein wenig zu sticheln. »Wann hast du ihn zuletzt gesehen?« – Kitty hatte die Vermutung geäußert, sie hätten sich gestritten.

»Schon eine ganze Zeit lang nicht.«

»Diese Wochenenden und das Mittwochtreffen haben wohl aufgehört.«

»Ich wünsche dir viel Glück. Der alte Chappie ist ein anständiger Bursche. Zwei Menschen, die ineinander verliebt sind und heiraten, sind etwas Wunderschönes.«

»Es ist sehr nett von dir, mir Glück zu wünschen, Maurice, wirklich. Ich hoffe, ich werde Glück haben, ob es mir nun gewünscht wird oder nicht.« (Später wurde dies Chapman gegenüber als »schlagfertige Antwort« ausgegeben.) »Ich wünsche dir ebenfalls, was du mir die ganze Zeit über gewünscht hast.« Sie errötete. Sie hatte sehr gelitten, und Clive war ihr keineswegs gleichgültig. Sein Rückzug hatte sie sehr verletzt.

Maurice vermutete so etwas und warf ihr einen finsteren Blick zu. Dann wechselte er das Thema, und da sie nicht nachtragend war, war sie bald wieder guter Laune, aber sie konnte ihrem Bruder nicht verzeihen: Es war auch nicht einzusehen, wieso jemand wie sie das tun sollte, denn Maurice hatte sie bis ins Innerste beleidigt und das erste Erwachen einer Liebe zerstört.

Ähnliche Schwierigkeiten ergaben sich mit Kitty. Sie drückte ebenfalls sein Gewissen, aber sie war alles andere als erfreut, als er ihr Abbitte leistete. Er schlug ihr vor, die Kosten für die Hauswirtschaftsschule zu übernehmen, was so lange ihr Herzenswunsch gewesen war, und obwohl sie sein Angebot annahm, tat sie es unfreundlich und mit der Bemerkung: »Ich glaube, daß ich jetzt zu alt bin, um wirklich noch etwas zu lernen.« Sie und Ada hetzten sich gegenseitig auf, sich ihm gegenüber in kleinen Dingen widerspenstig zu zeigen. Mrs. Hall war anfangs sehr bestürzt und schimpfte sie aus, aber als sie bemerkte, daß ihr Sohn kein Interesse daran zeigte, sich selbst zu verteidigen, war es ihr ebenfalls egal. Sie war stolz auf ihn, aber sie würde nicht energischer für ihn kämpfen, als sie gegen ihn gekämpft hatte, damals als er dem Dekan gegenüber unverschämt gewesen war. Und so geschah es, daß er zu Haus immer weniger respektiert wurde und im Verlauf des Winters die Stellung, die er während seines Aufenthaltes in Cambridge errungen hatte, fast wieder verlor. Es begann damit, daß man sagte: »Ach, Maurice wird das nicht stören – er kann zu Fuß gehen – auf dem Feldbett schlafen – ohne das Kaminfeuer auskommen, wenn er noch rauchen will.« Er erhob keine Einwände, aber er bemerkte den feinen Unterschied und den Zusammenhang mit seiner wachsenden Einsamkeit.

Die Leute waren einigermaßen verdutzt. Er schloß sich der Territorialen Verteidigungsarmee an – bisher hatte er den Standpunkt vertreten, das Land könne nur durch die Wehrpflicht geschützt werden. Er unterstützte sogar die Sozialarbeit der Kirche. Er gab das sonntägliche Golfspielen auf, um mit den Jugendlichen eines Wohlfahrtsheims in Süd-London Fußball zu spielen, und seine Mittwochabende, um ihnen Rechnen und Boxen beizubringen. Die Leute in seinem Zugabteil wurden ein wenig mißtrauisch. Donnerwetter, Hall wurde gesetzt! Er kürzte seine Ausgaben, um großzügiger für mildtätige Einrichtungen spenden zu können – präventive Einrichtungen, denn der Fürsorge würde er keinen halben Penny geben. Mit all diesen Beschäftigungen und mit seinen Effektengeschäften gelang es ihm, weiterzumachen.

Und doch tat er etwas Großartiges – er bewies, wie wenig die Seele braucht, um existieren zu können. Weder vom Himmel noch von der Erde genährt, schritt er vorwärts, ein Licht, das erloschen wäre, wenn der Materialismus sich bewahrheitet hätte. Er hatte keinen Gott, er hatte keinen Geliebten – die beiden Dinge, die einen Menschen normalerweise zur Tugend anspornen. Aber er kämpfte weiter, weil es die Würde erforderte. Es gab niemanden, der sich um ihn sorgte, noch sorgte er selbst sich um jemanden, aber Kämpfe wie die seinen stellen die höchste menschliche Leistung dar und übertreffen alle Heiligenlegenden. Keine Belohnung erwartete ihn. Dieses Werk mußte, wie so viele zuvor, in Trümmer fallen. Aber er stürzte nicht mit ihm, und die Kräfte, die es hervorgebracht hatte, konnten für etwas anderes bewahrt werden.

29

Der Zusammenbruch kam an einem Sonntag im Frühling – bei herrlichem Wetter. Sie saßen am Frühstückstisch und trauerten um den Großvater, aber ansonsten waren sie durchaus diesseitig gestimmt. Außer seiner Mutter und seinen Schwestern waren die unerträgliche Tante Ida, die jetzt mit ihnen zusammenlebte, und eine gewisse Miss Tonks anwesend, eine Freundin, die Kitty in der Hauswirtschaftsschule kennengelernt hatte und die das einzige greifbare Ergebnis dieser Schule zu sein schien. Zwischen Ada und Maurice stand ein leerer Stuhl.

»Oh, Mr. Durham will heiraten«, rief Mrs. Hall, die gerade einen Brief las. »Wie nett von seiner Mutter, es mich wissen zu lassen. Penge ist ein gräfliches Gut«, erklärte sie Miss Tonks.

»Das wird Violet nicht sehr beeindrucken, Mutter. Sie ist Sozialistin.«

»Bin ich das, Kitty? Gute Neuigkeiten.«

»Sie meinen schlechte Neuigkeiten, Miss Tonks«, sagte Tante Ida.

»Wer ist das Opfer, Mutter?«

»Dein Scherz mit dem Opfer ist allmählich etwas langweilig.«

»O Mutter, nun sag schon, wer ist es?« fragte Ada, nachdem sie ein leises Bedauern unterdrückt hatte.

»Lady Anne Woods. Ihr könnt den Brief selbst lesen. Er hat sie in Griechenland kennengelernt. Lady Anne Woods, Tochter von Sir H. Woods.«

Die Wohlinformierten schrien auf. Im nachhinein hieß es, Mrs. Durhams Satz habe gelautet: »Ich will euch jetzt den Namen der Dame verraten: Anne Woods, Tochter von Sir H. Woods.« Aber selbst in diesem Fall war das Ereignis bemerkenswert und mußte der Griechenland-Schwärmerei zugeschrieben werden.

»Maurice!« sagte seine Tante und übertönte das Stimmengewirr.
»Was ist denn?«
»Dieser Junge kommt zu spät«, erwiderte sie.
Er lehnte sich in seinem Stuhl zurück und brüllte zur Zimmerdecke hinauf: »Dickie!« Sie hatten Dr. Barrys jungen Neffen für das Wochenende aufgenommen, um sich ihm gefällig zu erweisen.
»Er schläft gar nicht über uns, es ist also völlig zwecklos«, sagte Kitty.
»Ich werde hinaufgehen.«
Er rauchte im Garten eine halbe Zigarette, dann kehrte er zurück. Die Neuigkeit hatte ihn fast aus dem Gleichgewicht geworfen. Sie war ohne jede Vorwarnung aufgetaucht, und – was ihn ebenso schmerzte – niemand verhielt sich so, als ob es ihn etwas anginge. Und so war es ja auch. Mrs. Durham und seine Mutter waren jetzt die Hauptpersonen. Ihre Freundschaft hatte die Überschwenglichkeit der beiden jungen Männer überlebt.
Er dachte gerade: ›Clive hätte schreiben können: um der Vergangenheit willen hätte er wirklich schreiben können‹, als seine Tante sich beklagte: »Dieser Junge ist immer noch nicht runtergekommen.«
Er erhob sich mit einem Lächeln. »Mein Fehler. Ich hab's vergessen.«
»Vergessen!« alle Blicke richteten sich auf ihn. »Vergessen, wenn du doch extra deswegen rausgegangen bist? O Maurice, du bist ein komischer Junge.« Begleitet von gutmütigem Spott ging er hinaus und hätte es beinahe wieder vergessen. ›Dort drinnen ist meine Aufgabe‹, dachte er, und eine tödliche Müdigkeit überfiel ihn.
Er stieg die Treppe mit dem Schritt eines alten Mannes empor, und als er oben angelangt war, holte er tief Atem. Er breitete die Arme aus. Es war ein köstlicher Vormittag – doch er war für andere da: für andere rauschten die Blätter und flutete Sonnenlicht ins Haus. Er hämmerte an die Tür

von Dickie Barry, und als das offensichtlich nichts nützte, öffnete er sie.

Der Junge, der am Abend zuvor eine Tanzveranstaltung besucht hatte, schlief. Die Decke war ihm heruntergerutscht. Er lag da, ohne sich zu genieren, umarmt und durchdrungen von der Sonne. Der Mund war leicht geöffnet, der Flaum auf seiner Oberlippe hatte einen goldenen Schimmer, die Haare breiteten sich aus wie zahllose Glorienscheine, der Körper schien ein einziger köstlicher Bernstein. Jeder hätte ihn als schön empfunden, aber für Maurice, der mit zwei schnellen Schritten bei ihm war, verkörperte er die Sehnsucht der Welt.

»Es ist neun Uhr vorbei«, sagte er, sobald er zu sprechen vermochte.

Dickie stöhnte und zog sich die Bettdecke bis zum Kinn hinauf.

»Frühstück – wach auf.«

»Wie lange sind Sie schon hier?« fragte der Junge und öffnete die Augen, die alles waren, was jetzt von ihm zu sehen war, und er starrte Maurice an.

»Nur ganz kurz«, antwortete dieser nach einer Pause.

»Es tut mir schrecklich leid.«

»Du kannst schlafen, solange du Lust hast – ich wollte bloß nicht, daß du den schönen Tag versäumst.«

Unten ergingen sie sich in snobistischen Kommentaren. Kitty fragte Maurice, ob er von Miss Woods gewußt habe. Er bejahte – eine Lüge, die einen Wendepunkt markierte. Dann drang die Stimme seiner Tante zu ihm, ob dieser Junge denn überhaupt nicht mehr komme?

»Ich habe ihm gesagt, er soll sich nicht beeilen«, sagte Maurice und zitterte am ganzen Körper.

»Maurice, du bist wirklich nicht sehr gut zu gebrauchen, Liebling«, sagte Mrs. Hall.

»Er ist zu Besuch hier.«

Tantchen bemerkte, die allererste Pflicht eines Besuchers sei, sich den Regeln des Hauses anzupassen. Bisher hatte

er ihr noch nie widersprochen, jetzt aber erklärte er: »Die Regel dieses Hauses besteht darin, daß jeder tun und lassen kann, was er will.«
»Frühstück ist um halb neun.«
»Für diejenigen, die dies gerne möchten. Diejenigen, die müde sind, möchten das Frühstück vielleicht gerne um neun oder zehn.«
»Kein Haushalt könnte so funktionieren, Maurice. Keine Dienstboten würden bleiben, das würdest du schon merken.«
»Ich sähe es lieber, wenn die Dienstboten gingen, als daß meine Gäste wie Schuljungen behandelt werden.«
»Wie ein Schuljunge! Also wirklich, er *ist* schließlich einer!«
»Mr. Barry wohnt jetzt in Woolwich«, sagte Maurice kurz. Tante Ida schnaubte höhnisch, aber Miss Tonks sah ihn mit einem Blick voller Respekt an. Die anderen hatten nicht zugehört, da sie ganz von der armen Mrs. Durham in Anspruch genommen waren, die sich jetzt auf ihr Altenteil würde zurückziehen müssen. Er war sehr froh, daß er aus der Haut gefahren war. Nach ein paar Minuten erschien Dickie, und er erhob sich, um seinen Abgott zu begrüßen. Der Junge hatte gebadet, seine Haare lagen jetzt flach an, und sein anmutiger Körper verbarg sich unter seinen Kleidungsstücken, aber er war nach wie vor außerordentlich schön. Es war eine Frische um ihn – man konnte glauben, er sei zusammen mit den Blumen aufgetaucht –, und er machte einen bescheidenen und gutwilligen Eindruck. Als er sich bei Mrs. Hall entschuldigte, ließ der Klang seiner Stimme Maurice erschauern. Und dies war das Kind, das er in Sunnington nicht unter seine Fittiche hatte nehmen wollen! Dies der Gast, dessen Ankunft er letzte Nacht als ziemlich störend empfunden hatte.
So mächtig war die Leidenschaft, daß er glaubte, die Krise seines Lebens habe begonnen. Er sagte alle Verabredungen ab, genau wie damals. Nach dem Frühstück begleitete

er Dickie zu seinem Onkel, hakte ihn unterwegs unter und bettelte um eine Zusage zum Tee. Sie wurde gegeben. Maurice überließ sich ganz seiner Freude. Sein Blut war erhitzt. Er achtete nicht auf das Gespräch, doch auch das zu seinem Vorteil, denn als er fragte: »Wie bitte?«, kam Dickie zum Sofa hinüber. Er legte einen Arm um den Jungen... Das Erscheinen von Tante Ida wendete vielleicht ein Unheil ab, und doch glaubte er, in den schüchternen Augen eine Antwort gesehen zu haben.
Sie trafen sich noch einmal – um Mitternacht. Maurice war jetzt nicht mehr glücklich, denn während der Stunden des Wartens hatten seine Gefühle körperliche Reaktionen heraufbeschworen.
»Ich habe doch einen Hausschlüssel«, sagte Dickie, überrascht, seinen Gastgeber noch auf zu finden.
»Ich weiß.«
Es entstand eine Pause. Beiden war unbehaglich zumute, sie schauten sich an und hatten doch Angst davor, dem Blick des anderen zu begegnen.
»Ist es kalt draußen heute nacht?«
»Nein.«
»Brauchst du noch etwas, bevor ich raufgehe?«
»Nein danke.«
Maurice ging zum Lichtschalter und drehte das Licht im Treppenhaus an. Dann machte er das Licht in der Halle aus und eilte hinter Dickie her, überholte ihn geräuschlos.
»Da ist mein Zimmer«, flüsterte er. »Ich meine normalerweise. Sie haben mich deinetwegen ausquartiert.« Er fügte hinzu: »Ich schlafe hier ganz alleine.« Es wurde ihm bewußt, daß ihm die Wörter entschlüpften. Er hatte Dickie den Überzieher abgenommen und über seinen Arm gelegt, und er stand da, ohne etwas zu sagen. Im Haus war es so ruhig, daß sie die Frauen in den anderen Zimmern atmen hören konnten.
Der Junge schwieg ebenfalls. Die unterschiedlichen Spielarten der Entwicklung sind zahllos, und so geschah es, daß

ihm die Situation vollkommen klar war. Wenn Hall ihn weiter bedrängte, würde er keinen Krach schlagen, aber er wäre froh, wenn nichts passieren würde: so dachte er nun einmal darüber.

»Ich schlafe da oben«, keuchte Maurice, der sich nicht traute. »In der Mansarde über deinem Zimmer – wenn du etwas brauchst – ich bin die ganze Nacht alleine. Das bin ich immer.«

Dickies erste Regung war es, die Tür hinter sich zu verriegeln, aber dann unterließ er es als unsoldatisch und wachte beim Läuten der Frühstücksklingel auf, die Sonne auf seinem Gesicht und mit reinem Gemüt.

30

Dieser Zwischenfall zerschlug Mauricens Leben in tausend kleine Stücke. Er sah Dickie mit den Augen der Vergangenheit und verwechselte ihn einen Augenblick lang mit Clive, aber drei Jahre können nicht in einem Tag gelebt werden. Die Feuer der Leidenschaft erloschen ebenso schnell, wie sie emporgelodert waren, und übrig blieb ein Häufchen verdächtiger Asche. Dickie reiste am Montag ab, und schon am Freitag war sein Bild verblaßt. Zu diesem Zeitpunkt kam ein Kunde in Mauricens Büro, ein lebhafter und hübscher junger Franzose, der Monsieur »All« anflehte, ihn nicht übers Ohr zu hauen. Während sie sich gegenseitig aufzogen, überfiel ihn ein vertrautes Gefühl, aber diesmal nahm er die zugehörigen Gerüche wahr, die dem Abgrund entströmten. »Nein, Leute wie ich müssen sich den ganzen Tag abschinden. Es tut mir leid«, antwortete er auf die dringende Bitte des Franzosen, mit ihm zusammen zu Mittag zu essen, und seine Stimme klang so britisch, daß sie Gelächter und ein lebhaftes Gebärdenspiel hervorrief.

Als der Bursche gegangen war, sah er der Wahrheit ins Gesicht. Seine Gefühle für Dickie erforderten eine ganz primitive Bezeichnung. Früher hätte er ein sentimentales Getue darum gemacht und »schwärmerische Anbetung« dazu gesagt, aber der Wunsch nach Ehrlichkeit war stärker geworden. Was für ein Trampel war er gewesen! Armer kleiner Dickie! Vor seinem inneren Auge sah er, wie sich der Junge aus seiner Umarmung wand, sich aus dem Fenster stürzte und mit zerschmetterten Gliedern liegenblieb, oder wie er schrie, wie ein Verrückter, bis Hilfe herbeieilte. Er sah die Polizei ...

»Wollust.« Er sprach das Wort laut und deutlich aus.

Wollust ist dann kaum der Rede wert, wenn man sie nicht spürt. In der Ruhe seines Büros glaubte Maurice, sie zähmen zu können, jetzt, da er sie beim Namen genannt hatte. Sein stets pragmatischer Geist vergeudete keine Zeit mit christlicher Verzweiflung, sondern näherte sich rasch dem Prüfstein. Er war gewarnt worden, und er konnte sich deshalb auch rechtzeitig wappnen, so daß er sich nur von Jungen und jungen Männern fernhalten mußte, um den Erfolg zu sichern. Ja, von anderen jungen Männern. Gewisse Merkwürdigkeiten der letzten sechs Monate klärten sich jetzt. Jener Schüler im Wohlfahrtsheim zum Beispiel – er runzelte seine Stirn wie jemand, der keiner weiteren Beweise bedurfte. Ein Gefühl, das einen Gentleman zu einer Person niederen Standes treibt, verurteilt sich selbst. Er wußte nicht, was ihn erwartete. Er trat in ein neues Stadium ein, das erst mit der Impotenz oder dem Tod enden würde. Clive hatte dieses Stadium hinausgeschoben. Clive hatte ihn wie immer beeinflußt. Es war ihnen bewußt gewesen, daß ihre Liebe, auch wenn sie den Körper mit einschloß, keine Befriedigung finden durfte, und dieses Einverständnis war – sie hatten kein einziges Wort darüber verloren – von Clive ausgegangen. An jenem ersten Abend in Penge, als er Maurice den Kuß verweigert hatte, war er drauf und dran gewesen, etwas zu sagen, oder auch am letzten Nachmittag, als sie mitten im hohen Farn gelegen hatten. Dann hatte sich die Spielregel herausgebildet, die ihnen vom Goldenen Zeitalter nahegebracht worden war, und deren Befolgung ihnen bis zum Tode genügt hätte. Aber trotz seiner Zufriedenheit war für Maurice etwas Zwanghaftes damit verbunden gewesen. Sie hatte Clive entsprochen, nicht ihm, und jetzt, da er allein war, machte es ihn einfach verrückt, wie einst in der Schule. Und es war ganz sicher nicht Clive, der ihn davon erlösen würde. Jener Einfluß von damals, selbst wenn ihn heute jemand ausgeübt hätte, würde keinen Erfolg haben, denn eine Beziehung wie die ihre kann nicht auseinanderbrechen, ohne beide Männer für immer zu verändern. Aber er war nicht in der Lage, sich all dies bewußt zu machen. Die ätherische Vergangenheit hatte ihn blind gemacht, und der Traum, zu ihr zurückzukehren, bedeutete die größte Glückseligkeit für ihn. Als er in seinem Büro saß und arbeitete, vermochte er die weite Kurve seines Lebens nicht zu überblicken, noch weniger konnte er den Geist seines Vaters erkennen, der ihm gegenübersaß. Mr. Hall senior hatte weder gekämpft noch nachgedacht; es hatte nie eine Gelegenheit dazu gegeben; er hatte die Gesellschaft unterstützt und war ohne eine Krise von unerlaubter zu erlaubter Liebe übergewechselt. Jetzt, da er zu seinem Sohn hinüberblickt, packt ihn der Neid, die einzige Qual, die in der Welt der Schatten fortdauert. Denn er sieht, wie das Fleisch den Geist erzieht, so wie der seine niemals erzogen worden ist, und wie es das träge Herz und das seichte Bewußtsein gegen ihren Willen vervollkommnet.

In diesem Moment wurde Maurice ans Telefon gerufen. Er nahm den Hörer, und nach sechs Monaten Schweigen hörte er die Stimme seines einzigen Freundes.

»Hallo«, begann dieser das Gespräch, »hallo, Maurice, du wirst die Neuigkeiten gehört haben.«

»Ja, aber du hast nicht geschrieben, und so habe ich es auch nicht getan.«

»Ganz recht.«

»Wo bist du jetzt?«

»In einem Restaurant. Wir möchten gerne, daß du herkommst. Magst du?«

»Ich fürchte, ich kann nicht. Ich habe gerade eine Einladung zum Mittagessen ausgeschlagen.«

»Bist du wirklich zu beschäftigt, um ein wenig zu plaudern?«

»Ach nein, das nicht.«

Clive sprach weiter und war offensichtlich erleichtert, daß die Atmosphäre nicht allzu gespannt war. »Meine junge Frau ist ebenfalls hier. Sie möchte gleich etwas sagen.«

»Ja, in Ordnung. Erzähl mir von deinen Plänen.«

»Die Hochzeit ist nächsten Monat.«
»Viel Glück.«
Keinem von beiden fiel noch etwas ein, was sie sagen konnten. »Und jetzt kommt Anne.«
»Ich bin Anne Woods«, sagte die Stimme eines Mädchens.
»Mein Name ist Hall.«
»Wie bitte?«
»Maurice Christopher Hall.«
»Und der meine ist Anne Clare Wilbraham Woods – ich weiß jetzt nicht, was ich noch sagen soll.«
»Mir geht es ähnlich.«
»Sie sind der achte Freund von Clive, mit dem ich heute vormittag auf diese Weise spreche.«
»Der achte?«
»Ich kann Sie nicht verstehen.«
»Ich fragte, der achte.«
»O ja, jetzt werde ich den Hörer wieder an Clive zurückgeben. Auf Wiedersehen.«
Clive übernahm das Gespräch. »Übrigens, kannst du nächste Woche nach Penge kommen? Es ist vielleicht ein bißchen kurzfristig, aber später wird ein ziemliches Durcheinander in Penge herrschen.«
»Ich fürchte, das werde ich nicht schaffen. Mr. Hill heiratet ebenfalls, so daß ich mehr oder weniger hier angebunden bin.«
»Was, dein alter Partner?«
»Ja, und danach heiraten Ada und Chapman.«
»Das habe ich gehört. Was hältst du von August? Nicht im September, dann wird mit größter Wahrscheinlichkeit die Nachwahl stattfinden. Aber komm doch im August und besuch uns, wenn dieses schreckliche Kricketspiel Gut gegen Dorf ausgetragen wird.«
»Danke, das wird wahrscheinlich möglich sein. Du hättest lieber rechtzeitig schreiben sollen.«
»O ja, natürlich. Übrigens, Anne hat hundert Pfund zur Verfügung. Willst du das Geld für sie anlegen?«

»Sicherlich. Was stellt sie sich denn vor?«
»Das solltest besser du entscheiden. Es wird ihr einfach verboten, sich mehr als vier Prozent vorzustellen.«
Maurice nannte ein paar Wertpapiere.
»Das letzte sagt mir zu«, erklang Annes Stimme. »Ich habe den Namen nicht verstanden.«
»Sie werden ihn auf der Auftragsbestätigung finden. Wie lautet Ihre Adresse bitte?«
Sie nannte sie ihm.
»Gut. Schicken Sie uns den Scheck, sobald sie von uns hören. Vielleicht sollte ich lieber anrufen und sofort kaufen.«
Er tat es. Sie mußten auf dieser Ebene miteinander verkehren. Wie nett Clive und seine Frau auch zu ihm waren, ihn verließ danach dennoch nie das Gefühl, daß die beiden sich am anderen Ende der Telefonleitung befanden. Nach dem Mittagessen wählte er ein Hochzeitsgeschenk für sie aus. Instinktiv wollte er etwas ganz Besonderes kaufen, aber da er nur an achter Stelle auf der Liste der Freunde des Brautpaares stand, wäre das nicht schicklich gewesen. Während er drei Pfund bezahlte, erblickte er sich plötzlich in dem Spiegel hinter dem Ladentisch. Wie sehr ähnelte er doch einem soliden jungen Staatsbürger – zurückhaltend, ehrbar, wohlhabend ohne neureiche Allüren. Auf solche Leute stützt sich England. Ob sich jemand vorstellen konnte, daß er vorigen Sonntag beinahe einen Jungen vergewaltigt hätte?

31

Als der Frühling allmählich an Frische verlor, beschloß Maurice einen Arzt zu konsultieren. Dieser Entschluß – seinem Wesen höchst fremd – hatte sich ihm durch eine scheußliche Erfahrung im Zug aufgedrängt. Er hatte äußerst mißmutig vor sich hingebrütet, und sein Gesichtsausdruck erregte die Vermutungen und Hoffnungen des einzigen Passagiers im Abteil. Dieser Mensch, ein untersetzter und schmieriger Kerl, machte ihm ein lüsternes Zeichen, und Maurice, der nicht aufpaßte, reagierte darauf. Im nächsten Augenblick erhoben sich beide von ihren Sitzen. Der andere lächelte, woraufhin Maurice ihn niederschlug. Das war schlimm für den Mann, der schon älter war und aus dessen Nase das Blut über die Polster strömte, und um so schlimmer, weil er jetzt fürchterliche Angst hatte und dachte, Maurice würde die Notbremse ziehen. Er stammelte Entschuldigungen, bot Geld an. Maurice stand mit finsterem Gesichtsausdruck über ihm und blickte in dieses ekelerregende und schimpfliche Spiegelbild seiner selbst.

Er verabscheute den Gedanken an einen Arzt, aber er war bei dem Versuch, die Wollust aus eigener Kraft zu besiegen, gescheitert. Ebenso unverblümt wie in seiner Kindheit war sie jetzt um ein Vielfaches stärker und wütete mit roher Gewalt in seiner leeren Seele. Er konnte sich natürlich von jungen Männern fernhalten, wie er es in seiner Naivität beschlossen hatte, aber er konnte sie nicht aus seinen Phantasien verbannen, und in seinem Herzen beging er eine Sünde nach der anderen. Jede Strafe wäre vorzuziehen, stellte er sich doch vor, ein Arzt werde ihn bestrafen. Er würde sich jeder Art von Behandlung unterziehen, wenn eine Aussicht auf Heilung bestand, und selbst wenn es nicht möglich war, wäre er wenigstens abgelenkt, und hätte weniger Zeit, darüber zu brüten.

Wen sollte er konsultieren? Der junge Jowitt war der einzige Arzt, den er gut kannte, und am Tag nach jener Eisenbahnfahrt konnte er es arrangieren, ihm gegenüber eine beiläufige Bemerkung fallen zu lassen: »Sagen Sie mal, kommen Sie in Ihrer Praxis eigentlich mit diesen scheußlichen Leuten von der Art Oscar Wildes zusammen?« Aber Jowitt erwiderte: »Nein, Gott sei Dank nur im Zusammenhang mit meiner Arbeit in der Anstalt«, eine ziemlich entmutigende Antwort, und vielleicht sollte er lieber jemanden konsultieren, dem er nie wieder begegnen würde. Er dachte an Spezialisten, wußte jedoch nicht, ob es welche für sein Leiden gab, noch ob man sich auf sie verlassen konnte, wenn er sich ihnen anvertraute. Für alle anderen Probleme könnte er Ratschläge einholen, aber angesichts dieser Frage, die ihn täglich heimsuchte, schwieg die Zivilisation.

Schließlich gab er sich einen Ruck und entschloß sich dazu, Dr. Barry zu besuchen. Er wußte, es würde schwer werden, aber der alte Mann, obwohl ein Tyrann und ein Zyniker, war absolut vertrauenswürdig, und seitdem sich Maurice gegenüber Dickie gefällig erwiesen hatte, war er ihm gegenüber freundlicher gesinnt. Sie waren keineswegs miteinander befreundet, was die Sache vereinfachte und seine Besuche im Haus von Dr. Barry waren so selten, daß es kaum einen Unterschied machte, falls er für immer von der Tür gewiesen würde.

Er ging an einem kalten Abend im Mai hin. Der Frühling war zu einer Farce geworden und ein ähnlich leidiger Sommer war zu erwarten. Vor genau drei Jahren war er unter einem mild duftenden Himmel hierhergekommen, um sich Barrys Predigt über Cambridge anzuhören, und sein Herz schlug schneller, als er sich daran erinnerte, wie streng der alte Mann damals gewesen war. Er traf ihn gutgelaunt beim Bridgespiel mit Tochter und Frau an, voller Ungeduld, Maurice möge der vierte Mann in ihrer Runde sein.

»Ich fürchte, ich muß etwas mit Ihnen besprechen, Sir«, sagte Maurice mit einer tiefen inneren Erregung, so daß er glaubte, er werde die entscheidenden Worte niemals herausbringen.

»Gut, reden Sie, frisch von der Leber weg.«

»Ich meine, ich muß Sie als Arzt sprechen.«

»Herr im Himmel, Mann, ich habe mich seit sechs Jahren aus der Praxis zurückgezogen. Gehen Sie zu Jericho oder Jowitt. Setzen Sie sich, Maurice. Nett, Sie zu sehen, dachte schon, Sie lägen im Sterben. Polly! Whisky für diese dahinwelkende Blüte.«

Maurice blieb stehen und wandte sich dann auf eine so eigentümliche Weise ab, daß Dr. Barry ihm in die Halle folgte und fragte: »He, Maurice, im Ernst, kann ich irgend etwas für Sie tun?«

»Ich glaube schon, daß Sie das können!«

»Ich habe nicht mal ein Behandlungszimmer.«

»Es ist eine Krankheit, die viel zu intim ist für Jowitt – ich wollte lieber zu Ihnen kommen – Sie sind der einzige Arzt, dem ich mich anzuvertrauen wage. Ich habe Ihnen früher einmal gesagt, ich hätte die Hoffnung, irgendwann darüber sprechen zu können. Jetzt ist es soweit.«

»Ein intimes Leiden, wie? Nun gut, kommen Sie.«

Sie gingen in das Eßzimmer, in dem noch die Reste des Nachtisches herumstanden. Auf dem Kaminsims thronte eine bronzene Venus von Medici, an den Wänden im Hintergrund Greuze-Kopien. Maurice versuchte etwas zu sagen, aber es mißlang ihm, er schenkte sich Wasser ein, aber er vermochte immer noch nicht zu sprechen, und er brach in Schluchzen aus.

»Nehmen Sie sich Zeit«, sagte der alte Mann äußerst freundlich, »und denken Sie daran, daß dies hier selbstverständlich eine ärztliche Konsultation ist. Nichts von dem, was Sie sagen, wird jemals Ihrer Mutter zu Ohren kommen.«

Plötzlich stand ihm die ganze Widerwärtigkeit dieses Ge-

sprächs vor Augen. Er hatte das Gefühl, als sitze er wieder in dem Zug. Er verabscheute die Zwangslage, in die er geraten war, er, der geglaubt hatte, niemandem außer Clive je etwas zu erzählen. Unfähig, die richtigen Worte zu finden, stammelte er: »Es handelt sich um Frauen...«
Dr. Barry zog einen voreiligen Schluß – im Grunde genommen hatte er ihn bereits gezogen, als sie in der Halle miteinander gesprochen hatten. Als junger Mann hatte er selbst ein wenig Ärger gehabt, was sein Verständnis weckte. »Das werden wir gleich haben«, sagte er.
Maurice unterdrückte seine Tränen, bevor noch mehr fließen konnten, und er spürte, daß die übrigen sich als quälende Barriere in seinem Hirn stauten. »Unternehmen Sie etwas, um Gottes willen«, sagte er, sank in einen Stuhl und ließ die Arme seitlich herabhängen. »Ich bin nahe daran, zu krepieren.«
»Ah, die Frauen! Wie gut erinnere ich mich daran, wie Sie auf dem Podium der Schule große Reden geschwungen haben... Es war das Jahr, als mein armer Bruder starb... Sie starrten die Frau irgendeines Lehrers an... Ich erinnere mich, daß ich dachte, er wird eine Menge lernen müssen, das Leben ist eine harte Schule. Nur die Frauen können es uns lehren, und es gibt sowohl schlechte als auch gute Frauen. Du meine Güte, ja!« Er räusperte sich. »Also gut mein Junge, haben Sie keine Angst, erzählen Sie mir, wo Sie der Schuh drückt, und ich werde Sie schon wieder hinkriegen. Wo haben Sie sich diese schlimme Sache eingefangen? Auf der Uni?«
Maurice verstand nicht. Dann verdüsterte sich sein Gesicht. »Nein, so etwas Schmutziges ist es nicht«, sagte er heftig. »Ich bin zwar verdorben, aber ich bin sauber geblieben.«
Dr. Barry schien gekränkt. Er verriegelte die Tür und meinte ziemlich geringschätzig: »Impotent, wie? Sehen wir uns die Sache mal an.«
Maurice machte sich frei und warf seine Kleidungsstücke

wütend von sich. Er war beleidigt worden, so wie er Ada beleidigt hatte.
»Es ist alles in Ordnung mit Ihnen«, lautete das Urteil.
»Was meinen Sie damit Sir, alles in Ordnung?«
»So, wie ich es gesagt habe: Sie sind ein ganzer Mann. Nichts, worüber Sie sich Gedanken machen müßten.«
Maurice setzte sich neben den Kamin, und obwohl Dr. Barry neuen Eindrücken gegenüber abgestumpft war, fiel ihm Mauricens Pose auf. Sie war nicht elegant, doch hätte man sie stolz nennen können. Er saß in seiner gewohnten Haltung da, und sowohl sein Körper als auch sein Gesicht schienen wild in die Flammen zu starren. Er gab sich nicht geschlagen – irgendwie vermittelte er diesen Eindruck. Er mochte langsam und unbeholfen sein, aber wenn er einmal bekam, was er wollte, dann würde er es so lange festhalten, bis Himmel und Erde einstürzten.
»Sie sind völlig in Ordnung«, wiederholte der andere. »Sie können morgen heiraten, wenn Sie wollen, und wenn Sie den Ratschlag eines alten Mannes annehmen mögen, dann tun Sie das auch. Ziehen Sie sich jetzt wieder an. Es zieht hier. Wer hat Ihnen all diesen Unsinn in den Kopf gesetzt?«
»Sie haben also nie einen Verdacht geschöpft?« fragte Maurice mit einer Spur von Geringschätzung inmitten all seines Schreckens. »Ich bin einer von diesen unsäglichen Leuten – wie Oscar Wilde.« Er schloß seine Augen, preßte seine geballten Fäuste dagegen und saß, nachdem er den Obersten Richter angerufen hatte, regungslos da. Schließlich wurde das Urteil gesprochen. Er traute seinen Ohren kaum. Es lautete: »Unsinn, Unsinn!« er hatte vieles erwartet, nur das nicht; denn wenn seine Worte Unsinn waren, dann war sein Leben ein Traum.
»Dr. Barry, ich habe mich vielleicht nicht richtig ausgedrückt...«
»Jetzt hören Sie mir mal zu, Maurice, lassen Sie sich

niemals wieder von dieser schrecklichen Wahnvorstellung, dieser Versuchung des Teufels, einfangen.«
Die Stimme beeindruckte ihn, und sprach hier nicht die Stimme der Wissenschaft?
»Wer hat Ihnen diesen Unsinn in den Kopf gesetzt? Ihnen, den ich hier als anständigen Burschen vor mir sehe und auch als solchen kenne! Wir werden das nie wieder erwähnen. Nein ... ich werde mit Ihnen nicht darüber sprechen. Ich werde mit Ihnen nicht darüber sprechen. Das Schlimmste, was ich für Sie tun könnte, wäre, mit Ihnen darüber zu sprechen.«
»Ich möchte einen Rat«, sagte Maurice und kämpfte gegen die erdrückende Selbstsicherheit des anderen an. »Für mich ist es kein Unsinn, sondern mein Leben.«
»Unsinn«, behauptete die Stimme gebieterisch.
»Ich bin immer so gewesen, seit ich mich erinnern kann, und ohne zu wissen warum. Was ist das? Bin ich krank? Wenn ich es bin, möchte ich geheilt werden, ich halte diese Einsamkeit nicht mehr aus, vor allem in den letzten sechs Monaten. Ich werde alles tun, was Sie mir sagen. Sie müssen mir helfen.«
Er fiel wieder in seine ursprüngliche Haltung zurück, und starrte mit allen Fasern seines Seins ins Feuer.
»Kommen Sie! Ziehen Sie sich an.«
»Es tut mir leid«, murmelte er und gehorchte. Dann schloß Dr. Barry die Tür auf und rief: »Polly! Whisky!« Die Konsultation war beendet.

32

Aus seiner Sicht hatte Dr. Barry den bestmöglichen Ratschlag erteilt. Er hatte über Mauricens Problem keine wissenschaftlichen Werke gelesen. Es gab noch keine, als er als Student an verschiedenen Kliniken famulierte, und diejenigen, die seitdem publiziert worden waren, stammten aus Deutschland und waren deshalb suspekt. Da er die Angelegenheit von Haus aus verabscheute, pflichtete er dem Verdikt der Gesellschaft nur allzu gern bei; das heißt, sein Verdikt war ein religiöses. Er war der Ansicht, nur die verdorbensten Menschen seien imstande, einen Blick auf Sodom zu werfen, und wenn ein Mann mit guten geistigen und körperlichen Voraussetzungen eine solche Neigung bekannte, lautete seine spontane Antwort: »Unsinn, Unsinn!« Er war dabei ganz aufrichtig. Er glaubte, Maurice habe zufällig eine Bemerkung aufgeschnappt, die krankhafte Vorstellungen in ihm ausgelöst habe, und das verächtliche Schweigen eines Mediziners werde sie sofort vertreiben.

Maurice ging tatsächlich nicht unbeeindruckt fort. Dr. Barry erfreute sich in seiner Familie eines ausgezeichneten Rufes. Er hatte Kitty das Leben gerettet und Mr. Hall während seiner letzten Krankheit behandelt; und er war immer aufrichtig und unabhängig und sagte niemals etwas, das er nicht auch meinte. Fast zwanzig Jahre lang war er ihre höchste Autorität gewesen – die selten angerufen worden war, von der aber jeder wußte, daß sie rechtschaffene Urteile abgab. Und jetzt, da er das Wort »Unsinn« aussprach, überlegte Maurice, ob dies nicht wirklich Unsinn sein könne, auch wenn alles in ihm dagegen protestierte. Er verabscheute Dr. Barrys Gesinnung; Prostitution zu tolerieren, erschien ihm widerlich. Und doch respektierte er ihn und verließ ihn gerüstet für eine weitere Auseinandersetzung mit dem Schicksal.

Er war um so stärker gewappnet, als es eine Hoffnung gab, von der er dem Arzt nichts sagen konnte. Clive hatte sich den Frauen bald nach seinem vierundzwanzigsten Geburtstag zugewandt. Er selbst wurde im August vierundzwanzig. War es möglich, daß er ebenfalls ..., und jetzt, als er darüber nachdachte, fiel ihm auf, daß nur wenige Männer heiraten, bevor sie vierundzwanzig waren. Maurice vermochte wie alle Engländer keine Unterschiede wahrzunehmen. Seine Schwierigkeiten hatten ihn zwar gelehrt, daß noch andere Menschen existieren, nicht aber, daß sie verschieden sind, und so versuchte er, Clives Entwicklung als Vorbote seiner eigenen anzusehen.

Es wäre natürlich wunderbar, verheiratet und in Einklang mit der Gesellschaft und dem Gesetz zu sein. Dr. Barry, dem er ein paar Tage später begegnete, sagte ihm: »Maurice, Sie werden schon das richtige Mädchen finden – und dann brauchen Sie sich auch keine Sorgen mehr zu machen.« Gladys Olcott kam ihm wieder in den Sinn. Jetzt war er selbstverständlich kein unreifer Student des ersten Semesters mehr. Er hatte gelitten und sich selbst erforscht, und er wußte, daß er nicht normal war. Aber war das wirklich unwiderruflich? Angenommen, er begegnete einer Frau, die auf ihre Art sympathisch war? Er wünschte sich Kinder. Er war in der Lage, Kinder zu bekommen – das hatte Dr. Barry gesagt. War es also undenkbar, daß er eine Ehe einging?

Zu Hause lag das Thema dank Ada in der Luft, und seine Mutter regte oft an, er solle jemanden für Kitty finden und Kitty jemanden für ihn. Ihr ganz und gar distanziertes Interesse war erstaunlich. Die Wörter »Ehe«, »Liebe«, »Familie« hatten während ihrer Witwenschaft jede Bedeutung für sie verloren. Eine Konzertkarte, die Miss Tonks Kitty geschenkt hatte, eröffnete neue Möglichkeiten. Kitty konnte nicht hingehen und bot sie reihum an. Maurice meinte, er würde das Konzert gerne besuchen. Sie erinnerte ihn daran, daß es an seinem Clubabend stattfinde, aber er sagte, er würde ihn ausfallen lassen. Er ging, und der Zufall wollte es, daß die Sinfonie von Tschaikowsky gespielt wurde, die Clive ihn lieben gelehrt hatte. Er genoß das Eindringliche, das Stürmische, das Beschwichtigende – Musik bedeutete ihm nicht mehr als das –, und sie weckte in ihm ein Gefühl herzlicher Dankbarkeit gegenüber Miss Tonks. Unglücklicherweise begegnete er nach dem Konzert Risley.

»Sinfonie Pathique«, meinte Risley fröhlich.

»Sinfonie Pathétique«, verbesserte der Philister.

»Sinfonie Incestueuse et Pathétique.« Und er erzählte seinem jungen Freund, daß Tschaikowsky sich in seinen eigenen Neffen verliebt und sein Meisterwerk ihm gewidmet hatte. »Ich habe gerade die Gesamtheit der einschlägigen und sehr ehrenwerten Londoner Gemeinde gesehen. Ist es nicht *phantastisch*!«

»Sie wissen aber auch wirklich merkwürdige Dinge«, sagte Maurice steif. Es war eigenartig; wenn er einen Vertrauten haben konnte, dann wollte er keinen. Er besorgte sich sofort eine Biografie Tschaikowskys aus der Bibliothek. Die Episode über die Ehe des Komponisten sagt dem normalen Leser, der darin nur vage einen Widerspruch vermutet, wenig, aber Maurice elektrisierte sie. Er wußte um die Ursache des Unheils und in welch gefährliche Nähe dieses Unheils Dr. Barry ihn gezerrt hatte. Als er weiterlas, machte er die Bekanntschaft von »Bob«, dem wundervollen Neffen, dem sich Tschaikowsky nach seinem Zusammenbruch zuwendet und dem er seine geistige und musikalische Wiederauferstehung verdankt. Das Buch machte den verstaubten Ansichten ein Ende, und er respektierte es als das einzige literarische Werk, das ihm je geholfen hatte. Aber es half ihm lediglich im Gedanken an seine Vergangenheit. Er war wieder dort, wo er sich während der Zugfahrt befunden hatte, und er hatte nichts hinzugewonnen, außer der Überzeugung, daß Ärzte Narren sind.

Nun schienen alle sich bietenden Auswege versperrt, und

in seiner Verzweiflung nahm er zu den Praktiken Zuflucht, die er als Junge aufgegeben hatte, und er fand, daß sie ihm eine erniedrigende Art von Ruhe ermöglichten, daß sie den körperlichen Trieb, in dem sich alle seine Sinne konzentrierten, befriedigten und ihn dazu befähigten, seine Arbeit zu tun. Er war ein durchschnittlicher Mensch und hätte einen durchschnittlichen Kampf gewinnen können, aber die Natur hatte ihn gegen das Außerordentliche gestellt, was nur Heilige ohne fremde Hilfe durchstehen können, und der Boden unter seinen Füßen begann zu wanken. Kurz vor seinem Besuch in Penge erwachte ein neuer Hoffnungsschimmer: schwach und nicht sehr verlockend. Es war die Hypnose. Mr. Cronwallis sei, hatte ihm Risley erzählt, hypnotisiert worden. Ein Arzt habe gesagt: »Kommen Sie, kommen Sie, Sie sind kein Eunuch!« Und siehe da! Er habe aufgehört, einer zu sein. Maurice besorgte sich die Adresse des Arztes, aber er glaubte kaum, daß dabei etwas herauskommen würde: jenes Zusammentreffen mit der Wissenschaft hatte ihm genügt, und außerdem hatte er immer das Gefühl, Risley wisse zuviel; als er Maurice die Adresse gab, hatte seine Stimme freundlich, aber leicht amüsiert geklungen.

33

Jetzt, da Clive Durham vor Vertraulichkeiten sicher war, wollte er seinem Freund gerne helfen; seit sie sich damals im Herrenzimmer getrennt hatten, mußte dieser eine schlimme Zeit durchlebt haben. Ihr Briefwechsel hatte vor einigen Monaten aufgehört. Mauricens letzter Brief war in Birmingham geschrieben worden und ließ ihn wissen, er werde sich nicht umbringen. Clive hatte das auch nie geglaubt, und er war froh, daß das Melodrama überstanden war. Als sie miteinander telefonierten, vernahm er am anderen Ende der Leitung die Stimme eines Mannes, den er würde achten können – der die Vergangenheit ruhen lassen und die große Leidenschaft in eine gute Bekanntschaft wandeln wollte. Der Seelenfriede war nicht vorgetäuscht; der arme Maurice klang zurückhaltend, sogar ein bißchen beleidigt, genau die Haltung, die Clive natürlich fand und von der er glaubte, daß er sie zum Besseren wenden könne.

Er war begierig darauf, zu tun, was er nur irgend vermochte. Obwohl ihm die Bedeutung der Vergangenheit verschlossen war, erinnerte er sich ihrer Intensität, und er akzeptierte, daß Maurice ihn einst aus dem Ästhetizismus hinaus in die Sonne und den Sturm der Liebe gerissen hatte. Aber Maurice hätte ihn daran gehindert, sich so weit zu entwickeln, daß er eines Tages Annes wert gewesen wäre. Sein Freund hatte ihm über drei trostlose Jahre hinweg geholfen, und es wäre undankbar von ihm, wenn er seinem Freund nicht seinerseits helfen würde. Clive hielt nichts von Dankbarkeit. Er half lieber aus reiner Freundschaft. Aber er mußte den einzigen Antrieb nutzen, über den er verfügte, und wenn alles gut ging, wenn Maurice nicht sentimental wurde, wenn er sozusagen am anderen Ende der Telefonleitung blieb, wenn er sich Anne gegenüber korrekt verhielt, wenn er nicht verbittert oder allzu schwermütig oder grob war – dann konnten sie vielleicht wieder Freunde werden, wenn auch auf getrennten Wegen und in einer ganz anderen Weise. Maurice besaß bewundernswerte Eigenschaften – das wußte er; und der Zeitpunkt mochte eintreten, da er es auch fühlen würde.

Solche Gedanken kamen Clive selten und auch nur flüchtig in den Sinn. Das Zentrum seines Lebens war Anne. Würde sich Anne mit seiner Mutter verstehen? Würde Anne gern in Penge leben, sie, die in Sussex aufgewachsen war, nahe dem Meer? Würde sie den hiesigen Mangel an kirchlichen Aufgaben bedauern? Und die Allgegenwart der Politik? Liebestrunken weihte er ihr seinen Körper und seine Seele, legte er ihr all das zu Füßen, was eine frühere Leidenschaft ihn gelehrt hatte, und er konnte sich nur mit einiger Anstrengung daran erinnern, wem jene Leidenschaft gegolten hatte.

Im ersten Taumel seiner Begeisterung, als Anne ihm die ganze Welt bedeutete, einschließlich der Akropolis, spielte er mit dem Gedanken, ihr die Sache mit Maurice zu beichten. Sie hatte ihm eine läßliche Jugendsünde anvertraut. Aber die Loyalität gegenüber seinem Freund hielt ihn zurück, und hinterher war er froh darüber, denn selbst wenn Anne und seine Liebe zu ihr sich als unsterblich erwiesen, so war sie doch nicht Pallas Athene, und es gab etliches, woran er nicht zu rühren vermochte. Das wichtigste Problem war ihre eigene Beziehung. Als er nach der Hochzeit ihr Zimmer betrat, wußte Anne nicht, was er wollte. Trotz einer sorgfältigen Erziehung hatte ihr niemand etwas über die körperliche Liebe erzählt. Clive war so rücksichtsvoll als möglich, aber er verstörte sie sehr, und als er sie verließ, dachte er, sie hasse ihn. Sie tat es nicht. In den künftigen Nächten fand er eine freundliche Aufnahme. Aber es geschah immer, ohne daß sie ein einziges Wort miteinander redeten. Sie vereinigten sich in einer Welt, die nichts mit dem Alltag gemein hatte, und diese Verschwiegenheit zog manch anderes in ihrem Leben

nach sich. Es gab so vieles, über das sie niemals sprechen konnten. Er sah sie nie nackt, noch sie ihn. Beide ignorierten die gewöhnlichen Funktionen des Fortpflanzungsprozesses und der Verdauung. Und somit würde jene Episode seiner Unreife nie Gegenstand eines Gesprächs werden.
Man konnte einfach nicht darüber sprechen. Sie stand nicht etwa zwischen ihm und ihr. Anne stand zwischen ihm und jener Episode, und als er sich alles nochmals durch den Kopf gehen ließ, war er froh darüber, denn auch wenn sie nicht skandalträchtig gewesen war, so war sie doch rührselig gewesen und verdiente, dem Vergessen anheimzufallen.
Verschwiegenheit lag ihm, zumindest machte er sie sich ohne Bedauern zu eigen. Es hatte ihn nie danach verlangt die Dinge beim richtigen Namen zu nennen, und obwohl er das Körperliche durchaus schätzte, schien ihm die nackte Wirklichkeit des Sex phantasielos zu sein und am besten im Dunkel der Nacht verborgen zu bleiben. Zwischen Männern ist er unentschuldbar, zwischen Mann und Frau mag er – da Natur und Gesellschaft ihn billigen – praktiziert werden, aber niemals sollte darüber gesprochen oder damit geprahlt werden. Seine Vorstellung von der Ehe war maßvoll und von Takt bestimmt wie alle seine Vorstellungen, und er fand in Anne, die selbst ein kultiviertes Wesen von vornehmer Zurückhaltung war und diese Eigenschhaft bei anderen bewunderte, eine passende Gefährtin. Sie liebten einander zärtlich. Sie wurden von bequemen Konventionen willkommen geheißen, während Maurice hinter einer Barriere herumirrte, die falschen Worte auf den Lippen, die falschen Sehnsüchte im Herzen und mit Waffen, die wirkungslos waren.

34

Maurice nahm im August eine Woche Urlaub, leistete der Einladung nach Penge Folge und traf dort drei Tage vor dem Kricketspiel Gut gegen Dorf ein. Bei seiner Ankunft befand er sich in einer seltsamen und verbitterten Stimmung. Er hatte über Risleys Hypnotiseur nachgedacht, und sein Wunsch wuchs, ihn zu konsultieren. Alles, was ihm begegnete, ärgerte ihn. Als er durch den Park fuhr, sah er einen Wildhüter, der mit zwei Mägden schäkerte, und er verspürte einen Stich, den er als Neid diagnostizierte. Die Mädchen waren ziemlich häßlich, was man von dem Mann nicht behaupten konnte. Das machte alles irgendwie noch schlimmer, und er starrte die drei feindselig an und fühlte sich ungeheuer ehrbar; die Mädchen stoben kichernd auseinander, der Mann erwiderte verstohlen seinen intensiven Blick und hielt es dann für angemessen, grüßend an seine Mütze zu tippen. Er hatte das kleine Spiel gestört. Aber sie würden sich wieder zusammenfinden, sobald er außer Sichtweite war, und überall in der Welt würden Mädchen Männer treffen, um sie zu küssen und geküßt zu werden; wäre es nicht doch besser, die eigene Veranlagung zu ändern und das zu tun, was alle taten? Er würde nach seinem Besuch eine Entscheidung treffen – denn aller Erfahrung zum Trotz erhoffte er sich immer noch etwas von Clive.

»Clive ist fortgegangen«, sagte die junge Gastgeberin. »Er läßt Sie ganz herzlich grüßen und so weiter, er wird zum Abendessen zurück sein. Archie London wird sich um Sie kümmern, aber ich glaube beinahe, Sie mögen es nicht, wenn sich jemand um Sie sorgt.«

Maurice lächelte und nahm die Einladung zu einer Tasse Tee an. Der Salon sah genauso aus wie früher. Leute standen in Gruppen herum, mit einem Gesichtsausdruck, als brächten sie etwas in Ordnung, und obwohl Clives

Mutter nicht länger das Regiment führte, wohnte sie nach wie vor im Herrenhaus, da das Austragshaus über keine Kanalisation verfügte. Der Eindruck von Verfall und Auflösung hatte sich noch verstärkt. Durch den strömenden Regen hindurch hatte er verwitterte Torpfosten gesehen und Bäume, die dem Ersticken nahe waren; im Haus selbst wirkten einige prächtige Hochzeitsgeschenke wie Flicken auf einem fadenscheinigen Kleidungsstück. Miss Woods hatte kein Geld mit auf das gräfliche Gut Penge gebracht. Sie war kultiviert und äußerst entzückend, aber sie gehörte der gleichen Klasse an wie die Durhams, und England war von Jahr zu Jahr weniger geneigt, den hohen Preis dafür zu zahlen.

»Clive ist auf Stimmenfang«, fuhr sie fort. »Im Herbst findet eine Neuwahl statt. Er hat die Leute schließlich davon überzeugt, und sie haben ihn überredet, zu kandidieren.« Sie hatte die Angewohnheit der Aristokraten, einer möglichen Kritik vorzubeugen. »Aber im Ernst, die Armen werden sich glücklich schätzen können, wenn er es schafft. Er ist ihr treuester Freund, sie wissen es nur nicht.«

Maurice nickte. Er fühlte sich aufgefordert über soziale Probleme zu diskutieren. »Sie sehnen sich nach ein bißchen Drill«, bemerkte er.

»Ja, sie benötigen einen spiritus rector«, meinte eine sanfte aber entschiedene Stimme, »und bis sie einen gefunden haben, werden sie dulden.« Anne stellte den neuen Pfarrer, Mr. Borenius, vor. Er war ihre Entdeckung, die sie hierher importiert hatte. Clive war es gleichgültig, wen er für die Stellung berief, Hauptsache der Mann war ein Gentleman und kümmerte sich um die Leute im Dorf. Mr. Borenius erfüllte beide Bedingungen, und da er Mitglied der High Church war, mochte er ein Gegengewicht gegen den scheidenden Amtsinhaber bilden, der dem protestantisch-pietistischen Zweig der anglikanischen Kirche angehört hatte.

»Oh, Mr. Borenius, wie interessant!« rief die alte Dame

vom anderen Ende des Zimmers aus. »Und vermutlich sind Sie der Meinung, daß wir uns alle jemanden wünschen, der uns führt. Ich stimme Ihnen vollkommen zu.« Sie schoß ihre Blicke hierhin und dorthin. »Ich sage es noch einmal, Ihr braucht jemanden, der Euch den Weg weist.« Mr. Borenius' Blicke folgten den ihren, und vielleicht suchte er etwas, das er nicht finden konnte, denn er verabschiedete sich schon bald.

»Eigentlich kann er im Pfarrhaus gar nichts zu tun haben«, meinte Anne nachdenklich, »aber so ist er immer. Er kommt, um Clive wegen der Unterkünfte zu schelten, und bleibt dann nicht zum Abendessen. Sie haben ja gesehen, er ist so sensibel – er macht sich Sorgen wegen der Armen.«

»Ich habe ebenfalls mit den Armen zu tun gehabt«, sagte Maurice und nahm sich ein Stück Kuchen, »aber ich kann mir einfach keine Sorgen ihretwegen machen. Man muß sie um des Allgemeinwohls willen unterstützen, das ist alles. Sie fühlen anders als wir. Sie leiden nicht, wie wir es an ihrer Stelle täten.«

Anne sah ihn mißbilligend an, aber sie hatte das Gefühl, ihre hundert Pfund dem richtigen Börsenmakler anvertraut zu haben.

»Golfjungen und eine Wohlfahrtseinrichtung im Armenviertel sind alles, was ich kenne. Und doch habe ich ein wenig daraus gelernt. Die Armen wollen kein Mitleid. Sie respektieren mich nur dann wirklich, wenn ich meine Boxhandschuhe überstreife und sie ordentlich herumstoße.«

»Oh, Sie bringen ihnen Boxen bei.«

»Ja und Fußballspielen... Sie sind allerdings miserable Sportsleute.«

»Das kann ich mir denken. Mr. Borenius sagt, sie sehnten sich nach Liebe«, sagte Anne nach einer Pause.

»Das bezweifle ich keineswegs, aber sie werden sie nicht bekommen.«

»Mr. Hall!«

Maurice strich sich über den Schnurrbart und lächelte.
»Sie sind *schrecklich.*«
»Das glaube ich eigentlich nicht. Wahrscheinlich hört es sich nur so an.«
»Aber Sie sind gerne schrecklich?«
»Man gewöhnt sich an alles«, sagte er und wandte sich plötzlich um, da die Tür hinter ihm aufgeflogen war.
»Oh, du meine Güte, ich habe Clive für seinen Zynismus gescholten, aber Sie übertreffen ihn ja noch.«
»Ich gewöhne mich daran, ›schrecklich‹ zu sein, wie Sie es nennen, so wie sich die Armen an ihre Slums gewöhnen. Es ist nur eine Frage der Zeit.« Er sprach ziemlich freimütig; seit seiner Ankunft beherrschte ihn ein unbekümmerter Sarkasmus. Clive hatte kein Interesse daran, zu Hause zu sein, um ihn zu begrüßen. Um so besser! »Nachdem sie sich den Kopf ein bißchen an der Wand wundgestoßen haben, gewöhnen sie sich an ihren eigenen Kerker. Zu Beginn kläffen sie alle wie ein Haufen junger Hunde, wau! wau!« Sein unerwartetes Nachäffen von Hundegebell ließ sie laut auflachen. »Schließlich begreifen sie, daß man viel zu beschäftigt ist, um ihnen zuzuhören, und so lassen sie das Kläffen bleiben. Das ist nichts als die reine Wahrheit.«
»Der Standpunkt eines Mannes«, sagte sie und nickte mit dem Kopf. »Ich werde niemals zulassen, daß Clive ihn einnimmt. Ich glaube an das Mitgefühl... Daran, daß einer des anderen Last trägt. Zweifellos bin ich unmodern. Sind Sie ein Schüler von Nietzsche?«
»Fragen Sie mich etwas anderes!«
Anne mochte diesen Mr. Hall, obwohl Clive sie gewarnt hatte, weil er glaubte, daß sie ihn vielleicht als teilnahmslos und kalt empfinden würde. In gewisser Hinsicht war er das tatsächlich, aber offensichtlich war er eine Persönlichkeit. Sie verstand, warum ihr Mann einen guten Reisegefährten für Italien in ihm gefunden hatte. »Also, warum mögen Sie die Armen nicht?« fragte sie plötzlich.
»Ich habe nichts gegen sie. Ich mache mir nur einfach

keine Gedanken über sie, außer wenn ich dazu gezwungen werde. Diese Elendsviertel, die Gewerkschaftsbewegung und alles übrige sind eine öffentliche Bedrohung,und man muß seinen kleinen Beitrag leisten, um die Armut zu beseitigen, aber nicht aus Liebe. Ihr Mr. Borenius traut sich nicht, der Wirklichkeit ins Auge zu sehen.«
Sie schwieg, dann fragte sie ihn, wie alt er sei.
»Morgen werde ich vierundzwanzig.«
»Nun, Sie sind sehr hart für Ihr Alter.«
»Eben haben Sie noch gesagt, ich sei schrecklich. Sie lassen mich sehr glimpflich davonkommen, Mrs. Durham!«
»Wie auch immer, Sie sind stur und das ist schlimmer.«
Sie sah wie er die Stirn runzelte, und da sie fürchtete sie sei unhöflich gewesen, wechselte sie das Thema und kam auf Clive zu sprechen. Sie sagte, sie habe damit gerechnet, daß Clive zurück sein werde und seine Verspätung sei um so enttäuschender, weil Clive morgen fort müsse. Der Wahlkampfleiter, der den Wahlkreis kenne, führe ihn überall herum. Mr. Hall müsse ihn entschuldigen und ihnen bei dem Kricketspiel helfen.
»Das hängt ein bißchen von meinen anderen Plänen ab... Es könnte sein, daß ich...«
Sie starrte ihn mit plötzlicher Neugier an, dann fragte sie: »Möchten Sie nicht Ihr Zimmer sehen? – Archie, begleiten Sie Mr. Hall zum Russet-Zimmer.«
»Vielen Dank... Geht noch Post weg?«
»Heute abend nicht mehr, aber Sie können telegrafieren. Telgrafieren Sie, daß Sie hierbleiben... Oder sollte ich mich lieber nicht einmischen?«
»Vielleicht muß ich noch telegrafieren... Ich bin nicht ganz sicher. Haben Sie wirklich vielen Dank.« Dann folgte er Mr. London in das Russet-Zimmer und dachte: »Clive hätte..., um der Vergangenheit willen hätte er hier sein sollen, um mich zu begrüßen. Er hätte wissen müssen, wie elend ich mich fühle.« Clive bedeutete ihm nichts mehr,

aber er konnte ihn nach wie vor leiden lassen. Es goß in Strömen aus einem bleiernen Himmel auf den Park herab, die Wälder schwiegen. Als die Dämmerung hereinbrach, beschritt er einen neuen Kreis der Qual.

Bis zum Abendbrot blieb er oben in seinem Zimmer und kämpfte mit Geistern, die er geliebt hatte. Wenn der neue Arzt sein Wesen verändern könnte, war es dann nicht seine Pflicht hinzugehen, auch wenn Körper und Seele Gewalt angetan würde? Man muß die Welt, so wie sie ist, akzeptieren oder aber zugrunde gehen. Er war immer noch nicht befreit von Clive, und er würde es erst dann sein, wenn etwas Größeres geschah.

»Ist Mr. Durham zurück?« erkundigte er sich, als das Hausmädchen heißes Wasser brachte.

»Ja, Sir.«

»Gerade angekommen?«

»Nein. Vor einer halben Stunde etwa, Sir.«

Sie zog die Vorhänge zu und schloß damit den Anblick des Regens aus, jedoch nicht sein Geräusch. Unterdessen entwarf Maurice ein Telegramm. *Lasker Jones, 6 Wigmore Place, W.* las er vor. *Bitte geben Sie mir einen Termin am Donnerstag. Hall. c/o Durham, Penge, Wiltshire.*

»Ja, Sir.«

»Haben Sie vielen Dank«, sagte er höflich und schnitt eine Grimasse sobald er alleine war. Es bestand jetzt ein vollkommener Bruch zwischen seinen öffentlichen und seinen privaten Handlungen. Im Salon begrüßte er Clive, ohne im geringsten dabei zu zittern. Sie schüttelten einander herzlich die Hände, und Clive sagte: »Du siehst unverschämt gut aus. Weißt du schon, wen du zu Tisch führst?« und er stellte ihn jetzt einem Mädchen vor. Clive war jetzt ganz Gutsherr. Seit seiner Heirat waren alle seine Ressentiments gegenüber der Gesellschaft verschwunden. Da sie in politischen Fragen übereinstimmten, hatten sie reichlich Gesprächsstoff.

Clive war angenehm überrascht von seinem Besucher.

Anne hatte berichtet, er sei »ein wenig schroff, aber sehr nett« – eine durchaus vielversprechende Voraussetzung. Maurice umgab zwar eine gewisse Aura von Ruppigkeit, aber das spielte jetzt keine Rolle mehr. Jene schreckliche Szene wegen Ada konnte man aus dem Gedächtnis streichen. Mit Archie London kam Maurice gut zurecht – eine wichtige Bedingung, da Archie Anne langweilte und zu den Leuten gehörte, die wie eine Klette sein konnten. Clive vertraute die beiden für die Dauer des Besuchs einander an.

Im Salon wurde erneut über Politik gesprochen, und alle waren sie davon überzeugt, Radikale seien unaufrichtig und Sozialisten verrückt. Der Regen strömte mit einer Monotonie herab, als würde er nie aufhören. Sein Raunen drang in die Gesprächspausen, und gegen Ende des Abends hörte man, wie es auf dem Klavierdeckel tap-tap machte.

»Schon wieder der Familiengeist«, sagte Mrs. Durham mit einem strahlenden Lächeln.

»Da ist ein entzückendes Loch in der Decke«, rief Anne. »Clive, können wir das nicht abstellen?«

»Wir werden es wohl müssen«, bemerkte er und läutete. »Wir sollten unser Klavier wenigstens wegrücken. Viel hält es bestimmt nicht mehr aus.«

»Was haltet ihr von einer Untertasse?« fragte Mr. London. »Clive, was hältst du von einer Untertasse? Einmal regnete es durch die Decke im Club. Ich läutete, und der Diener brachte eine Untertasse.«

»Ich läute, und der Diener bringt gar nichts«, meinte Clive und drückte noch einmal auf den Klingelknopf. »Archie, wir werden eine Untertasse hinstellen, aber wir müssen das Klavier trotzdem wegschieben. Annes entzückendes kleines Loch könnte über Nacht größer werden. Über diesem Teil des Raumes befindet sich lediglich ein Pultdach.«

»Armes Penge!« seufzte seine Mutter. Alle hatten sich erhoben und starrten auf die undichte Stelle; Anne begann, den Innenraum des Klaviers mit einem Blatt Löschpapier zu erforschen. Die Gesellschaft hatte sich aufgelöst, und alle waren sehr zufrieden, witzige Bemerkungen über den Regen machen zu können, der ihnen dieses Zeichen seiner Anwesenheit geschickt hatte.

»Bringen Sie bitte eine Schale und einen Lappen«, sagte Clive, als jemand auf sein Klingeln hin erschienen war, »und schicken Sie einen der Männer, damit wir das Klavier wegschieben können, und rollen Sie den Teppich im Erker auf. Der Regen kommt schon wieder durch.«

»Wir mußten zweimal klingeln, zweimal klingeln«, bemerkte seine Mutter.

»*Le délai s'explique*«, fügte sie hinzu, denn als das Stubenmädchen zurückkehrte, war sie in Begleitung des Wildhüters und des Hausdieners. »*C'est toujours comme ça quand*... wir haben unsere kleinen Idyllen auch im Souterrain, müssen Sie wissen.«

»Also Leute, was wollt Ihr morgen unternehmen?« fragte Clive seine Gäste. »Ich muß auf Stimmenfang gehen. Kommt bloß nicht auf den Gedanken, dabeisein zu wollen. Es ist unsäglich stumpfsinnig. Wollt Ihr ein wenig mit dem Gewehr auf die Pirsch gehen?«

»Hübsche Idee«, sagten Maurice und Archie wie aus einem Munde.

»Scudder, hören Sie mich?«

»*Le bonhomme est distrait*«, sagte seine Mutter. Das Klavier war auf einen kleinen Teppich gehoben worden, und die Dienstboten, die in Gegenwart der Herrschaften nicht so laut sprechen wollten, verstanden sich gegenseitig nicht und flüsterten »wie bitte?«

»Scudder, die Gentlemen wollen morgen etwas schießen – ich weiß auch nicht was; aber kommen Sie so gegen zehn vorbei. – Sollen wir jetzt zu Bett gehen?«

»Sie wissen ja, wir haben die Angewohnheit früh schlafen zu gehen, Mr. Hall«, sagte Anne. Dann wünschte sie den drei Dienstboten eine gute Nacht und ging als erste nach oben. Maurice blieb noch ein wenig, um sich in aller Ruhe ein Buch auszusuchen. Ob Leckys *Geschichte des Rationalismus* seinen Zweck erreichen würde? Der Regen tropfte in die Schale, die Männer beugten sich über den Teppich im Erker und murmelten etwas, dann knieten sie nieder und schienen ein Leichenbegräbnis zu feiern.

»Verdammt, ist denn hier nichts, überhaupt nichts?«

»... Pst, er spricht nicht mit uns«, flüsterte der Diener dem Wildhüter zu.

Er hatte sich schließlich den Lecky mit nach oben genommen, aber er fühlte sich dem Buch nicht gewachsen, und nach ein paar Minuten warf er es auf das Bett und dachte über sein Telegramm nach. In der Trostlosigkeit von Penge gewann sein Vorhaben immer klarere Konturen. Das Leben hatte sich als Sackgasse erwiesen, mit einem Misthaufen am Ende, und er mußte umkehren und von vorne beginnen. Man könne völlig umgemodelt werden, hatte Risley zu verstehen gegeben, vorausgesetzt, die Vergangenheit interessiere überhaupt nicht mehr. Lebt wohl, Schönheit und Geborgenheit. Sie mündeten im Dreck und mußten aufgegeben werden. Er zog die Vorhänge zurück, starrte lange in den Regen hinaus und seufzte und schlug sich mit der Faust gegen die Stirn und biß sich auf die Lippen.

35

Der nächste Tag war noch trostloser, und zu seinen Gunsten sprach allein, daß er so unwirklich wie ein Alptraum schien. Archie London schwatzte, es nieselte, und dann hetzten sie im geheiligten Namen des Sports quer über das Gut hinter den Karnickeln her. Mal schossen sie einige Karnickel nieder, mal verfehlten sie sie, mal versuchten sie es mit Frettchen und Schlingen. Die Karnickel durften sich nicht allzusehr vermehren, und vielleicht war dies der Grund, warum ihnen dieses waidmännische Unternehmen aufgedrängt worden war: Clive war durchaus berechnend. Sie kehrten zum Mittagessen zurück. Maurice erwartete eine Überraschung, die ihn in Aufregung versetzte: Das Telegramm von Mr. Lasker Jones war angekommen, in dem ihm ein Termin für morgen zugesagt wurde. Aber die Erregung legte sich bald. Als Archie vorschlug, sie sollten doch vielleicht wieder auf die Häschen-Jagd gehen, widersprach er nicht, weil er einfach zu niedergeschlagen war. Der Regen hatte jetzt etwas nachgelassen, dafür war der Nebel dichter geworden und der Morast tiefer, und kurz vor dem Teetrinken verloren sie ein Frettchen. Der Wildhüter gab ihnen zu verstehen, es sei ihr Fehler gewesen, Archie wußte es jedoch besser, und im Rauchzimmer erklärte er Maurice die Angelegenheit mit Hilfe einer Skizze. Das Abendessen kam um acht Uhr, die Politiker ebenfalls, und nach dem Abendessen tropfte es aus der Decke des Salons in die Schüsseln und Schalen. Danach wieder im Russet-Zimmer, das gleiche Wetter, die gleiche Verzweiflung, und es machte nicht den geringsten Unterschied, daß Clive jetzt auf seinem Bett saß und sich vertraulich mit ihm unterhielt. Das Gespräch hätte vielleicht Eindruck gemacht auf ihn, wenn es früher stattgefunden hätte, aber die mangelnde Gastfreundschaft hatte ihn so geschmerzt, er hatte einen so einsamen und idioti-

schen Tag verlebt, daß er für die Vergangenheit nicht länger empfänglich war. Er war mit seinen Gedanken ganz bei Mr. Lasker Jones, und er wollte allein sein, um eine schriftliche Darstellung seines Falles aufzusetzen.
Clive spürte, daß der Besuch ein Fehlschlag war, und er bemerkte ganz richtig: »Politik kann nicht warten, und du bist zufällig hereingeschneit, als hier Hochbetrieb war.« Außerdem bedrückte ihn die Tatsache, daß er Mauricens Geburtstag vergessen hatte – und er drängte seinen Gast, über das Kricketspiel hinaus zu bleiben. Maurice sagte, er bedauere sehr, aber jetzt könne er nicht mehr, da er eine eilige und unerwartete Verpflichtung in der Stadt habe.
»Kannst du nicht zurückkommen, nachdem du sie wahrgenommen hast? Wir sind ganz schreckliche Gastgeber, aber es ist ein solches Vergnügen, dich hier zu haben. Betrachte dies Haus als ein Hotel – geh deiner Wege, und wir werden unserer Wege gehen.«
»Es geht darum, daß ich hoffe, mich zu verheiraten«, sagte Maurice, und die Wörter kamen aus ihm heraus, als führten sie ein eigenes Leben.
»Ich bin schrecklich glücklich«, sagte Clive und senkte seinen Blick. »Maurice, ich bin schrecklich glücklich. Es ist das Wunderbarste auf der Welt, vielleicht das einzige …«
»Ich weiß.« Er fragte sich, warum Clive so etwas gesagt hatte. Sein Satz verlor sich im Regen; er war sich dauernd des Regens und der verrotteten Dächer von Penge bewußt.
»Ich will dich nicht mit meinem Geschwätz belästigen, aber ich muß dir doch sagen, daß Anne es vermutet hat. Frauen sind außerordentliche Geschöpfe. Sie behauptete die ganze Zeit, du führtest etwas im Schilde. Ich habe sie ausgelacht, aber jetzt muß ich ihr recht geben.« Er hob seinen Blick. »O Maurice, ich bin so glücklich. Du hast gut daran getan, es mir zu erzählen – es ist genau das, was ich mir immer für dich gewünscht habe.«
»Ich weiß.«

Es entstand ein Schweigen. Clive war wieder so wie früher. Er war hochherzig, charmant.
»Es ist wunderbar, nicht wahr? ... Die ... ich bin so glücklich. Mir will einfach nichts mehr einfallen. Bist du mir böse, wenn ich es Anne nachher erzähle?«
»Kein bißchen. Erzähl es jedem«, rief Maurice mit einem scharfen Unterton, der unbemerkt blieb. »Je mehr Leuten, desto besser.« Er schien einen äußeren Druck geradezu heraufbeschwören zu wollen. »Wenn das Mädchen, das ich im Auge habe, nicht will, gut, es gibt noch andere.«
Clive lächelte ein wenig über diese Äußerung, aber er war viel zu froh, um prüde zu reagieren. Er freute sich zum Teil um Mauricen willen, aber auch, weil diese Entscheidung seine eigene Position klärte. Er haßte aufgesetztes, exzentrisches Benehmen. Cambridge, das blaue Zimmer, gewisse Lichtungen im Park waren ... nein, sie waren nicht besudelt, es war ja nichts Schändliches dort geschehen ..., aber sie zeigten sich doch in einem etwas lächerlichen Licht. Erst vor kurzem hatte er ein Gedicht aufgestöbert, das er während Mauricens erstem Besuch in Penge geschrieben hatte und das so töricht war, so widernatürlich. »Schatten alter hellenischer Schiffe.« Hatte er dem robusten Studenten wirklich so etwas gewidmet? Das Wissen darum, daß Maurice solche Sentimentalitäten ebenfalls überwunden hatte, läuterte den Text, und auch aus Clive brachen die Worte hervor, als führten sie ein eigenes Leben.
»Ich habe öfter an dich gedacht, als du dir vorstellen kannst, Maurice, mein Lieber. Wie ich dir schon im letzten Herbst gesagt habe, ich bringe dir ganz aufrichtige Empfindungen entgegen und werde das immer tun. Wir waren unreif und dumm, nicht wahr? – Aber sogar aus Dummheit kann man etwas lernen: das Werden einer Freundschaft. Nein, mehr als das, vertrauten Umgang. Du und ich, wir kennen und vertrauen einander, gerade weil wir früher einmal Dummköpfe gewesen sind. Die Ehe hat

nichts daran geändert. Ach, das ist ja komisch, ich denke gerade ...«
»Dann gibst du mir also deinen Segen?«
»Ich denke doch!«
»Vielen Dank.«
Clives Augen wurden sanft. Er wollte etwas zum Ausdruck bringen, das herzlicher war, als das Werden einer Freundschaft. Durfte er es wagen, der Vergangenheit eine Geste zu entleihen?
»Denk morgen an mich«, sagte Maurice, »das gilt auch für Anne – sie soll ebenfalls an mich denken.«
Eine so reizende Empfehlung bewegte Clive dazu, diesem Burschen einen Kuß auf seine große braungebrannte Hand zu drücken.
Maurice erschauerte.
»Du bist mir doch hoffentlich nicht böse?«
»Aber nein.«
»Maurice, mein Lieber, ich wollte dir damit nur zeigen, daß ich die Vergangenheit nicht vergessen habe. Ich stimme dir vollkommen zu ... Laß es uns nie mehr erwähnen, aber ich wollte es gerade dieses eine Mal zeigen.«
»Ja, es ist gut.«
»Bist du nicht froh, daß es auf so anständige Weise zu Ende gegangen ist?«
»Was meinst du mit ›anständig‹?«
»Statt dieses ganzen Bockmists im letzten Jahr.«
»Ach, das nun wieder.«
»Laß uns aufhören, ich werde jetzt gehen.«
Maurice drückte seine Lippen auf die gestärkte Manschette von Clives Frackhemd. Dann zog er sich zurück, und Clive war herzlicher als je zuvor und bestand darauf, er müsse nach Penge zurückkehren, sobald die Umstände es erlaubten. Clive hörte erst spät zu reden auf, und die ganze Zeit über plätscherte das Wasser gegen die Scheiben des Mansardenfensters. Nachdem er gegangen war, zog Maurice die Vorhänge zurück und fiel auf die Knie, legte sein

Kinn auf das Fensterbrett und ließ Regentropfen über sein Haar rinnen.
»Komm!« rief er plötzlich zu seiner eigenen Überraschung. Wen hatte er gerufen? Er hatte an nichts gedacht, und das Wort war ihm einfach entschlüpft. So schnell als möglich sperrte er die frische Luft und die Dunkelheit aus und schloß seinen Leib von neuem in das Russet-Zimmer ein. Dann schrieb er seinen Bericht. Das nahm einige Zeit in Anspruch, und obwohl er sicherlich nicht über eine lebhafte Phantasie verfügte, sprang er plötzlich wie in Panik ins Bett, überzeugt, jemand habe ihm über die Schulter geschaut. Seit er in Penge war, schien er aus einem Gewirr von Stimmen zu bestehen, nicht mehr er selbst zu sein, und jetzt konnte er sie beinahe in seinem Innern miteinander streiten hören. Aber keine von ihnen gehörte Clive: So weit war er immerhin.

36

Archie London wollte ebenfalls in die Stadt zurückfahren, und am nächsten Morgen standen sie beide sehr früh in der Halle und erwarteten die Limousine, während der Wildtreiber, der sie zur Kaninchenjagd begleitet hatte, draußen auf ein besseres Trinkgeld hoffte.

»Sag ihm, er soll sich trollen«, sagte Maurice mürrisch. »Ich wollte ihm fünf Shilling geben, er hat sie nicht genommen. Ganz schön unverfroren!«

Mr. London war empört. Was erlaubten sich Dienstboten heutzutage noch alles? Durften es nur noch Goldmünzen sein? Er begann, eine Geschichte über die Hebamme seiner Frau zu erzählen. Pippa habe diese Frau wirklich wie ihresgleichen behandelt, aber was könne man schon von halbgebildeten Leuten erwarten? Halbbildung sei schlimmer als gar keine.

»Sehr richtig!« sagte Maurice und gähnte.

Mr. London gab gleichviel zu bedenken, ob Adel denn nicht doch verpflichte.

»Ach, versuch es doch, wenn du willst.«

Archie London streckte eine Hand in den Regen hinaus.

»Hall, er hat es anstandslos genommen.«

»Tatsächlich? Der verdammte Kerl«, brummte Maurice. »Warum hat er dann mein Geld nicht genommen? Ich glaube du hast mehr gegeben.

Verlegen gestand Mr. London, daß dem so war. Aus Furcht vor einer Zurückweisung hatte er das Trinkgeld erhöht. Der Bursche war offensichtlich unmöglich, dennoch hielt er es nicht für ein Zeichen guten Geschmacks, daß Hall die Sache so hochspielte. Unverschämte Dienstboten sollte man einfach ignorieren.

Aber Maurice war mürrisch und müde, und er machte sich Sorgen wegen seiner Verabredung in der Stadt; er empfand den Zwischenfall als Teil der Unerfreulichkeiten auf

Penge. Es war der Gedanke an Rache, der ihn zur Tür schlendern und in seiner vertrauten, jedoch beunruhigenden Art und Weise sagen ließ: »Hallo! Fünf Shilling sind wohl nicht gut genug! Sie nehmen also nur Goldmünzen!«
Er wurde von Anne unterbrochen, die gekommen war, um ihnen auf Wiedersehen zu sagen.
»Viel Glück«, wandte sie sich mit einem sehr lieben Gesichtsausdruck an Maurice, dann machte sie eine Pause, als ob sie ihn zu Vertraulichkeiten einladen wollte. Es kam nichts dergleichen, trotzdem fügte sie hinzu: »Ich bin so froh, daß Sie doch nicht so schrecklich sind.«
»Wirklich?«
»Männer mögen es, wenn man denkt, sie seien schrecklich. Clive jedenfalls. Nicht wahr, Clive? Mr. Hall, Männer sind sehr seltsame Geschöpfe.« Sie fingerte an ihrer Halskette herum und lächelte. »Sehr seltsame. Viel Glück.« Inzwischen war sie entzückt von Maurice. Seine Situation und die Art und Weise, wie er sie meisterte, schienen ihr ausgesprochen männlich zu sein. »Nun, wenn eine Frau verliebt ist...«, erläuterte sie Clive, der in der offenen Tür stand, während sie ihren Gästen beim Wegfahren zusahen, »nun, wenn eine Frau verliebt ist, blufft sie nie – ich wollte, ich würde den Namen des Mädchens kennen.«
Der Wildhüter mischte sich in die Arbeit der Dienstboten und trug Mauricens Tasche zu der Limousine, da er sich offensichtlich schämte. »Stecken Sie es schon ein«, sagte Maurice kalt. Unter heftigem Winken von Anne, Clive und Mrs. Durham fuhren sie los, und London erzählte die Geschichte von Pippas Hebamme noch einmal.
»Wie wär's mit ein bißchen frischer Luft?« regte das arme Opfer an. Er öffnete das Fenster und schaute in den verregneten Park. Die Eintönigkeit dieses Regens! Wozu regnet es überhaupt? Die Gleichgültigkeit des Universums dem Menschen gegenüber! Die Limousine tauchte in die Wälder ein und quälte sich mühsam vorwärts. Es schien

unmöglich, daß sie jemals den Bahnhof erreichen oder Pippas schweres Los enden würde.
Nicht weit von der Hütte des Wildhüters begann ein kleiner Anstieg, und die Straße, die sich die ganze Strecke über in einem schlechten Zustand befand, war von Heckenrosen gesäumt, die über den Lack kratzten. Sie waren voller Blüten, die von der abscheulichen Witterung gezeichnet waren; einige waren von Raupen zerfressen, andere würden sich niemals öffnen; hier und dort triumphierte Schönheit, aber ohne Hoffnung auf Dauer, unruhig flackernd in einer Welt des Trübsinns. Maurice betrachtete eine nach der anderen, und obwohl er sich nichts aus Blumen machte, ärgerte ihn dieses sinnlos vorzeitige Verblühen. Kaum eine war vollkommen. An einem Zweig hing jede Blüte schlaff nach unten, auf dem nächsten wimmelte es von Raupen. Diese Gleichgültigkeit der Natur! Und welche Unzulänglichkeit! Er lehnte sich aus dem Fenster, um zu sehen, ob sie nicht ein einziges Mal etwas Vollkommenes zustande bringen könne, und starrte direkt in die strahlenden braunen Augen eines jungen Mannes.
»Mein Gott, warum ist dieser Bursche von einem Wildhüter schon wieder da!«
»Unmöglich, er könnte gar nicht so schnell hierher gekommen sein. Wir haben ihn beim Haus zurückgelassen.«
»Er könnte schon, wenn er gerannt wäre.«
»Warum sollte er gerannt sein?«
»Das ist richtig, warum sollte er?« meinte Maurice, dann schob er die Klappe an der Rückseite der Limousine nach oben und spähte durch die Öffnung in die Rosenbüsche, die von einem Regenschleier verhüllt wurden.
»War er es?«
»Ich konnte nichts sehen.« Sein Reisegefährte nahm seine Erzählung sofort wieder auf und redete beinahe ununterbrochen, bis sie sich am Waterloo-Bahnhof trennten.
Im Taxi las Maurice seinen Bericht noch einmal durch, und seine Offenheit beunruhigte ihn. Er, der Jowitt nicht

vertraute, begab sich in die Hände eines Quacksalbers; trotz Risleys Versicherungen brachte er Hypnose mit Séancen und mit Erpressung in Verbindung und hatte oft genug hinter seinem *Daily Telegraph* über sie geschimpft; sollte er nicht besser einen Rückzieher machen?

Aber das Haus schien ordentlich zu sein. Als die Tür geöffnet wurde, spielten die Kleinen von Lasker Jones auf der Treppe – entzückende Kinder, die ihn für Onkel Peter hielten und sich an seine Hände klammerten; und als er mit dem *Punch* ins Wartezimmer verbannt wurde, verstärkte sich das Gefühl von Normalität. Er ging seinem Schicksal gelassen entgegen. Er wollte eine Frau: Sie sollte ihm gesellschaftliche Sicherheit geben, seine Wollust zügeln und ihm Kinder gebären. Er sah zwischen dieser Frau und dem vollkommenen Glück keinen Zusammenhang – unter besonders ungünstigen Umständen war Dickie dieses Glück gewesen –, denn im Verlauf des langen Kampfes hatte er vergessen, was Liebe ist, und er wollte durch Mr. Lasker Jones nicht Glück erlangen, sondern Frieden.

Der Gentleman Lasker Jones beruhigte ihn zusätzlich, da er seiner Vorstellung von dem, wie ein fortschrittlicher Wissenschaftler auszusehen habe, sehr nahe kam. Blaß und mit unbewegtem Gesicht saß er hinter dem Schreibtisch mit Rollpult in einem großen Raum, ohne ein Bild an den Wänden. »Mr. Hall?« fragte er und bot ihm eine schlaffe Hand dar. Er hatte einen leichten amerikanischen Akzent. »Gut, Mr. Hall, was kann ich für Sie tun?«

Maurice wurde ebenfalls ganz sachlich. Es schien als hätten sie sich verabredet, um über einen Dritten zu sprechen. »Es steht alles hier drin«, sagte er und zog den Bericht hervor. »Ich habe einen Arzt konsultiert, aber er konnte nichts tun. Ich weiß nicht, ob Sie helfen können.«

Der andere las den Bericht.

»Ich hoffe, es war nicht falsch, zu Ihnen zu kommen?«

»Ganz und gar nicht, Mr. Hall. Fünfundsiebzig Prozent

meiner Patienten haben das gleiche Problem wie Sie. Ist dieser Bericht kürzlich entstanden?«

»Ich schrieb ihn in der vorigen Nacht.«

»Und ist er korrekt?«

»Nun, Namen und Orte sind natürlich ein bißchen geändert.« Mr. Lasker Jones schien es nicht für natürlich zu halten. Er stellte mehrere Fragen über »Mr. Cumberland«, das Pseudonym, das Maurice für Clive gewählt hatte, und wollte wissen, ob sie sich körperlich jemals miteinander vereinigt hätten: In seinem Mund klang das eigenartig harmlos. Weder lobte noch tadelte er oder brachte gar Mitgefühl zum Ausdruck. Einem plötzlichen Ausbruch von Maurice gegen die Gesellschaft schenkte er keine Beachtung. Und obwohl Maurice sich nach ein wenig Mitgefühl sehnte – seit einem Jahr war kein einziges Wort in diesem Sinne an ihn gerichtet worden –, war er froh darüber, daß er nichts dergleichen hörte, denn das hätte sein Vorhaben scheitern lassen können.

Er fragte: »Was für einen Namen hat mein Problem? Hat es überhaupt einen?«

»Homosexualität.«

»Homosexualität. Unwiderruflich? Ich meine, kann man etwas dagegen tun?«

»Oh sicherlich, wenn Sie darin einwilligen.«

»Die Sache ist die, daß ich ein altmodisches Vorurteil gegen Hypnose habe.«

»Ich fürchte, Sie könnten dieses Vorurteil nach dem Versuch möglicherweise aufrechterhalten, Mr. Hall. Ich kann Ihnen keine Heilung versprechen. Ich habe Ihnen von meinen anderen Patienten erzählt – fünfundsiebzig Prozent –, aber nur in fünfzig Prozent der Fälle hatte ich Erfolg.«

Dieses Bekenntnis gab Maurice Vertrauen, kein Quacksalber hätte es abgegeben.

»Wir können ebensogut einen Versuch starten«, meinte er lächelnd. »Was muß ich tun?«

»Bleiben Sie einfach da, wo Sie sind. Ich werde ein Experiment machen, um zu sehen, wie tief die Veranlagung bei Ihnen verwurzelt ist. Sie können, wenn Sie wollen, später zu einer regulären Behandlung wiederkommen, Mr. Hall! Ich werde jetzt versuchen, Sie in Trance zu versetzen, und wenn mir das gelingt, werde ich Ihnen etwas suggerieren, das, wenn Sie erwachen, sich hoffentlich fortsetzen und Teil Ihres normalen Zustandes werden wird. Sie dürfen mir keinen Widerstand entgegensetzen.«

»Gut, fangen Sie an.«

Mr. Lasker Jones kam hinter seinem Schreibtisch hervor und setzte sich ganz leger auf die Lehne von Mauricens Stuhl. Maurice hatte das Empfinden, ihm werde gleich ein Zahn gezogen. Einen Augenblick lang geschah gar nichts, doch dann sah er einen Lichtfleck auf dem Schüreisen neben dem Kamin, während der übrige Teil des Raumes verschwamm. Er konnte alles erkennen, was er direkt anschaute, sonst aber kaum etwas, und er hörte die Stimme des Arztes und auch seine eigene. Offensichtlich war er dabei, in Trance zu fallen, und dies erfüllte ihn mit einem Gefühl des Stolzes.

»Ich glaube, Sie haben immer noch nicht völlig abgeschaltet.«

»Nein, das habe ich tatsächlich nicht.«

Der andere strich noch ein paarmal über ihn hinweg. »Wie ist es jetzt?«

»Jetzt bin ich schon näher dran.«

»Ganz?«

Maurice meinte ja, war sich aber nicht sicher. »Jetzt, da Sie ganz abgeschaltet haben, wie gefällt Ihnen mein Besprechungszimmer?«

»Es ist ein hübscher Raum.«

»Nicht zu dunkel?«

»Ziemlich dunkel.«

»Sie können aber immerhin das Bild sehen, nicht wahr?«

Da erblickte Maurice ein Bild an der Wand gegenüber, und doch wußte er, daß keines dort hing.
»Sehen Sie es sich an, Mr. Hall. Kommen Sie näher heran. Aber achten Sie auf den Riß im Teppich.«
»Wie breit ist der Riß?«
»Sie können über ihn hinwegspringen.«
Unmittelbar darauf entdeckte Maurice einen Riß und sprang darüber, war aber von der Notwendigkeit dessen nicht ganz überzeugt.
»Großartig – nun, was glauben Sie, was ist das für ein Bild, wen stellt es dar...?«
»Wen es darstellt...?«
»Edna May.«
»Mr. Edna May.«
»Nein, Mr. Hall. Miß Edna May.«
»Es ist Mr. Edna May.«
»Ist sie nicht schön?«
»Ich möchte nach Hause zu meiner Mutter.« Beide lachten über diese Bemerkung, der Arzt zuerst.
»Miß Edna May ist nicht nur schön, sie ist auch attraktiv.«
»Ich finde sie überhaupt nicht attraktiv«, sagte Maurice mürrisch.
»Oh, Mr. Hall, was für eine ungalante Bemerkung. Sehen Sie sich doch ihr hübsches Haar an.«
»Ich mag lieber kurze Haare.«
»Warum?«
»Weil ich es streicheln kann...« und er weinte. Im Stuhl fand er wieder zu sich. Tränen benetzten seine Wangen, aber er fühlte sich völlig normal und begann sofort zu sprechen.
»Ich hatte einen Traum, als Sie mich aufweckten. Ich sollte Ihnen diesen Traum lieber erzählen. Ich dachte, ich sähe ein Gesicht und hörte jemanden sagen: ›Dies ist dein Freund‹. Ist das gut? Ich mache es oft durch... Ich kann es nicht erklären..., so, als ob sich diese Vision

während des Schlafs auf mich zubewegt, obwohl sie nie bis zu mir gelangt.«

»Ist sie jetzt dicht herangekommen?«

»Ziemlich dicht. Ist das ein schlechtes Zeichen?«

»Nein, o nein ... Sie sind empfänglich für Suggestionen ... Sie sind empfänglich ... Ich habe Sie ein Bild an der Wand sehen lassen.«

Maurice nickte: Er hatte es fast vergessen. Es entstand eine Pause, während der er zwei Guineen hervorzog und um einen zweiten Termin bat. Sie vereinbarten, er solle in der nächsten Woche telefonieren, und Mr. Lasker Jones wünschte, er möge in der Zwischenzeit in aller Ruhe auf dem Land bleiben.

Maurice konnte nicht daran zweifeln, daß Clive und Anne ihn willkommen heißen würden, oder daß ihr Einfluß der richtige sein werde. Penge war schrecklich. Es half ihm, sich von dem alten zersetzenden Leben zu befreien, das ihm so süß erschienen war; es heilte ihn von Zärtlichkeit und Menschenliebe. Ja, er würde zurückkehren; er sagte, er werde seinen Freunden telegrafieren und den Nachmittagsexpreß nehmen.

»Mr. Hall, üben Sie sich in Mäßigkeit. Ein bißchen Tennis, oder machen Sie einen kurzen Jagdausflug.«

Maurice zögerte, ehe er sagte: »Wenn ich's mir recht überlege, sollte ich vielleicht doch lieber nicht zurückkehren.«

»Warum denn das?«

»Nun, es erscheint mir ziemlich albern, diese lange Fahrt zweimal am Tag zu machen.«

»Dann wollen Sie also lieber in Ihrem eigenen Haus bleiben?«

»Ja ... Nein, nein, schon gut, ich werde nach Penge zurückfahren.«

37

Es amüsierte ihn, bei seiner Rückkehr zu erfahren, daß sich die jungen Leute gerade zu einem vierundzwanzigstündigen Wahlfeldzug aufmachten. Er interessierte sich jetzt weniger für Clive als Clive für ihn. Jener Kuß hatte ihn desillusioniert. Es war ein so banaler, prüder Kuß gewesen und doch so typisch. Je weniger man erhielt, um so mehr schien es nach außen zu sein–das war Clives Devise. Nicht allein, daß die Hälfte größer sei als das Ganze–in Cambridge hätte Maurice das noch akzeptiert–, doch jetzt wurde ihm ein Viertel angeboten und vorgegaukelt, es sei größer als die Hälfte. Ob der Bursche glaubte, er, Maurice, sei kein Mensch aus Fleisch und Blut?

Clive erklärte, er hätte nicht geplant, wegzugehen, wenn Maurice ihnen deutlichere Hoffnungen gemacht hätte, zurückzukommen, er werde aber auf jeden Fall zum Spiel wieder zurück sein. Anne flüsterte: »War Ihnen das Glück günstig gesinnt?« Maurice erwiderte: »So la la«, woraufhin sie ihn unter ihre Fittiche nahm und ihm anbot, die junge Dame nach Penge einzuladen. »Mr. Hall, ist sie sehr charmant? Ich bin überzeugt, sie hat strahlende braune Augen.«

Aber Clive rief sie zu sich, und Maurice wurde einem Abend mit Mrs. Durham und Mr. Borenius überlassen.

Eine ungewöhnliche Unruhe beherrschte ihn. Die Situation erinnerte ihn an die erste Nacht in Cambridge, nachdem er in Risleys Zimmer gewesen war. Der Regen hatte während seiner Spritztour in die Stadt aufgehört. Er wollte gerne einen Abendspaziergang machen, wollte den Sonnenuntergang betrachten und dem Tropfen von den regennassen Bäumen lauschen. Geisterhaft, aber in vollkommener Schönheit waren die Nachtkerzen im Gebüsch aufgeblüht und erregten ihn durch ihren Duft. Clive hatte ihm die Nachtkerzen früher schon einmal gezeigt, aber er hatte ihm nie erzählt, daß sie so stark dufteten. Er war gerne draußen, zwischen all den Rotkehlchen und Fledermäusen, und er stahl sich barhäuptig hierhin und dorthin, bis der Gong ihn rief, damit er sich für eine weitere Mahlzeit umkleidete und die Vorhänge im Russet-Zimmer zuzog. Nein, er war nicht mehr derselbe; sein ganzes Wesen hatte angefangen, sich neu zu ordnen, wie damals in Birmingham, als der Tod sich von ihm abgewandt hatte. Und er mußte Mr. Lasker Jones voll vertrauen! Tief in ihm, dort, wo keine bewußte Anstrengung etwas ausrichten konnte, war eine Veränderung im Gange, die ihn vielleicht, wenn er Glück hatte, in die Arme von Miß Tonks führen mochte.

Während er umherwanderte, kam der Mann, dem er am Morgen einen Verweis erteilt hatte, auf ihn zu, griff grüßend an seine Mütze und fragte ihn, ob er morgen auf die Jagd gehen wolle. Das war wegen des Kricketspiels ganz offensichtlich nicht der Fall, aber die Frage war wohl gestellt worden, um eine Entschuldigung vorzubereiten. »Es tut mir wirklich sehr leid, daß ich es versäumt habe, Sie und Mr. London voll und ganz zufriedenzustellen, Sir«, sagte er. Maurice war nicht länger nachtragend und meinte: »Ist schon gut, Scudder.« Scudder war neu zugezogen – Teil des bunteren Lebens, das mit der Politik und Anne in Penge eingekehrt war. Er war aufgeweckter und munterer als der alte Mr. Ayres, der Oberwildhüter, und er war sich dessen bewußt. Er gab zu verstehen, er habe die fünf Shilling ignoriert, weil es zuviel gewesen sei; er sagte nicht, warum er die zehn Shilling genommen hatte! Er fügte hinzu: »Ich bin froh, Sie schon so bald wieder hier unten zu sehen, Sir«, was Maurice ein wenig unpassend fand, und deshalb wiederholte er: »Ist schon gut, Scudder«, und ging ins Haus.

Es war ein Abend, an dem ein Dinnerjacket getragen werden mußte – kein Frack, da sie nur zu dritt sein würden; und obwohl er solche feinen Unterschiede seit

Jahren respektiert hatte, fand er sie plötzlich lächerlich. Was besagte schon die Garderobe, solange man etwas zu essen bekam, die anderen Leute waren doch ebensogut – warum sollten sie auch nicht? Als er die gestärkten Manschetten seines Smokinghemdes berührte, überkam ihn ein Gefühl der Schmach, und er spürte, daß er kein Recht hatte, jemanden zu kritisieren, der unter freiem Himmel lebte. Wie verwelkt wirkte Mrs. Durham – sie war Clive ohne dessen Lebenskraft. Und Mr. Borenius – wie vertrocknet! Obwohl man Mr. Borenius Gerechtigkeit widerfahren lassen mußte: Er sorgte für Überraschungen. Da er Pfaffen grundsätzlich verachtete, schenkte Maurice diesem hier kaum Beachtung und war verdutzt, als sich Mr. Borenius nach dem Nachtisch als standhafter Mann erwies. Man hatte vorausgesetzt, daß er als Pfarrherr der Gemeinde Clive bei der Wahl unterstützen werde. »Ich stimme für niemanden, der nicht am Abendmahl teilnimmt, was Mr. Durham bekannt ist.«

»Sie müssen sich darüber im klaren sein, daß Ihre Kirche von den Radikalen angegriffen wird«, war alles was Maurice dazu einfiel.

»Deshalb stimme ich ja auch nicht für den radikalen Kandidaten. Er ist aber ein Christ, darum hätte ich es eigentlich natürlich tun sollen.«

»Das ist ein bißchen merkwürdig, Sir, wenn ich mich so ausdrücken darf. Clive wird alles tun, was auf Ihrer Wunschliste steht. Sie können noch von Glück sagen, daß er kein Atheist ist. Sie müssen wissen, von dieser Sorte gibt es eine ganze Menge in dieser Gegend.«

Mr. Borenius' Antwort bestand aus einem Lächeln, und einen Augenblick später meinte er: »Der Atheist ist dem Himmelreich näher als der Hellenist. ›So ihr nicht werdet wie die Kindlein ...‹, und was ist der Atheist anderes als ein Kind?«

Maurice blickte auf seine Hände, aber bevor er sich eine Antwort zurechtlegen konnte, trat der Diener ein, um ihn

zu fragen, ob er irgendwelche Anordnungen für den Wildhüter habe.
»Ich traf ihn vor dem Abendessen, Simcox. Nein, danke. Morgen ist das Spiel. Ich habe es ihm schon gesagt.«
»Ja, aber er meint, Sie könnten vielleicht in den Spielpausen zu dem Weiher hinuntergehen wollen, um ein Bad zu nehmen, Sir. Jetzt, da das Wetter sich gebessert hat. Er hat gerade das Wasser aus dem Boot geschöpft.«
»Das war eine gute Idee.«
»Wenn es sich um Mr. Scudder handelt, darf ich dann mit ihm sprechen?« fragte Mr. Borenius.
»Wollen Sie ihm das bitte mitteilen, Simcox? Sagen Sie ihm außerdem, daß ich nicht baden werde.«
Als der Diener gegangen war, fragte er: »Wollen Sie lieber hier drinnen mit ihm sprechen? Was mich anbetrifft, so holen Sie ihn ruhig rein.«
»Vielen Dank, Mr. Hall, aber ich werde hinausgehen. Er wird die Küche vorziehen.«
»Das wird er zweifellos. In der Küche sind ein paar hübsche Weibsbilder.«
»Ah! Ah!« Er setzte die Miene eines Mannes auf, der zum erstenmal mit dem Geschlechtstrieb konfrontiert wird. »Sie wissen nicht zufällig, ob er im Hinblick auf die Ehe ein bestimmtes Mädchen im Auge hat?«
»Ich fürchte nein ... Ich sah ihn bei meiner Ankunft zwei Mädchen küssen, falls Ihnen das weiterhilft.«
»Es kommt ja bisweilen vor, daß solche Leute während der Jagd vertraulicher werden. Die frische Luft, das Gefühl der Kameradschaft ...«
»Mit mir wird niemand vertraulich. Und um die Wahrheit zu sagen, so haben Archie London und ich uns gestern ganz schön über ihn geärgert. Zu ängstlich darauf bedacht, den guten Ton zu wahren. Wir fanden, er sei ein ziemlicher Schweinehund.«
»Entschuldigen Sie, daß ich Sie danach gefragt habe.«
»Was gibt es da zu entschuldigen?« fragte Maurice, der

wegen der selbstgefälligen Anspielung des Pfarrers auf die frische Luft verärgert war.

»Um ganz offen zu sein, ich wäre sehr froh, gerade diesen jungen Mann mit einer Gefährtin versorgt zu sehen, bevor er in See sticht.«

Freundlich lächelnd fügte er hinzu: »Alle jungen Männer im übrigen.«

»Wieso sticht er denn in See?«

»Er will auswandern.« Und er betonte das Wort »auswandern« in einer eigenartig irritierenden Weise und begab sich dann in die Küche.

Maurice schlenderte noch fünf Minuten lang zwischen den Büschen einher. Das Essen und der Wein hatten ihn erhitzt, und er dachte, nicht unbedingt folgerichtig, sogar der alte Chapman habe sich die Hörner abgestoßen. Nur er – mit Clive im Hintergrund, der mahnend den Zeigefinger hob – verband fortschrittliches Denken mit dem Verhalten eines Sonntagsschülers. Er war doch kein Methusalem – er hatte ein Recht darauf, sich auszutoben. Oh, dieser herrliche Duft, dieses Gebüsch, in dem man sich verstecken könnte, dieser Himmel, der ebenso dunkel war wie die Büsche! Sie schienen sich vor ihm zu verschließen. Sein Platz war im Haus, und dort würde er auch vermodern, eine ehrbare Säule der Gesellschaft, die niemals die Gelegenheit erhalten hatte, sich ungebührlich zu benehmen. Die Allee, die er langsam hinunterschritt, führte durch ein Schwingtor in den Park, aber das feuchte Gras nahm seinen frisch geputzten Lackschuhen vielleicht den Glanz, und so sah er sich genötigt, umzukehren. Als er sich umwandte, stieß er gegen einen Mann in Kordhosen und wurde einen Augenblick lang an beiden Ellbogen festgehalten; es war Scudder gewesen, der Mr. Borenius entkommen war. Erleichtert fuhr er in seinen Träumereien fort. Die Jagd, die gestern keinen Eindruck auf ihn gemacht hatte, begann sich in seiner Erinnerung ein wenig zu verklären, und ihm wurde bewußt, daß er sich trotz seiner

Langeweile als ein lebendiger Mensch gefühlt hatte. Von der Jagd kam er auf die Ereignisse bei seiner Ankunft zurück, zum Beispiel das Wegschieben des Klaviers, dann zu den heutigen Vorfällen, beginnend mit dem Trinkgeld von fünf Shilling bis jetzt. Und als er beim »Jetzt« angelangt war, schien ein elektrischer Strom durch die Kette unbedeutender Ereignisse zu fahren, so daß er sie fallen und in die Dunkelheit zurückgleiten ließ. »Verdammt, was für eine Nacht«, nahm er seine Gedanken wieder auf, während ein leichter Windstoß über ihn hinweg fuhr und dann noch einer. Dann schien das Schwingtor dort hinter ihm, das einen leisen klirrenden Ton von sich gegeben hatte, ihn mit einem lauten Schlag von der Freiheit auszuschließen, und er betrat das Haus.

»Oh, Mr. Hall!« rief die alte Dame. »Was für einen köstlichen Kopfputz Sie haben.«

»Wieso?« fragte er und bemerkte, daß seine Haare von den Pollen der Nachtkerzen ganz gelb waren.

»Oh, wischen Sie sie nicht weg. Es sieht so hübsch aus auf ihrem schwarzen Haar. Mr. Borenius, sieht er nicht aus, als käme er gerade von einem Bacchanal?«

Der Geistliche hob blicklose Augen. Er war mitten in einem ernsthaften Gespräch unterbrochen worden. »Aber Mrs. Durham«, bestand er hartnäckig auf seinem Thema. »Ich dachte, Sie hätten gesagt, alle ihre Dienstboten seien konfirmiert.«

»Das dachte ich auch, Mr. Borenius. Ich habe es wirklich geglaubt.«

»Und doch, ich gehe in die Küche und entdecke geradewegs Simcox, Scudder und Mrs. Wetherhall. Wegen Simcox und Mrs. Wetherhall kann ich noch etwas arrangieren. Scudder ist ein ernster Fall, weil ich keine Zeit habe, ihn richtig darauf vorzubereiten, bevor er in See sticht, selbst wenn ich den Bischof dazu bewegen könnte.«

Mrs. Durham versuchte, ernst zu bleiben, aber Maurice, den sie sehr mochte, lachte. Sie machte den Vorschlag, Mr.

Borenius solle Scudder ein Schreiben für irgendeinen Geistlichen drüben mitgeben – es mußte dort ja irgendeinen geben.
»Ja, aber wird er es übergeben? Er zeigt keine Feindseligkeit gegenüber der Kirche, aber ob er sich wirklich bemühen wird? Wenn man mir doch nur gesagt hätte, welche Ihrer Dienstboten konfirmiert worden sind und welche nicht, wäre diese heikle Situation nicht entstanden.«
»Dienstboten sind so unbedacht«, entgegnete die alte Dame. »Sie sagen mir nie etwas. So hat Scudder auch ganz plötzlich gekündigt. Sein Bruder lädt ihn ein. Und schon geht er davon. Nun, Mr. Hall, lassen Sie uns Ihren Ratschlag in bezug auf diese heikle Situation hören: Was würden Sie tun?«
»Unser junger Freund hier verdammt die Kirche in toto, ganz energisch und ohne sich im geringsten zu genieren.«
Maurice stand auf. Wenn der Pfaffe nicht so verdammt häßlich gewesen wäre, hätte es ihm gleichgültig sein können, aber er konnte es nicht ertragen, wie dieses schielende Gesicht seine Nase über irgendwelche jungen Leute rümpfte. Scudder reinigte ein Gewehr, trug einen Koffer, schöpfte das Wasser aus einem Boot, wanderte aus – tat immerhin irgend etwas, während die Herrschaft auf Stühlen herumhockte und etwas an seiner Seele auszusetzen hatte. Wenn er Trinkgelder schnorrte, so war das ganz natürlich, und wenn er es nicht tat, wenn seine Entschuldigung aufrichtig gemeint sein sollte – nun gut, dann war er ein feiner Bursche. Er würde sich jedenfalls dazu äußern.
»Woher wollen Sie denn wissen, ob er am Gottesdienst teilnimmt, wenn er konfirmiert ist?« fragte er. »Ich selbst gehe auch nicht zum Gottesdienst.« Mrs. Durham summte leise vor sich hin; das ging entschieden zu weit.
»Aber Sie hatten wenigstens die Gelegenheit dazu. Der Pfarrer tat für Sie, was er konnte. Für Scudder hat er nicht getan, was er konnte, deshalb muß man die Kirche tadeln.

Und deshalb muß ich so auf diesem Punkt beharren, auch wenn es Ihnen ziemlich banal erscheint.«

»Ich bin zwar fürchterlich beschränkt, aber ich glaube zu verstehen: Sie wollen sichergehen, daß man in Zukunft ihn, und nicht mehr die Kirche tadelt. Nun gut, Sir, das ist vielleicht Ihre Vorstellung von Frömmigkeit, aber es ist nicht die meine, und es war auch nicht die von Christus.«

So gescheit hatte er sich noch nie ausgedrückt; seit der Hypnose hatte sein Verstand Augenblicke ungewöhnlicher Klarheit. Aber Mr. Borenius war unangreifbar. Er erwiderte äußerst liebenswürdig: »Der Ungläubige hat stets eine bewundernswert genaue Vorstellung davon, was Glaube ist. Ich wünschte, ich besäße seine Sicherheit nur zur Hälfte.« Dann erhob er sich und ging fort, und Maurice folgte ihm und nahm die Abkürzung durch den Küchengarten. Der Gegenstand ihrer Erörterungen lehnte an einer Mauer und wartete zweifellos auf eines der Mädchen; es hatte den Anschein, als suche er die Nebengebäude heute abend besonders hartnäckig heim. Maurice hätte gar nichts gesehen, so dunkel war es inzwischen geworden; es war Mr. Borenius, der ein leises »Gute Nacht, Sir«, für sie beide erzwang. Ein köstlicher Duft nach Früchten lag in der Luft; man mußte also auch noch befürchten, daß der junge Mann eine Aprikose gestohlen hatte. Trotz der Kälte duftete es überall in dieser Nacht, und Maurice ging durch das Gebüsch zurück, weil er den Duft der Nachtkerzen einatmen wollte.

Wieder hörte er das behutsame »Gute Nacht, Sir«, und da er dem Taugenichts gegenüber freundliche Gefühle hegte, erwiderte er: »Gute Nacht, Scudder, man hat mir erzählt, daß Sie auswandern.«

»Das habe ich vor, Sir«, ließ sich die Stimme vernehmen.

»Nun, viel Glück für Sie.«

»Vielen Dank, Sir, es ist alles sehr fremd.«

»Kanada oder Australien, vermute ich.«

»Nein, Sir, Argentinien.«

»Ah, ah, ein schönes Land.«
»Waren Sie schon mal dort, Sir?«
»O nein, England genügt mir«, sagte Maurice, schlenderte weiter und stieß erneut mit dem Burschen in den Kordhosen zusammen. Ein gelangweiltes Gespräch, eine unwichtige Begegnung, und dennoch harmonisierten sie mit der Dunkelheit und dem Frieden dieser Stunde, waren sie ihm angenehm, und als er weiterging, begleitete ihn ein Gefühl des Wohlbefindens, das anhielt, bis er das Haus erreichte. Durch ein Fenster sah er Mrs. Durham völlig entspannt und sehr häßlich. Als er eintrat, war ihr Gesichtsausdruck beherrscht wie immer, und sie wechselten ein paar konventionelle Redensarten über seinen Tag in der Stadt, bevor sie sich trennten, um zu Bett zu gehen.
Seit dem letzten Jahr schlief er schlecht, und sobald er sich hingelegt hatte, wußte er, daß diese Nacht körperliche Qualen für ihn bereithielt. Die Ereignisse der letzten zwölf Stunden hatten ihn zu sehr aufgeregt und wirbelten wild in seinem Kopf herum. Zuerst der Aufbruch in aller Frühe, dann die Fahrt mit Archie London, das Gespräch mit dem Arzt, die Rückkehr; und überall im Hintergrund lauerte die Furcht, er habe in diesem Gespräch etwas nicht gesagt, das er hätte sagen sollen, er habe in seiner Beichte dem Arzt gegenüber etwas Wesentliches ausgelassen. Doch was war es? Er hatte den Bericht gestern in diesem Zimmer aufgesetzt und war zufrieden damit gewesen. Er fing an, sich Sorgen zu machen – genau das, was Mr. Lasker Jones ihm verboten hatte, da man Leute, die sich dauernd selbst beobachten, viel schwerer heilen kann: Der Arzt erwartete von ihm, er möge die Ratschläge, die er während der Trance ausgesät hatte, wie ein brachliegendes Feld in sich aufnehmen und nicht ständig überlegen, ob die Saat aufgehen werde oder nicht. Aber er konnte nichts dafür, daß er sich Sorgen machte, und statt ihn abzustumpfen, schien Penge ihn stärker aufzuwühlen als jeder andere Ort. Wie lebendig und komplex waren die Eindrücke hier, wie

intensiv wirbelte der Duft von Blumen und Früchten in seinem Kopf. Obwohl die Vorhänge fest zugezogen waren, konnte er heute nacht Dinge sehen, die er nie zuvor erblickt hatte, zum Beispiel Regenwasser, das jemand aus einem Boot schöpfte. Ah, einfach hinauszugehen zu alldem! Ah, hinaus in die Dunkelheit – nicht in die Dunkelheit eines Hauses, das den Menschen zwischen Möbeln einpfercht, sondern in die Dunkelheit, wo er frei sein konnte! Vergeblicher Wunsch! Er hatte einem Arzt zwei Guineen bezahlt, um die Vorhänge dichter zuzuziehen, und bald würde Miß Tonks in dem braunen Kubus eines solchen Zimmers eingekerkert neben ihm liegen. Und da die Trance weiterhin wie Sauerteig in ihm gärte, sah Maurice vor seinem inneren Auge ein Bildnis, das sich dauernd veränderte, in diesem Augenblick seinen Wunschvorstellungen folgend, im nächsten ihnen zuwiderlaufend, die männlichen Gesichtszüge wurden zu weiblichen, und dann lief eine Gestalt zum Fußballfeld, wo er badete ... Er stöhnte im Halbschlaf. Es gab etwas Besseres im Leben als diesen Unsinn hier, wenn er nur dorthin gelangen könnte – Liebe – Seelenadel – weite Räume, wo die Leidenschaft den Frieden umklammert hielt, Räume, in die keine Wissenschaft gelangte, die jedoch in alle Ewigkeit existierten, einige von ihnen voller Wälder, überwölbt von einem majestätischen Himmel, und mit einem Freund ...

Er war fest eingeschlafen, als er plötzlich aufsprang und die Vorhänge mit einem Schrei weit aufzog: »Komm!« Das weckte ihn; warum hatte er das getan? Nebel bedeckte den Rasen des Parks. Die Baumstämme tauchten empor wie die Fahrrinnenmarkierungen in der Flußmündung nahe seiner alten Schule. Es war verdammt kalt. Er zitterte und ballte die Fäuste. Der Mond war aufgegangen. Unter ihm befand sich der Salon; die Männer, die die Ziegel auf dem Dach des Erkers erneuerten, hatten die Leiter an sein Fenstersims gelehnt und dort stehen lassen. Warum hatten sie das getan? Er rüttelte an der Leiter und starrte in das Gehölz, aber der Wunsch, dort hinunterzugehen, schwand, ehe er ihn verwirklichen konnte. Wozu sollte das gut sein? Er war zu alt, um sich in dem feuchten Gras zu vergnügen.

Aber als er in sein Bett zurückging, ertönte ein leises Geräusch, ein Geräusch so nahe, daß sein eigener Körper es hätte verursacht haben können. Er schien innerlich zu knistern und zu brennen, und er sah, wie das Ende der Leiter im Mondlicht schwankte. Der Kopf und die Schultern eines Mannes tauchten auf, verhielten einen Augenblick, ein Gewehr wurde äußerst sorgfältig an das Fenstersims gelehnt, und jemand, den er kaum kannte, kam auf ihn zu und kniete neben ihm und flüsterte: »Sir, haben Sie mich gerufen? ... Sir, ich weiß ... ich weiß«, und berührte ihn.

VIERTER TEIL

38

Soll ich jetzt lieber gehen, Sir?«
Maurice war schrecklich schüchtern und tat so, als höre er nicht.
»Wir dürfen jedenfalls nicht mehr einschlafen, es wäre unangenehm, wenn jemand reinkäme«, fuhr er mit einem sympathischen, halb unterdrückten Lachen fort, das freundschaftliche Gefühle in Maurice weckte, ihn gleichzeitig jedoch befangen und traurig machte. Es gelang ihm zu antworten: »Du mußt mich nicht Sir nennen«, und wieder erklang das Lachen, als wische es derartige Probleme beiseite. Der andere schien über Charme und Verständnis zu verfügen, und doch wuchs sein Unbehagen.
»Darf ich dich nach deinem Namen fragen?« meinte er unbeholfen.
»Ich bin Scudder.«
»Ich weiß, daß du Scudder bist – ich meine, wie heißt du mit Vornamen.«
»Einfach Alec.«
»Komischer Name.«
»So heiße ich eben.«
»Ich heiße Maurice.«
»Ich habe Sie gesehen, Mr. Hall, als Sie am ersten Tag vorfuhren. Ich glaube, es war Dienstag, Sie sahen mich gleichzeitig ärgerlich und freundlich an.«
»Wer waren die Leute, die mit dir zusammen waren?« fragte Maurice nach einer Pause.
»Oh, das waren nur Mill und Millys Cousine. Dann erinnern Sie sich also, wie das Klavier noch am selben Abend naß wurde, und es fiel Ihnen schwer, ein Buch zu finden, das Ihnen gefiel, haben es gar nicht gelesen, oder?«
»Wie hast du das rausgekriegt, daß ich mein Buch nicht gelesen habe?«
»Ich sah, wie Sie sich statt dessen aus dem Fenster lehnten.

In der nächsten Nacht habe ich Sie auch gesehen. Ich stand draußen auf dem Rasen.«

»Willst du damit etwa sagen, daß du bei diesem grauenhaften Regen die ganze Zeit draußen warst?«

»Ja…, ich habe Sie beobachtet… Oh, das will nichts heißen, es war leicht, Sie zu beobachten, oder? … Sehen Sie, ich bin nicht mehr lange in diesem Land, und so habe ich es halt gemacht.«

»Wie unausstehlich ich an jenem Morgen dir gegenüber war!«

»Oh, das ist doch nicht so wichtig… Aber entschuldigen Sie die Frage, ist diese Tür verschlossen?«

»Ich werde sie zuschließen.« Als er es tat, kehrte jenes Gefühl von Verlegenheit zurück. Wohin trieb er, weg von Clive, hin zu welcher Gesellschaft?

Kurz darauf schliefen sie ein.

Sie schliefen anfangs, ohne sich zu berühren, als ob Nähe sie störe, aber gegen Morgen bewegten sie sich aufeinander zu, und sie erwachten eng umschlungen. »Soll ich jetzt lieber gehen?« wiederholte Scudder, aber Maurice, den zu Beginn der Nacht noch die Vorstellung heimgesucht hatte: »Daran ist etwas faul, ich sollte es lieber lassen«, hatte sich schließlich völlig beruhigt und murmelte: »Nein, nein.«

»Sir, die Kirchenuhr hat vier geschlagen. Sie werden mich jetzt gehen lassen müssen.«

»Maurice, ich heiße Maurice.«

»Aber die Kirchenuhr hat…«

»Zur Hölle mit der Kirchenuhr.«

Scudder sagte: »Ich muß das Kricketfeld für das Spiel walzen«, aber er rührte sich nicht und schien in dem schwachen dämmrigen Licht stolz zu lächeln. »Ich hab' auch noch die jungen Rebhühner zu versorgen… Das Boot hab ich geschafft… Mr. London und Mr. Fetherstonhaugh sind mitten zwischen den Wasserlilien getaucht… Sie haben mir erzählt, daß alle jungen Gentlemen tauchen können… Ich habe es nie gelernt. Ich finde es eigentlich natürlicher, mit dem Kopf nicht unter Wasser zu gehen. Ich nenne das Ertrinken, noch bevor dein letztes Stündchen geschlagen hat.«

»Und mir hat man beigebracht, daß ich krank werde, wenn ich meine Haare nicht naß mache.«

»Nun, dann wurde Ihnen etwas Falsches beigebracht.«

»Wahrscheinlich... Es ist so eine Sache, wie mit allem anderen, was man mir beigebracht hat. Ein Lehrer, dem ich als Kind Vertrauen schenkte, brachte es mir bei. Ich kann mich noch erinnern, wie ich mit ihm am Strand entlangging... O ja! Und die Flut kam, all die verdammten grauen...«

Er schüttelte sich, um völlig wach zu werden, da er spürte, wie sein Gefährte aus dem Bett glitt. »Nicht doch, warum tust du das?«

»Ich muß dieses Kricketfeld...«

»Nein, du mußt kein Kricketfeld..., du wanderst aus.«

»Nun, wir werden noch eine andere Gelegenheit finden, bevor es soweit ist.«

»Wenn du noch bleibst, werde ich dir meinen Traum erzählen. Ich habe von meinem alten Großvater geträumt. Er war ein komischer Kauz. Ich möchte wissen, was du mit ihm angefangen hättest. Er dachte immer, die Toten versammelten sich in der Sonne, seine eigenen Angestellten aber behandelte er schlecht.«

»Und ich habe geträumt, Hochwürden Borenius versucht, mich zu ertränken... Doch jetzt muß ich wirklich gehen. Ich kann nicht über Träume sprechen, das müssen sie doch einsehen, oder es setzt etwas von Mr. Ayres.«

»Hast du jemals davon geträumt, einen Freund zu haben, Alec? Ganz einfach jemanden, den du ›mein Freund‹ nennen kannst, der versucht, dir zu helfen, und du ihm. Einen Freund...«, wiederholte er, plötzlich von Gefühlen überwältigt. »Jemand, der dein ganzes Leben über da ist, und du bist bei ihm. Ich glaube, so etwas kann nur im Traum geschehen.«

Aber der Augenblick, miteinander zu reden, war vorüber. Die Pflicht rief, der Riß im Fußboden mußte sich bei Sonnenaufgang erneut öffnen. Als der Junge bereits am Fenster stand, rief Maurice »Scudder«, und dieser kehrte um wie ein guttrainierter Hund. »Alec, du bist ein lieber Bursche, und wir waren sehr glücklich.«
»Sie können noch etwas schlafen, für Sie besteht keine Eile«, sagte der andere freundlich und ergriff das Gewehr, das sie während der Nacht bewacht hatte. Als er hinunterstieg, schwankten die Enden der Leiter im Licht der Dämmerung, dann bewegten sie sich nicht mehr. Ein leichtes Knirschen auf dem Kies, ein leises Klicken des Eisenzauns zwischen Garten und Park: Dann war alles wieder so, als sei nichts geschehen, und im Russet-Zimmer herrschte Stille, die nach einer gewissen Zeit von den Geräuschen eines neuen Tages gestört wurde.

39

Nachdem er die Tür aufgeschlossen hatte, sprang Maurice ins Bett zurück.

»Die Vorhänge schon aufgezogen, Sir? Schönes Wetter, schöner Tag für das Spiel«, sagte Simcox und brachte ziemlich aufgekratzt den Tee. Er musterte den Kopf mit dem dichten schwarzen Haar, das war alles, was er von dem Gast sah. Es kam keine Reaktion, und enttäuscht wegen des ausgefallenen Morgenplausches, zu dem Mr. Hall sich bisher stets herabgelassen hatte, sammelte er den Smoking samt Zubehör auf und nahm alles zusammen zum Ausbürsten mit.

Simcox und Scudder; zwei Dienstboten. Maurice setzte sich und trank eine Tasse Tee. Er mußte Scudder jetzt ein schönes Geschenk machen, und er würde es wirklich gerne tun, die Frage war nur, was? Was konnte man einem Mann in dieser Stellung schenken? Gewiß kein Motorrad. Dann fiel ihm ein, daß Scudder auswandern wollte, was das Problem vereinfachte. Aber auf seinem Gesicht blieb ein besorgter Ausdruck, da er überlegte, ob Simcox wegen der offenen Tür überrascht gewesen war. Und hatte er vielleicht etwas Besonderes gemeint, als er sagte: »Die Vorhänge schon aufgezogen, Sir?« Unter seinem Fenster ließen sich Stimmen vernehmen. Er versuchte noch ein wenig zu schlummern, aber die Aktivitäten der Welt um ihn herum störten seinen Schlaf.

»Nun, ich frage mich, was Sie tragen wollen, Sir?« erkundigte sich Simcox, als er zurückgekehrt war. »Vielleicht möchten Sie gleich Ihre Krickethosen anziehen; wahrscheinlich lieber als den Tweedanzug.«

»Ja, gut.«

»Dazu den Blazer, Sir?«

»Nein ..., lassen Sie nur.«

»Sehr wohl, Sir.« Er legte ein Paar Socken zurecht und

fuhr nachdenklich fort: »Oh, sie haben die Leiter endlich weggenommen. Gerade eben.« Maurice sah jetzt, daß die sich gegen den Himmel abhebenden Enden verschwunden waren. »Ich hätte schwören können, daß sie noch da war, als ich Ihren Tee brachte, Sir. Doch man kann natürlich niemals sicher sein.«

»Ja, das ist richtig«, stimmte Maurice zu und vermochte nur mit großen Schwierigkeiten zu sprechen; außerdem hatte er das Gefühl, plötzlich jeglichen Halt verloren zu haben. Er atmete auf, als Simcox gegangen war, aber seine Erleichterung wurde von dem Gedanken an Mrs. Durham und das Frühstück überschattet und auch von dem Problem eines angemessenen Geschenks für den Gefährten der vergangenen Nacht. Es durfte kein Scheck sein, denn dieser würde beim Einlösen Mißtrauen erwecken. Als er sich ankleidete, verstärkte sich das leise Prickeln des Unbehagens. Obwohl er kein Dandy war, besaß er die für einen Gentleman aus den Vororten typische Angewohnheit, eine Batterie von Toilettenartikeln mit sich zu führen, und sie machten jetzt allesamt einen exotischen Eindruck auf ihn. Dann erklang der Gong, und in dem Augenblick, als er zum Frühstück hinuntergehen wollte, bemerkte er einen Schmutzflecken auf dem Fensterbrett. Scudder war vorsichtig gewesen, aber nicht vorsichtig genug. Als er schließlich ganz in Weiß gekleidet die Treppe hinunterstieg, um seinen Platz in der Frühstücksrunde einzunehmen, hatte er Kopfschmerzen und fühlte sich ziemlich elend.

Briefe – ein ganzer Stapel, und alle einigermaßen langweilig. Ada, sehr unpersönlich; Kitty, die meinte, seine Mutter mache einen erschöpften Eindruck. Tante Ida – eine Postkarte, auf der sie zu wissen verlangte, ob sie mit der Ansicht richtig läge, daß der Chauffeur ihren Anordnungen Folge leisten müsse, oder habe sie in dieser Hinsicht etwas mißverstanden? Alberne Geschäftsbriefe, Rundschreiben wegen des Armenhauses und wegen der Wehrübung, andere vom Golfklub und vom Verein zur Verteidigung des Eigentums. Über den Stapel Nachrichten hinweg verbeugte er sich ironisch vor seiner Gastgeberin. Als diese kaum reagierte, wurde ihm heiß und kalt, aber der Grund lag nur darin, daß sich Mrs. Durham über ihre Post ärgerte. Das wußte er jedoch nicht, und die gefährliche Strömung trug ihn weiter hinaus. Jeder Mensch war ihm fremd und erschreckte ihn: Er sprach mit den Angehörigen einer Rasse, deren Naturell und Anzahl ihm unbekannt waren und deren Nahrung giftig schmeckte.

Nach dem Frühstück nahm Simcox erneut seine Pflichten wahr: »Sir, in Mr. Durhams Abwesenheit möchte das Personal… Es wäre eine große Ehre für uns, wenn Sie in dem bevorstehenden Spiel gegen das Dorf unser Spielführer wären.«

»Ich bin kein guter Kricketspieler, Simcox. Wer ist euer bester Mann am Schlagholz?«

»Wir haben keinen besseren als den Gehilfen des Wildhüters.«

»Dann macht doch den Gehilfen des Wildhüters zum Spielführer.«

Simcox zögerte, ehe er sagte: »Unter einem Gentleman läuft immer alles besser.«

»Sag ihm, er soll mich weit hinten aufstellen…, und ich will nicht als erster schlagen, als achter von mir aus…, aber nicht als erster. Aber sagen *Sie* es ihm, da ich nicht runterkommen werde, bevor es soweit ist.« Er schloß die Augen, da er sich elend fühlte. Er hatte etwas ins Leben gerufen, dessen Wesen ihm entging. Wäre er ein religiöser Mensch gewesen, hätte er es Reue genannt. Aber trotz aller Verwirrung bewahrte er sich einen unabhängigen Geist.

Maurice verabscheute Kricket. Es erforderte eine besondere Geschicklichkeit für leicht angeschnittene Schläge, über die er nicht verfügte; und obgleich er es Clive zuliebe oft gespielt hatte, mochte er nicht mit sozial Niedrigergestellten zusammenspielen. Fußball war etwas anderes –

dort konnte er austeilen und einstecken –, aber beim Kricket konnte er von irgendeinem Rüpel »angemacht« oder »gestraft« werden, und das empfand er als unpassend. Als er hörte, seine Partei habe den Wurf gewonnen, ging er erst eine halbe Stunde später hinunter. Mrs. Durham saß schon mit ein oder zwei Freunden im Unterstand. Sie waren alle sehr ruhig. Maurice kauerte sich zu ihren Füßen und verfolgte das Spiel. Es war genau wie in den vergangenen Jahren. Alle übrigen aus seiner Mannschaft waren Dienstboten. Sie hatten sich etwa zehn Meter weiter um den alten Mr. Ayres versammelt, der den Spielstand notierte: Der alte Mr. Ayres notierte immer den Spielstand.
»Der Spielführer hat den ersten Schlag geführt«, sagte eine Dame. »Ein Gentleman hätte das nie getan. Solche Kleinigkeiten sind eben aufschlußreich.«
Maurice meinte: »Der Spielführer ist offensichtlich unser bester Mann.«
Sie gähnte und fuhr gleich darauf mit ihrer Kritik fort: Ihr Instinkt sage ihr, dieser Mann sei eingebildet. Ihre Stimme klang hohl und nichtssagend in der sommerlichen Luft. Er wandere aus, sagte Mrs. Durham – die Tatkräftigeren wandern alle aus –, und dies brachte sie auf die Politik und auf Clive zu sprechen. Sein Kinn auf die Knie gestützt, brütete Maurice vor sich hin. Ein wahrer Sturm des Abscheus hatte sich in ihm erhoben,und er wußte nicht, gegen wen er ihn richten sollte. Egal, ob die Damen nun schwätzten, ob Alec die Grundbälle von Mr. Borenius mit dem Schläger abfing, ob die Dörfler applaudierten oder nicht applaudierten, er fühlte sich unsäglich deprimiert: Er hatte eine unbekannte Droge geschluckt: Sein Leben war bis in die Grundfesten erschüttert, und er vermochte nicht zu sagen, was nun alles zusammenbrechen würde.
Als er auf das Feld ging, um zu schlagen, begann eine neue Runde, so daß Alec den ersten Ball bekam. Der Bursche änderte seine Technik. Er legte alle Vorsicht ab und schlug den Ball ins Farnkraut. Als er aufsah, begegnete er dem

Blick von Maurice und lächelte. Der Ball war weg. Beim nächsten Mal schlug er bis zur Spielfeldgrenze. Er hatte nicht gerade viel trainiert, aber er war mit Kricket aufgewachsen, und das Spiel ähnelte der Wirklichkeit. Maurice setzte sich ebenfalls voll ein. Sein Kopf war wieder klar, und er hatte das Gefühl, als stünden sie beide gegen die ganze Welt, als rückten nicht nur Mr. Borenius und die Spieler, sondern auch die Zuschauer im Unterstand und ganz England gegen die Tore vor. Sie spielten jeder dem anderen und ihrer zerbrechlichen Beziehung zuliebe. Sie wünschten der Welt nichts Böses, aber solange sie angegriffen wurden, mußten sie den schlechten Ball der anderen ahnden, sie mußten aufpassen und dann mit aller Kraft schlagen, sie mußten zeigen, daß die Mehrheit nicht triumphieren wird, solange zwei zusammenhalten. Und während das Spiel seinen Fortgang nahm, stand es plötzlich in einem logischen Zusammenhang mit der vergangenen Nacht und erklärte sie. Clive machte der Sache sehr schnell ein Ende. Kaum war er auf dem Spielfeld erschienen, waren sie nicht mehr die führende Partei; die Leute wandten sich ab, das Spiel erlahmte. Alec resignierte. Es war nur recht und billig, daß der Gutsherr sofort den Ball schlug. Ohne Maurice anzusehen, wich Alec zurück. Er trug ebenfalls weiße Flanellhosen, und ihr legerer Sitz verlieh ihm das Aussehen eines Gentleman. Mit natürlicher Würde pflanzte er sich vor dem Unterstand auf, und als Clive zu reden aufhörte, bot er ihm seinen Schlag an, was Clive als etwas ganz Selbstverständliches ansah. Dann warf er sich bei dem alten Ayres auf den Boden.

Maurice traf auf seinen Freund und sprudelte über vor falscher Freundlichkeit.

»Clive ... hallo, mein Lieber, du bist zurück? Bist du nicht furchtbar erschöpft?«

»Veranstaltungen bis Mitternacht – eine weitere heute nachmittag –,ich muß für einen Augenblick das Schlagholz nehmen, um diesen Leuten einen Gefallen zu tun.«

»Was! Willst du mich schon wieder verlassen? Wie gemein von dir.«
»Du hast gut reden, aber heute abend komme ich bestimmt, dann fängt dein Besuch erst wirklich an. Ich muß dich hundert Dinge fragen, Maurice.«
»Nun, Gentlemen«, ertönte eine Stimme; es war der sozialistische Lehrer, der längere Zeit aussetzen mußte.
»Wir halten alle auf«, sagte Clive, beeilte sich jedoch keineswegs. »Anne hat sich von der Nachmittagsveranstaltung freigemacht, du hast also Gesellschaft. Ach sieh mal, sie haben ihr doch tatsächlich das entzückende kleine Loch im Dach des Salons repariert. Maurice! Nein, jetzt weiß ich nicht mehr, was ich sagen wollte. Laß' uns wieder an den Olympischen Spielen teilnehmen.«
Maurice schied nach dem ersten Ball aus. »Warte auf mich«, rief Clive, aber er ging geradewegs auf das Haus zu, denn er spürte deutlich, daß er kurz davor war, zusammenzubrechen. Als er an den Dienstboten vorbeikam, standen die meisten von ihnen auf und klatschten begeistert, und daß Scudder es nicht tat, beunruhigte ihn. Sollte das eine Provokation sein? Die gerunzelte Stirn – der Mund – vielleicht war es ein grausamer Mund; der Kopf ein wenig zu schmal – warum stand der Hemdkragen am Hals offen? Und in der Halle von Penge traf er auf Anne.
»Mr. Hall, ich habe die Veranstaltung sausenlassen.«
Dann sah sie sein Gesicht, das sich grünlich-weiß verfärbt hatte, und rief: »Oh, es geht Ihnen aber gar nicht gut.«
»Ich weiß«, sagte er und zitterte am ganzen Körper.
Männer hassen es, wenn man zuviel Aufhebens von ihnen macht, und so erwiderte sie lediglich: »Es tut mir schrecklich leid, ich werde Ihnen ein wenig Eis auf Ihr Zimmer bringen lassen.«
»Sie sind immer so nett zu mir...«
»Hören Sie, was halten Sie von einem Arzt?«
»Auf keinen Fall schon wieder einen Arzt«, rief er außer sich.

»Ich habe es ja nur gut gemeint – das ist doch ganz natürlich. Wenn man selbst glücklich ist, wünscht man anderen das gleiche Glück.«
»Ein gleiches Glück gibt es nicht.«
»Mr. Hall...«
»Ein glciches Glück gibt es nicht, für keinen. Deshalb ist das Leben ja eine solche Hölle, wenn man etwas tut, ist man verdammt, und wenn man es nicht tut, ist man ebenfalls verdammt...« Er machte eine Pause, dann fuhr er fort: »Die Sonne war zu heiß... Ein bißchen Eis täte vielleicht gut.«
Sie lief, um welches zu holen, und erleichtert floh er hinauf in das Russet-Zimmer. Plötzlich erkannte er seine Situation mit aller Deutlichkeit, und es wurde ihm fürchterlich übel.

40

Bald darauf fühlte er sich besser, aber ihm wurde klar, daß er Penge verlassen mußte. Er wechselte die Kleidung und wählte den Sergeanzug, dann packte er und war bald darauf mit einer richtigen kleinen Geschichte unten. »Ich habe zuviel Sonne abbekommen«, erzählte er Anne, »außerdem habe ich einen ziemlich ärgerlichen Brief erhalten, und ich glaube, ich sollte lieber in der Stadt sein.«

»Gute, gute Besserung«, rief sie voller Mitgefühl.

»Ja, gute Besserung«, kam es wie ein Echo von Clive, der vom Spiel zurück war. »Wir hatten gehofft, du hättest gestern schon alles geregelt, Maurice, aber wir verstehen das natürlich sehr gut, und wenn du fort mußt, dann mußt du eben fort.«

Die alte Mrs. Durham mußte auch noch ihren Senf dazugeben. Sein Mädchen in der Stadt, die seinen Heiratsantrag beinahe angenommen hatte, aber eben nur beinahe, schien ein offenes Geheimnis zu sein. Es spielte überhaupt keine Rolle, wie krank er ausah oder wie merkwürdig er sich benahm, offiziell war er ein Verliebter, und sie legten alles so aus, wie es ihnen paßte, und fanden ihn köstlich.

Clive fuhr ihn zum Bahnhof, da er bis dorthin denselben Weg hatte. Bevor sie den Wald erreichten, führte die Fahrt am Kricketfeld entlang. Scudder war jetzt bei der Fängerpartei und sah verwegen und elegant aus. Er stand dicht am Weg und stampfte mit einem Fuß auf, als ob er etwas herbeizwingen wolle. Das war das Letzte, was Maurice von ihm sah, und ob es die Vision eines Teufels oder eines Freundes war, das wußte er nicht. Oh, die Situation war abscheulich – dessen war er sich sicher und das würde sich wohl bis ans Ende seines Lebens nicht mehr ändern. Aber eine Situation zu erkennen, bedeutete noch nicht, einen Menschen zu durchschauen. Wenn er Penge

erst einmal verlassen hätte, sähe er vielleicht klarer; immerhin gab es noch Mr. Lasker Jones.
»Was für ein Mensch ist dieser Wildhüter, der vorhin unser Spielführer war?« fragte er Clive, nachdem er den Satz zuerst an sich selbst ausprobiert hatte, um sicher zu sein, daß er unverfänglich klang.
»Er verläßt uns diesen Monat«, sagte Clive und wiegte sich in dem Glauben, dies sei eine Antwort. Glücklicherweise fuhren sie in diesem Augenblick an dem Hundezwinger vorbei, und so fügte er hinzu: »Wenn es um die Hunde geht, werden wir ihn bestimmt vermissen.«
»In anderer Beziehung nicht?«
»Ich glaube, es gibt Schlimmeres. Das ist ja immer so... jedenfalls ein harter Arbeiter und entschieden intelligent, wohingegen der Mann, der seine Stellung übernimmt...«; und froh darüber, daß Maurice sich offensichtlich dafür interessierte, schilderte er in groben Zügen das Wirtschaftsgefüge von Penge.
»Aufrichtig?« Er zitterte, als er diese äußerste Frage stellte.
»Scudder? Ein bißchen zu gerissen, um aufrichtig zu sein. Anne würde sagen, ich sei unfair. Du kannst von Dienstboten nicht erwarten, daß ihre Ehrlichkeit unseren Maßstäben entspricht, ebensowenig wie du Treue oder Dankbarkeit erwarten kannst.«
»Ich würde so etwas wie Penge nie bewältigen«, meinte Maurice nach einer Pause. »Ich würde niemals wissen, welche Dienstboten ich einstellen soll. Nimm zum Beispiel Scudder. Wo kommt er her? Aus welchem Milieu? Ich habe nicht die geringste Ahnung.«
»War sein Vater nicht der Fleischer in Osmington? Ja. Ich glaube schon.«
Maurice warf seinen Hut mit aller Kraft auf den Boden des Wagens. »Das ist doch die Höhe«, dachte er laut und vergrub beide Hände in seinen Haaren.
»Schon wieder dein verdammter Kopf?«
»Ja, ganz scheußlich.«

Clive schwieg voller Mitgefühl und brach das Schweigen auch erst, als sie sich trennten; die ganze Zeit über saß Maurice vornübergebeugt da, die Hände auf seine Augen gepreßt. In seinem Leben hatte er immer Dinge gewußt und sie doch nicht gewußt – darin lag seine große Schwäche. Er hatte gewußt, daß es falsch war, nach Penge zurückzukehren, da ihn ja doch nur irgendeine Torheit aus den Wäldern anspringen würde, und trotzdem war er zurückgekehrt. Er hatte am ganzen Körper gezittert, als Anne gefragt hatte: »Hat sie strahlende braune Augen?« Er hatte insgeheim gewußt, daß es klüger sei, sich nicht wieder und wieder aus dem Fenster seines Schlafzimmers in die Nacht hinauszulehnen und zu rufen: »Komm!« Er reagierte ebenso sensibel auf Reize wie die meisten Männer, aber er konnte sie nicht deuten. Erst wenn die Krise schon eingetreten war, wurde er sich ihrer bewußt. Und dieses wirre Knäuel, das sich völlig von dem in Cambridge unterschied, ihm so wenig ähnelte, daß er die einzelnen Fäden zu spät entdeckte? Risleys Zimmer fand seine Entspechung in den Heckenrosen und den Nachtkerzen von gestern abend, die rasende Fahrt durch die Marschen mit dem Motorrad nahm sein wildes Spiel beim Kricket vorweg.

Aus Cambridge allerdings war er als Held hervorgegangen, aus Penge als Verräter. Er hatte das Vertrauen seines Gastgebers mißbraucht und sein Haus während seiner Abwesenheit beschmutzt, er hatte Mrs. Durham und Anne beleidigt. Und als er nach Hause kam, erwartete ihn ein noch schlimmerer Schlag; auch gegenüber seiner Familie hatte er sich versündigt. Bisher waren sie nie ins Gewicht gefallen: törichte Menschen, zu denen man nett sein mußte. Sie waren nach wie vor töricht, aber jetzt wagte er es nicht mehr, sich ihnen zu nähern. Zwischen diesen durchschnittlichen Frauen und ihm selbst tat sich ein Abgrund auf, der sie heiligte. Ihr Geschwätz, ihre Streitereien um irgendwelche Vorrechte, ihre Beschwerden über den

Chauffeur, schienen ein schlimmeres Übel zu meinen. Wenn seine Mutter sagte: »Morrie, jetzt laß uns mal nett miteinander sprechen«, blieb sein Herz stehen. Sie spazierten durch den Garten wie vor zehn Jahren, und sie murmelte die Namen von Gemüsesorten. Damals hatte er zu ihr aufgesehen, jetzt sah er auf sie hinunter; jetzt wußte er sehr gut, was es mit dem Gärtnerburschen auf sich hatte. Und jetzt kam Kitty, die immer die Post verteilte, aus dem Haus gelaufen, ein Telegramm in der Hand.

Maurice zitterte vor Ärger und Angst. *Komm zurück, warte heute nacht im Bootshaus, Penge, Alec.* Eine hübsche Nachricht, sehr geeignet, sie über das örtliche Postbüro zu leiten! Vermutlich hatte einer der im Hause beschäftigten Dienstboten ihm Mauricens Anschrift besorgt, da das Telegramm vollständig adressiert war. Eine schöne Bescherung! Sie ermöglichte jede Form von Erpressung, bestenfalls war sie eine unglaubliche Anmaßung. Natürlich würde er gar nicht erst antworten, auch konnte jetzt keine Rede mehr davon sein, Scudder ein Geschenk zu machen. Maurice hatte sich außerhalb seiner eigenen Klasse gestellt, und es geschah ihm recht.

Doch gegen seinen Willen sehnte sich sein Körper die Nacht hindurch nach Alec. Er nannte es Wollust, ein Wort, das schnell ausgesprochen war und im Gegensatz zu seiner Arbeit, seiner Familie, seinen Freunden, seiner Stellung in der Gesellschaft stand. In dieses Bündnis gehörte sicherlich auch sein Verlangen. Denn wenn das Verlangen die gebotenen Grenzen der Gesellschaft überschreiten kann, dann geht die Zivilisation, die wir aufgebaut haben, zugrunde. Aber sein Körper war dadurch nicht zu überzeugen. Das Schicksal hatte ihn allzu gründlich überwältigt. Kein Argument und keine Drohung konnten ihn zum Schweigen bringen, und so telefonierte Maurice am Vormittag zutiefst erschöpft und beschämt mit Mr. Lasker Jones und vereinbarte einen zweiten Termin. Kurz bevor er hinging, erhielt er einen Brief. Dieser traf während des

Frühstücks ein, und er las ihn unter den Augen seiner Mutter. Er lautete wie folgt:

Mr. Maurice. Lieber Sir.
Ich habe beide Nächte im Bootshaus gewartet. Ich habe das Bootshaus vorgeschlagen, da die Leiter weggenommen worden ist und es im Wald zu feucht ist zum Hinlegen. Kommen Sie doch bitte morgen nacht oder die nächste zum Bootshaus, tun Sie vor den anderen Gentlemen so, als wollten Sie einen Spaziergang machen, das ist doch leicht zu bewerkstelligen, dann kommen Sie zum Bootshaus runter. Lieber Sir, lassen Sie mich noch einmal mit Ihnen zusammensein, bevor ich das alte England verlasse, falls es nicht zuviel verlangt ist. Ich habe einen Schlüssel, werde Sie reinlassen. Ich fahre mit der S. S. Normannia am 29. August. Ich sehne mich seit dem Kricketspiel danach, mit Ihnen zu sprechen und einen Arm um Sie zu legen, dann beide Arme um Sie zu legen und mit Ihnen zusammenzusein, das will mir jetzt schöner scheinen, als Worte es ausdrücken können. Ich weiß genau, ich bin nur ein Dienstbote, der sich niemals erlauben darf, Ihre Liebe und Freundlichkeit in Anspruch zu nehmen oder sich irgendwelche Freiheiten herauszunehmen.
Ihr sehr ergebener
A. Scudder
(Wildhüter auf dem Gut des Hochwohlgeborenen C. Durham) Maurice, bist Du abgefahren, weil Du krank geworden bist, wie die Dienstboten im Herrenhaus sagen? Ich hoffe, Du fühlst Dich inzwischen wieder wie sonst. Denk an mich und schreib, falls Du nicht kommen kannst, denn ich kann nicht schlafen und warte jede Nacht auf Dich, so komm ganz gewiß zum Bootshaus in Penge morgen nacht oder, wenn es nicht geht, die nächste.

Also gut, was bedeutete das? Der Satz, auf den Maurice sich versteifte und der ihm der wichtigste schien, lautete: »Ich habe den Schlüssel.« Ja, er hatte ihn, und es existierte ein zweiter, der im Gutshaus aufbewahrt wurde und mit dem ein Komplize, wahrscheinlich Simcox... In diesem Licht interpretierte er den ganzen Brief. Seine Mutter und seine Tante, der Kaffee, den er trank, die College-Tassen im Regal, alle schienen auf ihre Art zu sagen: »Wenn du hingehst, bist du ruiniert, wenn du antwortest, wird dein Brief dazu benutzt werden, Druck auf dich auszuüben. Du bist in einer üblen Lage, aber du hast wenigstens einen Pluspunkt: Er hat nichts Schriftliches von dir in der Hand, und er verläßt England innerhalb von zehn Tagen. Verhalte dich ruhig und hoffe das Beste.« Er schnitt eine Grimasse. Schlachtersöhne und ihresgleichen mögen so tun, als seien sie unschuldig und verliebt, aber sie lesen Polizeiberichte, sie wissen... Wenn er noch einmal etwas hörte, dann mußte er einen zuverlässigen Anwalt konsultieren, so wie er sich wegen seiner emotionalen Schwierigkeiten gerade auf dem Wege zu Lasker Jones befand. Er hatte sich sehr töricht verhalten, aber wenn er seine Karten in den folgenden zehn Tagen vorsichtig ausspielte, dann konnte er die Sache vielleicht durchstehen.

41

Morgen, Doktor. Glauben Sie, Sie können mich diesmal hinkriegen?« eröffnete er die Unterhaltung und legte dabei ein äußerst unbekümmertes Verhalten an den Tag; dann warf er sich in den Stuhl, schloß seine Augen halb und sagte: »Also gut, fangen Sie an.« Er war ganz versessen darauf, geheilt zu werden. Das Wissen um diesen Termin hatte ihm die Kraft verliehen, der Tatsache einer Erpressung ins Auge zu sehen. Wenn er erst normal war, konnte er dem Erpresser die Stirn bieten. Er sehnte den Trancezustand herbei, in dem seine Persönlichkeit schmelzen und sich unmerklich verändern würde. Zumindest gewann er fünf Minuten des Vergessens, während der Wille des Arztes sich bemühte, den seinen zu durchdringen.

»Ich werde sofort anfangen, Mr. Hall. Zuerst erzählen Sie mir einmal, wie es Ihnen ergangen ist?«

»Oh, wie üblich. Frische Luft und ein bißchen Sport, wie Sie mir geraten haben. Alles in bester Ordnung.«

»Haben Sie irgendein Vergnügen an weiblicher Gesellschaft gefunden?«

»In Penge waren einige Damen. Ich bin nur eine Nacht dort geblieben. An dem Tag, nachdem wir uns gesehen haben, am Freitag, bin ich nach London – das heißt nach Hause – zurückgekehrt.«

»Ich dachte, Sie hätten beabsichtigt, länger bei Ihren Freunden zu bleiben.«

»Ja, ich glaube, Sie haben recht.«

Dann setzte sich Lasker Jones auf die Armlehne seines Stuhls. »Entspannen Sie sich jetzt«, sagte er ruhig.

»Gern.«

Er wiederholte die einzelnen Stadien. Maurice blickte, wie beim letzten Mal, auf das Kaminbesteck.

»Mr. Hall, geraten Sie in einen Trancezustand?«

Es entstand ein langes Schweigen, das von Maurice unter-

brochen wurde, der selbstkritisch sagte: »Ich bin mir nicht ganz sicher.«
Sie versuchten es noch einmal.
»Ist das Zimmer überhaupt dunkel, Mr. Hall?«
Maurice sagte, in der Hoffnung, daß dem so sein würde: »Ein bißchen.« Und es wurde tatsächlich ein wenig dunkler.
»Was sehen Sie?«
»Nun, wenn es dunkel ist, kann man von mir nicht erwarten, daß ich etwas sehe.«
»Was haben Sie das letzte Mal gesehen?«
»Ein Bild.«
»Recht so, und was sonst noch?«
»Was sonst noch?«
»Was sonst noch? Einen R ... einen ...«
»Einen Riß im Teppich.«
»Und dann?«
Maurice setzte sich ein wenig anders hin, dann sagte er: »Ich sprang hinüber.«
»Und dann?«
Er schwieg.
»Und dann?« wiederholte die einschmeichelnde Stimme.
»Ich höre Sie sehr gut«, sagte Maurice. »Das Dumme dabei ist nur, daß ich noch nicht weggetreten bin. Zu Beginn war ich vielleicht ein wenig benebelt, aber jetzt bin ich ebenso wach wie Sie. Sie sollten es vielleicht noch einmal versuchen.«
Sie versuchten es noch einmal, allerdings ohne Erfolg.
»Was kann denn passiert sein, verdammt nochmal? Beim vorigen Mal haben Sie meinen Willen beim ersten Versuch ausschalten können. Haben Sie eine Erklärung dafür?«
»Sie sollten mir keinen Widerstand leisten.«
»Verdammt noch mal, das tue ich doch gar nicht.«
»Sie sind weniger beeinflußbar als beim vorigen Mal.«
»Ich weiß nicht, was das zu bedeuten hat, ich bin schließlich kein Experte, aber ich schwöre bei meiner Seele, daß

ich gerne geheilt werden möchte. Ich will so sein wie andere Männer, nicht wie diese Außenseiter, die niemand wünscht ...«

Sie versuchten es erneut.

»Dann bin ich also einer unter Ihren fünfundzwanzig Prozent Fehlschlägen?«

»In der vorigen Woche bin ich mit Ihnen ein bißchen vorangekommen, aber diese unvermuteten Enttäuschungen gibt es.«

»Ich bin also eine unvermutete Enttäuschung für Sie? Bitte geben Sie sich nicht geschlagen, geben Sie nicht auf«, er lachte laut und gekünstelt.

»Ich habe nicht vor aufzugeben, Mr. Hall.«

Und wieder gelang es ihnen nicht.

»Und was soll jetzt aus mir werden?« fragte Maurice, dessen Stimme plötzlich hoffnungslos klang. Er war verzweifelt, aber Mr. Lasker Jones hatte auf jede Frage eine Antwort.

»Ich fürchte, ich kann Ihnen nur den Ratschlag geben, in ein Land zu gehen, wo der Code Napoléon gilt«, meinte er.

»Ich verstehe nicht.«

»Frankreich oder Italien zum Beispiel. Dort gilt die Homosexualität nicht mehr als kriminell.«

»Sie meinen, ein Franzose kann mit einem Freund zusammensein, und er kommt deshalb nicht ins Gefängnis?«

»Zusammensein? Sie meinen geschlechtlich miteinander verkehren? Wenn beide mündig sind und öffentliches Ärgernis vermeiden, sicherlich.«

»Wird es ein derartiges Gesetz je in England geben?«

»Ich bezweifle es, England neigte noch nie dazu, die menschliche Natur zu akzeptieren.«

Maurice verstand. Er war selbst Engländer, und allein seine Probleme rüttelten ihn immer wieder wach. Er lächelte traurig. »Es läuft also darauf hinaus: Es hat immer Leute wie mich gegeben, und es wird sie weiterhin geben, und meistens sind sie verfolgt worden.«

»So ist es, Mr. Hall; oder wie die Psychiatrie es auszudrükken beliebt: Es hat seit jeher jede nur vorstellbare Spielart von Persönlichkeit gegeben, es gibt sie noch und wird sie immer geben. Und Sie sollten sich daran erinnern, daß die Leute der Spielart, zu der Sie gehören, in England früher zum Tode verurteilt worden sind.«
»Tatsächlich? Andererseits konnten sie aber auch fortgehen. England war schließlich nicht so dicht besiedelt und lückenlos überwacht. Männer, die so sind wie ich, konnten sich in die Wälder schlagen.«
»Wirklich? Das wußte ich nicht.«
»Oh, ich habe es mir nur so zurechtgelegt«, sagte Maurice und schob die Behandlungsgebühr auf den Tisch. »Bei den Griechen scheint es noch mehr gegeben zu haben – die Thebaische Legion – und all die übrigen. Nun, das unterschied sich nicht sehr davon. Ich weiß nicht, wie sie anders hätten zusammenhalten können – vor allem wo sie aus derart verschiedenen sozialen Klassen stammten.«
»Eine interessante Theorie.«
Wieder lösten sich die Wörter ohne sein Zutun von ihm, und er sagte: »Ich bin Ihnen gegenüber nicht offen gewesen.«
»In der Tat, Mr. Hall.«
Was für eine Wohltat war dieser Mann! Wissenschaft ist besser als Mitgefühl, solange es sich wirklich um Wissenschaft handelt.
»Seit ich das letzte Mal hier war, hatte ich eine Eskapade mit einem... Er ist ein einfacher Wildhüter. Ich weiß nicht, was ich tun soll.«
»Ich kann Ihnen in einer solchen Sache kaum einen Ratschlag erteilen.«
»Das weiß ich. Aber vielleicht können Sie mir sagen, ob er es ist, der mich davon abhält, in Trance zu fallen. Ich habe es mir beinahe gedacht.«
»Niemand kann gegen seinen Willen in Trance versetzt werden, Mr. Hall.«

»Ich hatte das Gefühl, als hindere er mich daran, und ich wollte – es klingt vielleicht verrückt –, daß ich nicht zufällig einen Brief von ihm in der Tasche hätte: Lesen Sie ihn nur, da ich Ihnen schon soviel davon erzählt habe. Ich habe das Gefühl, mich auf einem Vulkan zu bewegen. Er ist ein ungebildeter Mann; er hat mich in seiner Gewalt. Würde er vor Gericht über einen Beweis verfügen?«

»Ich bin kein Rechtsanwalt«, kam unverändert die Stimme, »aber ich finde nicht, daß man diesen Brief so auslegen kann, als enthielte er eine Drohung. Sie sollten sich deswegen mit Ihrem Rechtsanwalt beraten, nicht mit mir.«

»Es tut mir leid, aber das Gespräch hat mich erleichtert. Ich überlege, ob Sie nicht so nett sein könnten, mich noch einmal zu hypnotisieren. Ich habe das Gefühl, jetzt, da ich Ihnen alles erzählt habe, könnte es gelingen. Ich hatte gehofft, geheilt zu werden, ohne mich selbst aufgeben zu müssen. Gibt es so etwas, daß Menschen durch Träume jeden in ihre Macht bekommen, den sie wollen?«

»Ich werde es unter der Bedingung versuchen, daß Ihr Geständnis diesmal erschöpfend ist. Sonst vergeuden Sie sowohl meine Zeit als auch die Ihre.«

Es war erschöpfend. Er schonte weder seinen Liebhaber noch sich selbst. Als er alle Einzelheiten ausgebreitet hatte, erschien ihm das vollkommene Glück jener Nacht als eine flüchtige Schändlichkeit, so wie sein Vater dreißig Jahre zuvor einer anderen Schändlichkeit gefrönt hatte.

»Setzen Sie sich noch einmal hin.«

Maurice vernahm ein leises Geräusch und ließ sich ablenken.

»Es sind nur meine Kinder, sie spielen über uns.«

»Ich glaubte schon fast, es spukt.«

»Es sind bloß die Kinder.«

Wieder wurde es still. Die Nachmittagssonne fiel gelb durch das Fenster auf das Schreibpult.

Diesmal konzentrierte Maurice seine Aufmerksamkeit

darauf. Bevor sie wieder anfingen, nahm der Arzt Alecs Brief und verbrannte ihn vor seinen Augen feierlich zu Asche.

Nichts geschah.

42

Indem er dem Körper nachgab, hatte Maurice die Verirrung seiner Seele bestärkt – dieses Wort gebrauchte der Arzt in seinem abschließenden Urteil – und sich damit selbst aus der Gemeinschaft der normalen Menschen ausgeschlossen. In seiner Verwirrung stammelte er: »Ich möchte gerne wissen – was ich Ihnen nicht sagen kann, und auch Sie mir nicht –, wie konnte ein Bursche vom Lande wie dieser, soviel über mich wissen? Warum ist er ausgerechnet in der Nacht über mich gekommen, als ich am schwächsten war? Ich hätte ihm nie erlaubt, mich anzufassen, wenn mein Freund im Haus gewesen wäre, denn ich bin schließlich, verdammt nochmal, mehr oder weniger ein Gentleman – Internat, Universität und so weiter. Ich kann immer noch nicht glauben, daß ich ausgerechnet mit ihm zusammen war.« Er bedauerte, daß er Clive in der Stunde ihrer Leidenschaft nicht besessen hatte und gab damit seine letzte Deckung auf, während der Arzt mechanisch sagte: »Frische Luft und Sport könnten dennoch Wunder tun.« Der Arzt wollte zur Behandlung seiner nächsten Patienten übergehen, und er interessierte sich nicht für Männer wie Maurice. Er war nicht schockiert wie Dr. Barry, aber er war gelangweilt und würde nie mehr an diesen jungen Homosexuellen denken.

Auf der Türschwelle fand Maurice wieder zu sich – vielleicht zu seinem alten Selbst, denn als er weiterging, sprach eine Stimme aus der Tiefe seiner Demütigung, und ihr Tonfall erinnerte ihn an Cambridge; eine verwegene, jugendliche Stimme, die ihn verspottete, ein Narr zu sein. »Diesmal hast du dich selbst reingelegt«, schien sie zu sagen, und während er außerhalb des Parks stehenblieb, weil der König und die Königin vorbeifuhren, verabscheute er sie in dem Moment, als er seinen Kopf entblößte. Es war, als hätte die Schranke, die ihn von seinen Standesgenossen

trennte, plötzlich eine andere Qualität. Er fürchtete oder schämte sich nicht mehr. Nach allem, was geschehen war, waren die Wälder und die Nacht auf seiner Seite, nicht auf ihrer; sie, und nicht er, befanden sich innerhalb einer Umzäunung. Er hatte sich falsch verhalten und wurde nach wie vor dafür bestraft – falsch aber nur, weil er versucht hatte, das Beste aus beiden Welten zu bekommen.
»Aber ich gehöre zu meiner Klasse, das steht fest«, beharrte er.
»Sehr gut«, sagte sein altes Selbst. »Geh jetzt nach Hause und denk morgen früh daran, daß du den 8-Uhr-36-Zug zum Büro nicht verpaßt, denn die Ferien sind vorbei, vergiß es nicht, und denk daran, daß du dich nie mehr nach Sherwood umdrehst, wie ich es vielleicht tue.«
»Ich bin doch kein Dichter, ein solcher Narr bin ich nicht ...«
Der König und die Königin verschwanden in ihrem Palast, die Sonne ging hinter den Parkbäumen, die zu einer riesigen Gestalt mit Fingern und Fäusten aus Laub verschmolzen, unter.
»Das Leben auf Erden, Maurice, gehörst du nicht dazu?«
»Nun, was nennst du das ›Leben auf Erden‹ – es sollte dasselbe sein wie mein tägliches Leben –, dasselbe wie das Leben in der Gemeinschaft der Menschen. Das Nächste sollte auf dem Vorhergehenden gründen, wie Clive einmal sagte.«
»Bravo. Unglücklicherweise nehmen die Tatsachen keine Rücksicht auf Clive.«
»Wie auch immer, ich muß zu meiner Klasse halten.«
»Es wird Nacht – mach schnell – nimm ein Taxi – so schnell wie dein Vater, bevor die Türen zufallen.« Er rief ein Taxi herbei und erreichte den 6-Uhr-20-Zug. Auf der ledernen Ablage in der Halle erwartete ihn ein weiterer Brief von Scudder. Er erkannte die Handschrift sofort, das ›Mr. M. Hall‹ statt eines ›S. H.‹, die Briefmarken schief und krumm aufgeklebt. Er war erschrocken und verärgert,

aber nicht in dem Maße, wie er es heute morgen gewesen wäre, denn obwohl die Wissenschaft an ihm verzweifelte, verzweifelte er inzwischen weniger an sich selbst. Ist eine wirkliche Hölle am Ende nicht besser als ein erdichteter Himmel? Er bedauerte nicht, sich dem Einfluß von Mr. Lasker Jones entzogen zu haben. Er steckte den Brief in die Tasche seiner Smokingjacke, wo er, ungelesen, schwer lastete, während er Karten spielte und erfuhr, auf welche Weise der Chauffeur gekündigt hatte: Man könne sich überhaupt nicht vorstellen, wie weit es mit den Dienstboten noch kommen solle. Auf seinen Einwand, Dienstboten seien vielleicht auch aus Fleisch und Blut, antwortete seine Tante mit einem laut hingeworfenen: »Das sind sie eben nicht.« Als sie zu Bett gingen, küßte er seine Mutter und Kitty ohne Angst, sie zu beschmutzen; ihre kurzlebige Unverletzbarkeit war vorbei, und alles, was sie taten und sagten, war wieder bedeutungslos geworden. Er schloß die Tür ab, nicht aus Furcht, daß ihm jemand nachspionierte, und starrte fünf Minuten lang in die vorstädtische Nacht hinaus. Er hörte die Eulen, das entfernte Läuten einer Straßenbahn, aber sein Herz übertönte alles. Der Brief war verdammt lang. Ihm wurde heiß, als er ihn entfaltete, aber sein Kopf blieb kühl, und es gelang ihm, den Brief als ein Ganzes zu lesen und nicht bloß Satz für Satz.

Mr. Hall, Mr. Borenius hat gerade mit mir gesprochen. Sir, Sie behandeln mich nicht anständig. Ich fahre nächste Woche mit der S. S. Normannia. Ich schrieb Ihnen, daß ich fortgehe, es ist nicht anständig, daß Sie mir nie geschrieben haben. Ich komme aus einer ehrbaren Familie, ich finde es nicht anständig, mich wie einen Hund zu behandeln. Mein Vater ist ein ehrbarer Kaufmann. Ich gehe fort, um mich in Argentinien selbständig zu machen. Sie sagen: »Alec, du bist ein netter Bursche«; aber Sie schreiben nicht. Ich weiß über Sie und Mr. Durham Bescheid. *Warum sagen Sie: »Nenn mich Maurice« und behandeln mich dann so wenig anstän-*

dig? Mr. Hall, ich komme am Donnerstag nach London. Wenn Sie mich nicht bei sich zu Hause sehen wollen, sagen Sie, wo in London, Sie sollten sich lieber mit mir treffen – Sie könnten es sonst bereuen. Sir, hier ist nichts Wichtiges geschehen, seit Sie Penge verlassen haben. Die Kricketsaison scheint vorüber zu sein, was sehr früh ist. Hat Mr. Borenius wegen gewisser Mädchen mit Ihnen gesprochen? Ich kann nichts dafür, ein ungehobelter Draufgänger zu sein, das ist eben die Natur von manchen Männern, aber Sie sollten mich nicht behandeln wie einen Hund. Es war, bevor Sie kamen. Es ist nur natürlich, ein Mädchen zu wollen, Sie können nicht gegen die menschliche Natur angehen. Mr. Borenius hat das mit den Mädchen rausgekriegt, als wir den neuen Konfirmationsunterricht angefangen haben. Er hat gerade mit mir gesprochen. Ich bin noch nie auf diese Weise mit einem Gentleman zusammengewesen. Waren Sie verärgert, so früh gestört zu werden? Sir, es war Ihr Fehler, Sie lagen mit Ihrem Kopf auf mir. Ich mußte zu meiner Arbeit, ich war der Dienstbote von Mr. Durham, nicht von Ihnen. Ich bin nicht Ihr Dienstbote, ich will nicht wie Ihr Dienstbote behandelt werden. Es ist mir egal, wenn die Leute Bescheid wissen. Ich will Respekt zeigen, nur wo es angebracht ist, *das heißt bei Gentlemen, die Gentlemen sind. Simcox sagt: »Mr. Hall sagt, er will als achter eingesetzt werden.« Ich habe Sie als fünften eingesetzt, aber ich war Spielführer, und Sie haben kein Recht, mich deswegen so schlecht zu behandeln.*
Ihr sehr ergebener
A. Scudder
P. S.: Ich weiß etwas über Sie.

Dieser letzte Satz war der entscheidende, und doch gelang es Maurice, über den Brief insgesamt nachzudenken. Offensichtlich kursierte widerlicher Klatsch unter den Dienstboten über ihn und Clive, aber war das jetzt nicht egal? Was machte es schon aus, wenn man ihnen im blauen Zimmer oder zwischen dem Farn nachspioniert

und alles falsch ausgelegt hätte? Ihn interessierte die Gegenwart. Warum hatte Scudder diesen Klatsch erwähnt? Was führte er im Schilde? Warum hatte er solche Wörter gebraucht, einige schmutzige, viele törichte, einige sehr nette? Beim Lesen des Briefes dachte Maurice daran, diesen Unrat seinem Anwalt hinzuwerfen, aber als er ihn hinlegte und seine Pfeife nahm, schien es ihm ein Brief zu sein, wie er selbst ihn hätte schreiben können. Wirr? Was bedeutete wirr? Wenn er es war, dann paßte es zu ihm! Er wollte keinen solchen Brief, er wußte nicht, was Scudder mit diesem Brief beabsichtigte – wahrscheinlich ein halbes Dutzend Dinge –, aber er konnte nicht einfach kalt und gefühllos darüber hinweggehen, so wie Clive es ihm gegenüber im Zusammenhang mit der ursprünglichen *Symposion*-Geschichte getan hatte, und argumentieren: »Hier liegt eine bestimmte Aussage vor, ich werde dich deswegen rankriegen.« Er antwortete:
A. S. Ja. Triff mich Dienstag fünf Uhr nachmittags Eingang Britisches Museum. B. M. ein großes Gebäude. Jeder kann dir sagen, wo es ist. M. C. H.
Dies schien ihm das Sinnvollste zu sein. Beide waren sie Außenseiter, und wenn es zu einem Streit kam, mußten sie ihn nicht der Gesellschaft zuliebe austragen. Den Treffpunkt hatte er deshalb gewählt, weil es unwahrscheinlich war, daß sie dort von einem Bekannten gestört werden könnten. Armes B. M., so feierlich und tugendhaft! Der junge Mann lächelte, und sein Gesicht bekam einen spitzbübischen und glücklichen Ausdruck. Er lächelte auch bei dem Gedanken daran, daß Clive nun doch nicht ganz aus diesem Schmutz herausgehalten worden war, und obwohl seine Gesichtszüge sich jetzt verhärteten und verfinsterten, tauchte er aus diesem ein Jahr lang dauernden Leiden doch unverletzt auf.
Seine neuerworbene Kraft hielt auch noch am nächsten Morgen an, als er wieder zur Arbeit fuhr. Vor seinem Fehlschlag mit Lasker Jones hatte er die Arbeit als ein

Privileg angesehen, dessen er fast unwürdig war. Sie mußte ihn rehabilitieren, so daß er zu Hause seinen Kopf hochhalten konnte. Aber jetzt zerbröckelte auch das, und wieder wollte er auflachen, und er fragte sich, warum er das alles so lange mitgemacht hatte. Die Kundschaft der Firma Hill und Hall setzte sich aus Leuten der Mittelschicht zusammen, deren höchster Wunsch es zu sein schien, Sicherheit zu finden – dauerhafte Sicherheit –, kein Schutzdach, das man in der Dunkelheit zu erreichen sucht, weil man sich fürchtet, sondern Sicherheit überall und immer, bis man vergaß, daß es Himmel und Erde gab, Sicherheit vor Armut und Krankheit und Gewalt und Grobheit; und demzufolge auch vor Glück; diesen Tribut heimste der liebe Gott nebenbei ein. Er sah ihren Gesichtern ebenso wie den Gesichtern der Angestellten und seiner Partner an, daß sie nie wirkliches Glück kennengelernt hatten. Die Gesellschaft hatte zu lückenlos für sie gesorgt. Sie hatten nie gekämpft, und nur Kampf bindet Gefühl und Wollust zur Liebe zusammen. Maurice wäre ein guter Liebhaber gewesen. Er hätte wirkliche Freude geben und empfangen können. Aber bei diesen Menschen waren die Fäden nicht miteinander verknüpft; sie verhielten sich entweder albern oder obszön, und in seiner gegenwärtigen Stimmung verabscheute er das letztere weniger. Die Leute pflegten zu ihm zu kommen und ihn nach einer risikolosen sechsprozentigen Sicherheit zu fragen. Er pflegte ihnen zu antworten: »Wenn man sich wirklich für etwas interessiert, so ist das immer mit einem gewissen Risiko verbunden – anders geht es nicht.« Und schließlich pflegten sie zu fragen: »Wie sähe es aus, wenn ich den Großteil meines Geldes für vier Prozent investiere und mit einem restlichen Hunderter spekuliere?«
Sogar hier setzten sie auf ein kleines Laster – nicht zu viel, damit ihre häuslichen Angelegenheiten nicht durcheinandergerieten, aber genug, um zu zeigen, daß ihre

Tugend nichts als Schwindel war. Und bis gestern hatte er sich vor ihnen geduckt.
Warum sollte er für solche Menschen arbeiten? Er fing an, über die Moral seines Berufes wie ein neunmalkluger Student im ersten Semester zu diskutieren, aber die Leute in seinem Eisenbahnabteil nahmen ihn nicht ernst. »Der junge Hall ist ganz in Ordnung«, lautete das Urteil. »Er wird nie einen einzigen Kunden verlieren. Er nicht.« Und sie diagnostizierten einen Zynismus, der für einen Geschäftsmann nicht unpassend war. »Und die ganze Zeit über investiert er beharrlich, wetten? Erinnern Sie sich noch an sein elendes Gerede vom Frühjahr?«

43

Der Regen strömte wie gewöhnlich herab, trommelte auf eine Million Dächer und verhinderte den Zustrom frischer Luft. Er drückte den Rauch nach unten, und die Benzinschwaden und die Ausdünstungen nasser Kleider mischten sich und waberten durch die Straßen Londons. Der Regen rauschte ununterbrochen in den großen Vorhof des Museums nieder, prasselte auf die schmutzigen Tauben und auf die Helme der Polizisten. So dunkel war der Nachmittag, daß einige Lampen im Inneren des Gebäudes eingeschaltet waren,und das große Gebäude erinnerte an ein Grab, das auf wunderbare Weise von den Seelen der Toten erleuchtet wurde.

Alec kam als erster, nicht mehr in Kordhosen, sondern in einem neuen blauen Anzug und mit einem Bowler – Teil seiner Ausstattung für Argentinien. Er entstammte – genau wie er geprahlt hatte – einer ehrbaren Familie: Gastwirte, kleine Händler – es war eher dem Zufall zuzuschreiben gewesen, daß er den Eindruck eines ungezähmten Sohnes der Wälder hervorgerufen hatte. Er mochte die Wälder und die frische Luft und das Wasser, er mochte sie lieber als alles andere auf der Welt, und er mochte es, Leben zu schützen oder zu zerstören, aber andererseits boten die Wälder nicht viele Möglichkeiten, und junge Männer, die weiterkommen wollten, waren gezwungen, sie zu verlassen. Er war blindlings entschlossen, jetzt weiterzukommen. Das Schicksal hatte ihm eine Schlinge in die Hände gespielt, und er beabsichtigte, sie zuzuziehen. Er stapfte mit schweren Schritten über den Hof, dann nahm er die Stufen mit ein paar Sprüngen. Nachdem er sich unter das Schutzdach des Säulengangs geflüchtet hatte, stand er reglos da, nur seine Blicke streiften unruhig hin und her. Dieses plötzliche Stillhalten war typisch für den Mann, der sich stets vorwärtsbewegte, wie jemand, der dauernd in ein Geplänkel verwickelt ist, immer »auf Draht« war, wie Clive es in seinem schriftlichen Zeugnis formuliert hatte: »Während der fünf Monate, in denen A. Scudder in meinen Diensten stand, habe ich ihn als pünktlichen und fleißigen Menschen kennengelernt.«: Eigenschaften, die er jetzt einzusetzen beabsichtigte. Als das Opfer auftauchte, wurde er halb grausam, halb ängstlich. Gentlemen kannte er, Gleichgestellte auch; was für ein Mensch war dieser Mr. Hall, der zu ihm sagte: »Nenn mich Maurice«? Seine Augen zu Schlitzen verengt stand er da, als warte er vor dem Hauptportal von Penge auf Anordnungen.

Maurice begann den gefährlichsten Tag seines Lebens ohne einen Plan, dennoch war sein Verstand dauernd in Bewegung, wie Muskeln unter einer gesunden Haut. Er flüchtete nicht in Überheblichkeit, aber er fühlte sich fit, begierig darauf, das Spiel zu spielen, und er hoffte, wie es einem Engländer geziemt, daß sein Widersacher sich ebenfalls fit fühlte. Er wollte gerne anständig sein, er hatte keine Angst. Als er Alecs Gesicht in der schmutzigen Londoner Luft leuchten sah, zuckte seines leicht, und er beschloß, nicht zu schlagen, bevor er nicht geschlagen wurde.

»Da bist du ja«, sagte er und hob ein Paar Handschuhe an seinen Hut. »Dieser Regen ist das Letzte. Laß uns drinnen sprechen.«

»Wo Sie wollen.«

Maurice sah ihn einigermaßen freundlich an, und sie betraten das Gebäude. In dem Augenblick, in dem sie hineingingen, warf Alec seinen Kopf zurück und nieste wie ein Löwe.

»Eine Erkältung eingefangen? Es ist das Wetter.«

»Was ist das überhaupt für ein Gebäude?« fragte Alec.

»Alles alte Sachen, die der Nation gehören.« In dem Flügel der römischen Kaiser blieben sie stehen. »Ja, das Wetter ist schlecht, es gab nur zwei schöne Tage. Und eine schöne

Nacht«, fügte er spitzbübisch hinzu, selbst darüber überrascht.
Aber Alec ging nicht darauf ein. Es war nicht die Eröffnung, wie er sie sich gewünscht hatte. Er wartete auf Anzeichen von Angst, so daß die niedriggesinnte Seite in ihm losschlagen könne. Er tat so, als verstünde er die Anspielung nicht, und nieste noch einmal. Das Echo hallte durch die Gänge, und sein verkrampftes und verzerrtes Gesicht nahm plötzlich den Ausdruck von Hunger an.
»Ich war froh, daß du mir ein zweites Mal geschrieben hast. Ich mochte deine beiden Briefe. Ich bin nicht beleidigt – du hast niemals etwas Schlechtes getan. Die Sache mit dem Kricketspiel und alles übrige hast du mißverstanden. Ich kann dir geradeheraus sagen, daß ich gerne mit dir zusammen gewesen bin, falls der Hund dort begraben liegt. Ist es so? Ich möchte, daß du es mir sagst. Ich weiß es einfach nicht.«
»Und was ist das hier? *Das* ist kein Mißverständnis.« Er zeigte bedeutungsvoll auf seine Jackentasche. »Ihr Brief. Und Sie und der Gutsherr – *das* ist kein Mißverständnis – manche wünschen vielleicht, es sei eins.«
»Laß das, das hat nichts damit zu tun«, sagte Maurice, ohne dabei jedoch ungehalten zu sein, und er fand es merkwürdig, daß er es nicht war, daß sogar jener Clive von Cambridge seinen Status als Heiliger verloren hatte.
»Mr. Hall, Sie geben mir wahrscheinlich zu, daß Sie nicht sehr glücklich darüber wären, wenn gewisse Dinge herauskämen.«
Maurice hielt es für das Sinnvollste, so zu tun, als verstehe er nicht.
Alec tastete sich weiter voran, um eine Stelle zu finden, wo er zuschnappen könne. »Und was schlimmer ist, ich bin immer ein ehrbarer junger Bursche gewesen, bis Sie mich in Ihr Zimmer gerufen haben, um sich zu amüsieren. Es ist nicht sehr fair, daß ein Gentleman einen in den Dreck zieht. So zumindest sieht mein Bruder es.« Er zögerte, als

er diese letzten Worte aussprach. »Um die Wahrheit zu sagen, mein Bruder wartet draußen. Er wollte kommen und selbst mit Ihnen sprechen, er hat mich furchtbar ausgeschimpft, aber ich habe ihm gesagt: ›Nein, Fred, nein. Mr. Hall ist ein Gentleman, und man kann ihm vertrauen, er wird sich auch wie einer verhalten, also überlaß ihn mir‹, habe ich gesagt, ›und Mr. Durham ist auch ein Gentleman, er war immer einer und wird immer einer sein.‹«

»Was Mr. Durham anbetrifft«, sagte Maurice, der sich genötigt fühlte, auf diesen Punkt einzugehen, »so ist es völlig richtig, daß ich mich einmal für ihn interessiert habe und er sich für mich, aber er hat sich verändert, und jetzt interessiert er sich nicht mehr für mich und ich mich nicht mehr für ihn. Die Sache ist zu Ende.«

»Zu Ende, wieso?«

»Es ist das Ende unserer Freundschaft.«

»Mr. Hall, haben Sie gehört, was ich gesagt habe?«

»Ich höre alles, was du sagst«, antwortete Maurice nachdenklich und fuhr in demselben Tonfall fort: »Scudder, warum glaubst du, daß es ›natürlich‹ ist, sich sowohl für Frauen als auch für Männer zu interessieren? Das hast du in deinem Brief geschrieben. Für mich ist das nicht natürlich. Ich bin wirklich zu der Überzeugung gelangt, daß man mit ›natürlich‹ nur sich selbst meint.«

Der Mann schien interessiert. »Dann könnten Sie also keine Kinder kriegen?« fragte er grob.

»Ich war bei zwei Ärzten deswegen. Beide haben mir nicht geholfen.«

»Dann können Sie es nicht?«

»Nein, ich kann es nicht.«

»Wünschen Sie sich welche?« fragte er, und es klang feindselig.

»Es bringt nicht viel, sich etwas zu wünschen.«

»Ich könnte morgen heiraten, wenn ich wollte«, prahlte der andere. Während er sprach, erblickte er einen geflügelten assyrischen Stier, und sein Gesichtsausdruck wechselte zu einem naiven Staunen. »Der ist ganz schön groß«, meinte er. »Die Leute müssen ja eine phantastische Technik gehabt haben, um so ein Ding zu machen.«

»Ich glaube schon«, sagte Maurice, der von dem Stier ebenfalls beeindruckt war. »Ich weiß es nicht. Hier ist noch ein anderer.«

»Ein Paar sozusagen. Ob die wohl irgendwo als Dekoration dienten?«

»Dieser hier hat fünf Beine.«

»Meiner auch. Komischer Einfall.« Sie standen jeder bei ihrem Ungeheuer, sahen sich gegenseitig an und lächelten. Dann verhärtete sich Scudders Gesichtsausdruck wieder, und er sagte: »Es hat keinen Zweck, Mr. Hall. Ich durchschaue Ihr Spiel, aber Sie werden mich nicht zweimal zum Narren halten, und Sie täten besser daran, sich höflich mit mir zu unterhalten und nicht auf Fred zu warten, das kann ich Ihnen versichern. Sie haben Ihren Spaß gehabt, und Sie werden dafür bezahlen.« Er sah hübsch aus, als er drohte, – bis hin zu seinen Pupillen, die geradezu teuflisch leuchteten. Maurice starrte ihn freundlich, aber durchdringend an. Das Resultat des Ausbruchs war gleich null. Die Worte fielen wie Schmutzpartikel zu Boden. Er murmelte etwas wie: »Ich gehe ein bißchen beiseite, damit Sie die Sache überdenken können, und setzte sich auf eine Bank. Maurice gesellte sich kurz darauf zu ihm. Und fast zwanzig Minuten vergingen: Sie wanderten von Raum zu Raum, als seien sie auf der Suche nach etwas Bestimmtem. Sie schauten sich eine Gottheit oder eine Vase an, dann gingen sie aus irgendeinem Antrieb weiter, und ihr Gleichklang war um so merkwürdiger, da sie sich, oberflächlich gesehen, im Kriegszustand befanden. Alec wiederholte seine bösen und heimtückischen Andeutungen, aber sie entweihten das dazwischenliegende Schweigen aus irgendeinem Grunde nicht, und Maurice gelang es nicht, ängstlich oder ärgerlich zu werden; er bedauerte lediglich, daß ein Mensch überhaupt in eine solche Klemme geraten konnte. Während er sich zu einer Antwort entschloß, trafen sich ihre Blicke, und sein Lächeln spiegelte sich bisweilen auf den Lippen seines Widersachers wider. Der Eindruck verstärkte sich, daß die gegenwärtige Situation einer Sackgasse glich – beinahe einem Streich –, und etwas Wirkliches verbarg, das sich beide herbeiwünschten. Ernsthaft und gut gelaunt behauptete Maurice weiterhin seine Stellung, und wenn er nicht in die Offensive ging, dann deshalb, weil sein Blut nicht erhitzt war. Um es in Wallung zu bringen, war ein Schock von außen notwendig, und ein Zufall lieferte ihn.

Er beugte sich gerade mit gerunzelter Stirn über ein Modell der Akropolis und murmelte: »Ach ja, so ist das, so ist das also.« Ein Herr in seiner Nähe hörte ihn, schreckte hoch, starrte durch seine dicken Brillengläser und sagte: »Aber gewiß doch! Gesichter mag ich ja vergessen, aber niemals eine Stimme. Gewiß doch! Sie sind einer unserer Ehemaligen.« Es war Mr. Ducie.

Maurice erwiderte nichts. Alec schlich näher heran, damit ihm nichts entging.

»Sie waren bestimmt auf der Schule von Mr. Abrahams. Nein, warten Sie! Nennen Sie mir nicht Ihren Namen. Ich möchte mich an ihn erinnern. Ich werde mich an ihn erinnern. Sie sind nicht Sanday, Sie sind nicht Gibbs. Ich weiß, ich weiß. Es ist Wimbleby.«

Wie sah es Mr. Ducie doch ähnlich, alles durcheinanderzubringen! Auf seinen eigenen Namen hätte Maurice reagiert, aber jetzt neigte er dazu, zu lügen; er war der endlosen Mißverständnisse müde, er hatte zu sehr unter ihnen gelitten. Er erwiderte: »Nein, mein Name ist Scudder.« Diese Richtigstellung entschlüpfte ihm einfach, sie war die erstbeste, die ihm einfiel. Sie lag zum Gebrauch bereit, und als er sie aussprach, wußte er warum. Aber im Augenblick seiner Erleuchtung sprach Alec. »Das stimmt nicht«, sagte er zu Mr. Ducie, »und außerdem habe ich

eine schwerwiegende Beschuldigung gegen diesen Herrn vorzubringen.«
»Ja, schrecklich schwerwiegend«, meinte Maurice und legte einen Arm um Alecs Schultern, so daß seine Finger ihn im Nacken berührten, was er nur deshalb tat, weil er es gerne wollte, aus keinem anderen Grund.
Mr. Ducie nahm keine Notiz davon. Er war ein argloser Mann und vermutete einen ausgefallenen Scherz. Der schwarzhaarige Bursche, der wie ein Gentleman aussah, konnte nicht Wimbleby sein, wenn er behauptete, es nicht zu sein. Und so sagte er: »Es tut mir schrecklich leid, Sir, ich irre mich so selten«, und dann, entschlossen, zu demonstrieren, daß er kein alter Narr sei, sprach er das schweigsame Paar auf das Britische Museum an – es sei nicht bloß eine Sammlung von Zeugen der Vergangenheit, sondern ein in sich geschlossenes Ganzes, das man... hm..., die weniger Begüterten natürlich ganz genauso – ein anregender Ort – es werfe sogar in den Köpfen unmündiger Jungen Fragen auf, die beantwortet werden, wenn auch zweifellos unzulänglich – bis eine geduldige Stimme sagte: »Ben, wir warten«, und Mr. Ducie sich wieder zu seiner Frau gesellte.
Währenddessen zog Alec sich zurück und murmelte: »Es ist gut..., ich werde Sie jetzt nicht länger belästigen.«
»Wo willst du mit deiner schwerwiegenden Beschuldigung hin?« fragte Maurice, und er wurde plötzlich wütend.
»Ich weiß nicht.« Er sah sich um, seine farbige Erscheinung stach gegen die vollkommenen, aber blutlosen Heroen ab, die nie Verwirrung oder Niedertracht kennengelernt hatten. »Machen Sie sich keine Sorgen. Ich werde Sie nie mehr belästigen, Sie haben zuviel Schneid.«
»Verfluchter Schneid«, sagte Maurice in einer Aufwallung von Zorn.
»Es hat keinen Zweck mehr...« Er schlug sich auf den Mund. »Ich weiß nicht, was über mich gekommen ist, Mr. Hall; *ich* wollte Ihnen nicht schaden, ich habe es nie gewollt.«

»Du hast mich erpreßt.«
»Nein, Sir, nein ...«
»Doch, das hast du.«
»Maurice, hör zu, ich wollte doch nur ...«
»Maurice bin ich also für dich?«
»Du hast mich auch Alec genannt ... Ich bin ebenso gut wie du.«
»Das finde ich nicht!«
Es entstand eine Pause, die Stille vor dem Sturm; dann brach es aus Maurice heraus: »Bei Gott, wenn du mich bei Mr. Ducie denunziert hättest, ich hätte dich zusammengeschlagen. Es hätte mich vielleicht Hunderte gekostet, aber ich habe sie, und die Polizei steht meinesgleichen gegen deinesgleichen immer bei. Du kennst das nicht. Wir hätten dich wegen Erpressung ins Kittchen gebracht, und danach ... hätte ich mir eine Kugel in den Kopf gejagt.«
»Dich selbst getötet? Den Tod ...«
»Bis dahin wäre mir klargeworden, daß ich dich liebe. Zu spät ..., es ist immer alles zu spät.« Die Reihen der alten Statuen schwankten, und er hörte sich selbst hinzufügen: »Ich will inzwischen nichts mehr, aber komm raus, hier können wir nicht sprechen.« Sie verließen das riesige und überheizte Gebäude und gingen auf der Suche nach Dunkelheit und Regen an der Bibliothek, die wahrscheinlich alles Wissen der Welt enthielt, vorbei. Im Säulengang blieb Maurice stehen und sagte bitter: »Das habe ich ja ganz vergessen. Dein Bruder?«
»Er ist zu Hause bei Vater ... Er weiß überhaupt nichts ... ich habe nur gedroht ...«
»... um mich zu erpressen.«
»Wenn du das doch verstehen könntest ...« Er zog Maurices Notiz hervor. »Nimm sie, wenn du möchtest ..., ich will sie nicht mehr ..., wollte sie nie ..., das ist dann wohl das Ende.«
Es war nicht das Ende. Unfähig, sich zu trennen, wußten sie doch nicht, was nun kommen würde, und sie gingen mit

großen Schritten durch die letzte Helligkeit dieses scheußlichen Tages; schließlich kam die Nacht, die auch nicht viel anders war, und Maurice gewann seine Selbstbeherrschung zurück und vermochte die neue Konstellation zu beurteilen, die durch seine Wut entstanden war. Auf einem verlassenen Platz blieben sie stehen, lehnten sich gegen ein Gitter, das man um einige Bäume gezogen hatte, und sie fingen an, über den Wendepunkt ihrer Beziehung zu diskutieren.

Aber als er sich beruhigt hatte, wurde der andere wütend. Es war, als habe Mr. Ducie eine Ungleichheit zwischen ihnen aufgebaut, die sie wütend werden ließ, so daß der eine sofort zuschlug, wenn sein Gefährte des Schlagens müde war. Alec sagte zornig: »Im Bootshaus hat es viel stärker geregnet, und es war noch kälter. Warum bist du nicht gekommen?«

»Schlamassel.«

»Wie bitte?«

»Du mußt dir merken, daß ich mich immer in irgendeinem Schlamassel befinde. Ich bin nicht gekommen und habe nicht geschrieben, weil ich von dir loskommen wollte, ohne es wirklich zu wollen. Du wirst das nicht verstehen. Du hast dauernd an mir gezerrt, und ich bekam es fürchterlich mit der Angst zu tun. Ich spürte dich, als ich beim Arzt ein bißchen abschalten wollte. Du hast mir hart zugesetzt. Ich wußte, daß etwas nicht in Ordnung war, aber ich wußte nicht was, und so tat ich vor mir selbst so, als seist du es.«

»Was war es denn?«

»Die ... Situation.«

»Das verstehe ich nicht. Warum bist du nicht zum Bootshaus gekommen?«

»Ich hatte Angst ..., und dein Problem ist ebenfalls die Angst gewesen. Seit dem Kricketspiel hast du dich die ganze Zeit von mir einschüchtern lassen. Deshalb haben wir versucht, uns gegenseitig fertigzumachen, und wir versuchen es noch immer.«

»Ich würde keinen Penny von dir nehmen, ich würde dir kein Haar krümmen können«, brummte Alec und rüttelte an den Stäben, die ihn von den Bäumen trennten.
»Aber du versuchst immer noch mit aller Macht, mich in meiner Seele zu verletzen.«
»Warum gehst du hin und sagst, du liebst mich?«
»Warum nennst du mich Maurice?«
»Ach, geben wir es auf, darüber zu sprechen. Hier...« und er streckte seine Hand aus. Maurice ergriff sie, und in diesem Augenblick erlebten sie den größten Triumph, den Menschen gewöhnlich erringen können. Körperliche Liebe ist eine Reaktion, die im wesentlichen Panik ist, und Maurice erkannte jetzt, wie natürlich dies war, wie sehr ihre primitive Hingabe in Penge eine Gefahr heraufbeschworen hatte. Sie wußten zu wenig voneinander – und zu viel, deshalb die Angst. Deshalb die Grausamkeit. Und er freute sich, weil er Alecs Niedertracht dank seiner eigenen verstanden hatte, und er erhaschte – es war nicht das erste Mal – einen flüchtigen Blick auf den Genius, der sich in der gequälten Seele des Menschen versteckt. Nicht als Held sondern als Freund hatte er dem Toben des Sturmes standgehalten und nach seinem Abflauen kindliche Unschuld entdeckt und dahinter noch etwas anderes.
Jetzt sprach der andere. Ein Krampf von Reue und Abbitte schüttelte ihn; er gehörte zu denjenigen, die ein Gift einfach ausscheiden können. Dann schöpfte er frische Kraft und begann seinem Freund alles zu erzählen, und er war nicht länger voller Scham. Er sprach über seine Verwandten... Auch er war in einer Klasse verankert. Niemand wußte, daß er in London war – in Penge dachten sie, er sei bei seinem Vater, sein Vater dachte, er sei in Penge – es war schwierig gewesen, äußerst schwierig. Jetzt sollte er eigentlich nach Hause gehen – seinen Bruder treffen, mit dem er nach Argentinien ging: Sein Bruder hatte Beziehungen zu Kaufleuten und die Frau seines Bruders ebenfalls; und er schnitt ein wenig auf dabei, wie jene es tun müssen, die

nicht die feinste Erziehung genossen haben. Er komme aus einer ehrbaren Familie, wiederholte er. Er buckele vor keinem Menschen, er nicht, er sei ebenso gut wie irgendein Gentleman. Aber während er prahlte, rückte sein Arm dem von Maurice näher. Sie verdienten eine solche Liebkosung – es war ein seltsames Gefühl. Worte schwanden dahin, um plötzlich erneut aufzutauchen. Es war Alec, der sich vorwagte.

»Komm mit mir.«

Maurice wich plötzlich zur Seite, und ihrer beider Muskeln spannten sich. Jetzt waren sie ineinander verliebt, und sie wußten es.

»Schlaf diese Nacht mit mir. Ich kenne einen Ort.«

»Ich kann nicht, ich habe eine Verabredung«, sagte Maurice, und sein Herz schlug heftiger. Eine konventionelle Abendeinladung erwartete ihn, von der Art, die seiner Firma Aufträge verschaffte und die er kaum absagen konnte. Er hatte es beinahe vergessen. »Ich muß jetzt gehen und mich umziehen. Ich bitte dich, Alec, sei doch vernünftig. Laß uns statt dessen einen anderen Abend ausmachen – egal welchen.«

»Ich kann nicht noch einmal nach London kommen – Vater oder Mr. Ayres werden eine Bemerkung machen.«

»Was macht das schon?«

»Was macht deine Verabredung schon?«

Wieder schwiegen sie. Dann sagte Maurice liebevoll und immer noch niedergeschlagen: »In Ordnung. Zur Hölle damit«, und sie gingen zusammen durch den Regen fort.

44

»Alec, wach auf.«

Ein Arm zuckte.

»Zeit, daß wir Pläne machen.«

Alec schmiegte sich enger an ihn, wacher, als er sich stellte, warm, sehnig, glücklich. Auch Maurice wurde von Glück überwältigt. Er bewegte sich, spürte den antwortenden Griff und vergaß, was er sagen wollte. Licht drang von der Außenwelt, wo es immer noch regnete, zu ihnen hinein. Ein fremdes Hotel, eine beliebige Zuflucht schützte sie ein wenig länger vor ihren Feinden.

»Zeit aufzustehen, Junge. Es ist Tag.«

»Dann steh doch auf.«

»Wie soll ich denn, wenn du mich festhältst!«

»Spiel nicht den Hampelmann, ich will dich lehren, herumzuzappeln.« Er war überhaupt nicht mehr ehrerbietig. Das Britische Museum hatte ihn geheilt. Es war ein Ferientag, London mit Maurice, aller Ärger vorbei, und er wollte dösen und die Zeit vertrödeln und necken und lieben.

Maurice wollte dasselbe, was gibt es Schöneres, aber die nahende Zukunft lenkte ihn ab, das von draußen hereinsickernde Licht verlieh der Gemütlichkeit etwas Unwirkliches. Es mußte etwas gesagt und geregelt werden. Oh, diese Nacht, die jetzt zu Ende ging, dieser Schlaf und dieses Erwachen, diese Mischung von Rauheit und Zärtlichkeit, diese Stimmung voll süßer Köstlichkeit, diese Geborgenheit in der Finsternis. Würde eine solche Nacht jemals wiederkehren?

»Alles in Ordnung, Maurice?« Er hatte geseufzt. »Liegst du bequem? Leg deinen Kopf ruhig ein bißchen weiter rauf auf mich, so weit du magst ... So ist's besser, und mach dir keine Sorgen. Du bist bei mir. Mach dir keine Sorgen.«

Ja, er hatte Glück gehabt, kein Zweifel. Scudder hatte sich

als ehrlich und anständig erwiesen. Es war herrlich, mit ihm zusammenzusein, er war ein Juwel, ein bezaubernder Bursche, ein Fund, ähnlich einer Stecknadel im Heuhaufen, der ersehnte Traum. Aber ob er auch Mut besaß?

»Schön so, du und ich …« Die Lippen waren auf eine Weise zusammengepreßt, daß man es kaum mehr Sprechen nennen konnte. »Wer hätte das gedacht … Als ich dich das erste Mal gesehen habe, dachte ich: ›Das wär' schön, ich und der da …‹ Genau so … ›Könnten ich und er nicht …‹ Und so ist es nun.«

»Ja, und deshalb müssen wir auch kämpfen.«

»Wer will kämpfen?« Alecs Stimme klang verärgert. »Es hat genug Kämpfe gegeben.«

»Die ganze Welt ist gegen uns. Wir müssen uns zusammenreißen und Pläne machen, solange wir es noch können.«

»Warum sagst du so etwas und verdirbst alles?«

»Weil es gesagt werden muß. Wir können nicht zulassen, daß alles schiefläuft und sich gegen uns wendet, wie dort unten in Penge.«

Alec schlug ihn plötzlich spielerisch mit der sonnengebräunten Rückseite seiner Hand und sagte: »Das tut weh, oder nicht? Es sollte wenigstens weh tun. So kämpfe *ich.*« Es tat ein bißchen weh, und sich in Torheiten zu flüchten, war nur eine Spielart von Groll. »Sprich mir nicht von Penge«, fuhr er fort. »Oh! Mann! Penge, wo ich immer nur Dienstbote war, und Scudder, tu dies und Scudder, tu jenes, und die alte Dame, was glaubst du wohl, was sie einmal zu mir gesagt hat? Sie hat gesagt: ›Ach, würden Sie bitte freundlicherweise die Güte haben und diesen Brief für mich auf die Post bringen – wie heißen Sie?‹ Wie heißen Sie! Jeden Tag, sechs Monate lang bin ich an Clives verdammter Vordertür erschienen, um meine Anordnungen entgegenzunehmen, und seine Mutter kennt meinen Namen nicht. Sie ist eine blöde Kuh. Ich hab zu ihr gesagt: ›Wie heißen Sie? Scheiß auf Ihren Namen.‹ Beinah hätte ich's getan. Ich wünschte, ich hätte. Maurice, du würdest nicht glauben, wie mit Dienstboten umgesprungen wird. Das kann man gar nicht beschreiben. Dieser Archie London, den du so toll findest, ist genauso schlimm, und du auch, du auch. ›He, Sie da‹ und all das. Du hast ja keine Ahnung, wie du es beinahe geschafft hast, mich nicht zu kriegen. Es hätte nicht viel gefehlt, und ich wäre niemals diese Leiter hochgeklettert, als du gerufen hast; er will mich nicht wirklich, dachte ich, und ich bin total verrückt geworden, als du nicht aufgekreuzt bist im Bootshaus, wie ich dir gesagt hatte. Wirklich unglaublich! Wir werden ja sehen. Das Bootshaus ist ein Platz, der mir schon immer gefiel. Ich ging da runter, um 'ne Zigarette zu rauchen, schon bevor ich von dir gehört hatte, war leicht aufzuschließen, hab den Schlüssel an mich genommen, um die Wahrheit zu sagen... Das Bootshaus, über den Teich schauen vom Bootshaus aus, alles ist ruhig, dann und wann springt ein Fisch, und die vielen Kissen, ich hab sie alle arrangiert.«

Nachdem er sich alles von der Seele geredet hatte, schwieg er. Er hatte grob und aufgedreht begonnen und irgendwie gekünstelt, dann war seine Stimme leise geworden und in Traurigkeit abgesunken, als ob die Wahrheit an die Wasseroberfläche gestiegen sei und unerträglich wäre.

»Wir werden uns ja irgendwann in deinem Bootshaus treffen«, meinte Maurice.

»Nein, das werden wir nicht.« Er stieß ihn weg, dann keuchte er, zog Maurice mit ungestümer Leidenschaft dicht zu sich heran und umarmte ihn, als ob die Welt enden wolle: »Daran wirst du dich jedenfalls erinnern.« Er stieg aus dem Bett und sah hinaus in all das Grau, seine Arme hingen schlaff herunter. Es schien, als wolle er, daß man sich so an ihn erinnere. »Ich hätte dich leicht töten können.«

»Oder ich dich.«

»Wo sind denn meine Sachen und all das hin?« Er schien

benommen zu sein. »Es ist schon so spät. Ich habe nicht mal was zum Rasieren bei mir, ich habe nicht damit gerechnet, die ganze Nacht zu bleiben ... Ich sollte ... ich muß sofort einen Zug kriegen, oder Fred wird sich Gedanken machen.«

»Laß ihn doch.«

»Du meine Güte, wenn Fred dich und mich jetzt sehen könnte.«

»Nun, das tut er ja nicht.«

»Nun, es hätte aber sein können ..., was ich sagen wollte, morgen ist Donnerstag, nicht wahr, Freitag müssen wir unsere Sachen aufs Schiff bringen, Samstag legt die *Normannia* von Southampton ab, und das heißt, Old England auf Wiedersehen sagen.«

»Willst du damit andeuten, daß wir beide uns nicht mehr sehen werden.«

»Das ist richtig. Du hast's kapiert.«

Wenn es doch nicht immer regnen würde! Ein nasser Vormittag nach den gestrigen Regengüssen, Nässe auf den Dächern und dem Museum, zu Hause und auf den Bäumen. Er beherrschte sich, wählte seine Worte sehr sorgfältig und sagte: »Das ist genau das, worüber ich mit dir sprechen möchte. Warum richten wir es nicht so ein, daß wir uns weiterhin verabreden können?«

»Wie meinst du das?«

»Warum bleibst du nicht in England?«

Erschrocken drehte sich Alec blitzschnell um. Jetzt schien er gänzlich die Fassung verloren zu haben. »Bleiben?« fauchte er. »Mein Schiff verpassen, bist du blöd? Das ist doch der verdammteste Quatsch, den ich je gehört habe. Mich schon wieder herumzukommandieren, wie, das möchtest du wohl.«

»Es war eine Chance von eins zu tausend, daß wir uns getroffen haben, wir werden nie wieder eine solche Chance erhalten, und das weißt du auch. Bleib bei mir. Wir lieben uns doch.«

»Ich weiß, aber deswegen braucht man noch nicht verrückt zu spielen. Bei dir bleiben: und wie und wo? Was würde deine Mutter sagen, wenn sie mich sehen würde, so ungehobelt und derb, wie ich bin?«

»Sie wird dich nie zu sehen bekommen. Ich werde nicht bei mir zu Hause wohnen.«

»Wo willst du wohnen?«

»Mit dir zusammen.«

»Oh, willst du das? Nein danke. Meine Leute würden nicht einverstanden sein mit dir, und ich kann es ihnen nicht verdenken. Und wie willst du es mit deiner Arbeit machen, kannst du mir das vielleicht mal sagen?«

»Ich werde sie an den Nagel hängen.«

»Deine Arbeit in der City, die dir Geld und Stellung verschafft? Du kannst eine Arbeit nicht so einfach an den Nagel hängen.«

»Du kannst, wenn du wirklich willst«, sagte Maurice freundlich. »Du kannst alles, wenn du dir erst einmal klar darüber bist.« Er starrte in das schmutzig-graue Licht, das jetzt gelblich wurde. Nichts überraschte ihn bei diesem Gespräch. Allerdings konnte er nicht erraten, was schließlich dabei herauskam. »Ich werde mit dir zusammenarbeiten«, stieß er hervor. Dies war der Augenblick, um es auszusprechen.

»Was für Arbeit?«

»Wir werden es herausfinden.«

»Herausfinden und verhungern.«

»Nein. Es wird genug Geld da sein, um uns über Wasser zu halten, während wir uns umschauen. Ich bin kein Dummkopf und du auch nicht. Wir werden nicht verhungern. Ich habe viel darüber nachgedacht, als ich wachlag heute nacht, während du geschlafen hast.«

Es entstand eine Pause. Alec fuhr etwas ruhiger fort: »Es würde nicht hinhauen, Maurice. Es würde uns beide ruinieren, kannst du das denn nicht einsehen. Dich genauso wie mich.«

»Ich weiß nicht. Kann sein. Vielleicht auch nicht. ›Die Klassenzugehörigkeit.‹ Ich weiß nicht. Ich weiß nur, was wir heute tun. Wir werden hier alles regeln und ein anständiges Frühstück zu uns nehmen, und wir werden nach Penge fahren, oder was auch immer du möchtest, und deinen Fred sehen. Du erzählst ihm, daß du deine Meinung wegen des Auswanderns geändert hast und statt dessen eine Arbeit mit Mr. Hall annimmst. Ich werde mit dir kommen. Es ist mir gleichgültig. Ich werde allen in die Augen schauen, allen die Stirn bieten. Wenn sie etwas vermuten wollen, laß sie, ich habe es satt. Sag Fred, er soll deine Fahrkarte zurückgeben, ich werde das Geld zurückerstatten, und das ist dann der Anfang unserer Freiheit. Dann werden wir den nächsten Schritt tun. Es ist ein Risiko, aber das ist es immer, und wir leben nur einmal.«
Alec lachte zynisch und zog sich weiter an. Sein Verhalten ähnelte dem von gestern, obwohl er heute niemanden zu erpressen versuchte. »Du redest wie jemand, der nie seinen Lebensunterhalt verdienen mußte«, sagte er. »Du hast mich irgendwie reingelegt mit dem ›Ich liebe dich‹ oder was auch immer, um mir dann zuzumuten, mein Leben zu versauen. Weißt du eigentlich, daß auf mich in Argentinien eine Arbeit wartet? Genau das gleiche, was du hier hast. Tut mir leid, die *Normannia* läuft Sonnabend aus, Tatsachen sind immer noch Tatsachen, nicht wahr, meine ganze Ausrüstung und die Fahrkarte sind gekauft, und Fred und seine Frau warten auf mich.«
Maurice konnte hinter der herzlosen Ausdrucksweise das ganze Elend erkennen, aber was nutzte es diesmal, alles genau zu verstehen? Noch soviel Verständnis würde die *Normannia* nicht daran hindern, auszulaufen. Er hatte verloren. Er würde sicherlich leiden müssen, auch wenn Alec vielleicht bald darüber weg sein würde; sobald Alec zu seinem neuen Leben aufbrach, würde er sein Abenteuer mit einem Gentleman vergessen, und irgendwann würde er heiraten. Ein geschickter junger Bursche aus der arbei-

tenden Klasse, der wußte, wo seine Vorteile lagen. Er hatte seinen hübschen Körper schon in diesen scheußlichen blauen Anzug hineingezwängt. Sein Gesicht ragte rot daraus hervor, seine Hände braun. Er machte seine Haare naß, so daß sie anlagen. »Gut, ich gehe«, sagte er, und als ob das noch nicht genug sei, fügte er hinzu: »Schade, daß wir uns je getroffen haben, wirklich, wenn man mal darüber nachdenkt.«

»Ist schon gut«, sagte Maurice und schaute weg, als Alec den Riegel zurückschob.

»Du hast für das Zimmer doch im voraus bezahlt, nicht wahr, sie werden mich unten also nicht aufhalten? Ich möchte zum Schluß nicht noch Unannehmlichkeiten.«

»Ist schon gut.« Er hörte, wie die Tür geschlossen wurde, und war allein. Er wartete darauf, daß der Geliebte zurückkäme. Unvermeidlich dieses Warten. Dann begannen seine Augen zu schmerzen, und er wußte aus Erfahrung, was jetzt kommen würde. Im Augenblick konnte er sich noch beherrschen. Er stand auf und ging hinaus, führte einige Telefonate und klärte dies und jenes, beruhigte seine Mutter, entschuldigte sich bei seinem Gastgeber, rasierte sich und machte sich frisch und ging wie gewöhnlich ins Büro. Ein Berg von Arbeit wartete auf ihn. Nichts hatte sich geändert in seinem Leben. Nichts blieb mehr übrig. Er war allein gelassen mit seiner Einsamkeit, so wie es gewesen war, bevor er Clive kennengelernt hatte, so wie es danach gewesen war, und so wie es in Zukunft immer sein würde. Er hatte versagt, und das war noch nicht das Traurigste: Er hatte zugesehen, wie Alec versagt hatte. In gewisser Beziehung waren sie eine Person. Die Liebe hatte versagt. Die Liebe war ein Gefühl, das einem von Fall zu Fall Freude schenkte. Sie konnte nichts bewegen.

45

Als der Samstag gekommen war, fuhr er nach Southampton hinunter, um zuzusehen, wie die *Normannia* ablegte. Es war ein unsinniger Entschluß, nutzlos, unwürdig, riskant, und er hatte auch keineswegs die Absicht zu fahren, als er von zu Hause losging. Aber als er in London eintraf, kam das Verlangen, das ihn des Nachts gequält hatte, zum Vorschein und forderte seinen Tribut, er vergaß alles, außer Alecs Gesicht und Körper, und er ergriff die einzige Möglichkeit, beides zu sehen. Er wollte seinen Geliebten nicht sprechen, er wollte seine Stimme nicht hören und ihn nicht berühren – all das war vorbei –, er wollte sich nur sein Bild ins Gedächtnis rufen, bevor es für immer daraus entschwand. Armer, unglücklicher Alec! Wer konnte ihm etwas vorwerfen, wie hätte er denn handeln sollen? Aber ach, das Unglück traf sie beide.

Wie in einem Traum ging er zum Schiff hinunter, wo ihn nur neuer Kummer erwartete: Alec war nirgendwo zu sehen, die Stewards liefen geschäftig hin und her, und es verging einige Zeit, bevor sie ihn zu Mr. Scudder führten, einem unansehnlichen Menschen – dem Bruder Fred. Bei ihm befand sich ein älterer, bärtiger Mann – wahrscheinlich der Fleischer aus Osmington. Alecs größter Reiz waren die frischen Gesichtsfarben, die gegen die Klippen seines Haares anbrandeten: Fred, mit ähnlich geschnittenen Gesichtszügen, war rotblond und besaß etwas von der Verschlagenheit eines Fuchses, und während Alec sich von der Sonne hatte liebkosen lassen, glänzte Freds Haut speckig. Fred hatte, genau wie sein Bruder, eine hohe Selbsteinschätzung, aber es war der Dünkel, der mit geschäftlichem Erfolg einhergeht und körperliche Arbeit verabscheut. Der Gedanke daran, einen Bruder zu haben, der das Glück gehabt hatte, wild und ungebärdig aufzuwachsen, war ihm zuwider, und er dachte, Mr. Hall, von dem er noch nie gehört hatte, wolle den Wohltätigen spielen. Das machte ihn überheblich. »Licky ist noch nicht an Bord, aber sein Gepäck schon«, sagte er. »Wollen Sie sein Gepäck sehen?« Der Vater sagte: »Ist noch genug Zeit«, und sah auf seine Uhr. Die Mutter sagte mit zusammengepreßten Lippen: »Er wird nicht zu spät kommen. Wenn Licky etwas sagt, dann meint Licky es auch so.« Fred sagte: »Er kann ruhig zu spät kommen, wenn es ihm Spaß macht. Ich werde es überleben, wenn er nicht mitkommt, aber er soll nicht denken, daß ich ihm noch einmal helfe. Was er mich schon alles gekostet hat...«

»Hierher gehört Alec also«, dachte Maurice. »Diese Leute werden ihn glücklicher machen, als ich es hätte tun können.« Er stopfte sich eine Pfeife mit dem Tabak, den er seit sechs Jahren rauchte, und sah zu, wie der Zauber sich auflöste. Alec war kein Held und kein Gott, sondern ein Mann, der in die Gesellschaft eingebettet war, wie er selbst auch, und für den das Meer und die Wälder und die wohltuende Brise und die Sonne nicht den Schauplatz für eine Apotheose abgaben. Sie hätten diese Nacht nicht zusammen im Hotel verbringen dürfen. Sie hatte Hoffnungen aufkeimen lassen, die zu hoch gespannt waren. Sie hätten sich mit jenem Händedruck im Regen voneinander verabschieden sollen.

Eine morbide Faszination hielt ihn bei den Scudders fest, er studierte ihre Gewöhnlichkeit und spürte den Gebärden seines Freundes in ihren Gebärden nach. Er versuchte, freundlich und gewinnend zu sein, aber es mißlang ihm, da er seine Selbstsicherheit verloren hatte. Als er brütend dasaß, sagte eine Stimme: »Guten Tag, Mr. Hall.« Er konnte nicht antworten. Die Überraschung war zu groß. Es war Mr. Borenius. Und beide erinnerten sie sich später an sein anfängliches Schweigen und an seinen erschrockenen Blick und an die schnelle Bewegung, mit der er seine Pfeife aus dem Mund nahm, als habe die Geistlichkeit das Rauchen verboten.

Mr. Borenius stellte sich der Gesellschaft auf freundliche Weise vor; er war gekommen, um sein junges Pfarrkind zu verabschieden, da es von Penge aus nicht so weit war. Sie redeten darüber, welchen Weg Alec wohl nehmen werde – dies schien ungewiß zu sein –, und Maurice versuchte sich fortzustehlen, da die Situation zweideutig geworden war. Aber Mr. Borenius hielt ihn zurück. »Gehen Sie an Deck?« wollte er wissen. »Ich auch. Ich auch.«
Sie kehrten an die Luft und in das Licht der Sonne zurück; das seichte Wasser des Hafens von Southampton dehnte sich rund um sie herum goldfarben aus, gesäumt von bewaldetem Heideland. Maurice schien es, als kündige die Schönheit des Abends Unheil an.
»Nun, das ist sehr nett von Ihnen«, fing der Geistliche alsbald das Gespräch an. Er sprach wie ein Sozialarbeiter zum andern, aber Maurice hatte den Eindruck, als liege ein Schleier über seiner Stimme. Er versuchte zu antworten – zwei oder drei normale Sätze konnten ihn vielleicht retten – aber er fand keine Worte, und seine Unterlippe zitterte wie diejenige eines unglücklichen Jungen. »Und um so freundlicher, denn wenn ich mich recht erinnere, mißbilligten Sie den jungen Scudder. Sie sagten mir, als wir in Penge zusammen zu Abend aßen, Sie hielten ihn für einen ›ziemlichen Schweinehund‹ – ein Ausdruck, der, auf einen Mitmenschen angewandt, mich erschreckte. Ich vermochte kaum meinen Augen zu trauen, als ich Sie hier unten zwischen seinen Leuten entdeckte. Glauben Sie mir, Mr. Hall, er wird die Aufmerksamkeit zu schätzen wissen, obwohl er es sich vielleicht nicht anmerken läßt. Menschen wie er sind für Eindrücke empfänglicher, als der Außenstehende vielleicht vermutet. Für gute und für böse.«
Maurice versuchte, ihn zu unterbrechen, und sagte: »Nun ... und was ist mit Ihnen?«
»Mit mir? Warum *ich* gekommen bin? Sie werden mich vielleicht auslachen. Ich bin gekommen, um ihm einen Einführungsbrief für einen anglikanischen Pfarrer in Bue-

nos Aires mitzugeben in der Hoffnung, daß er dort nach seiner Ankunft konfirmiert wird. Ein bißchen lächerlich, oder? Aber da ich weder Hellenist noch Atheist bin, beruht dieses Verhalten wohl auf dem Glauben, daß wenn ein Mann ein ›ziemlicher Schweinehund‹ ist, der Grund dafür wahrscheinlich ein Mißverständnis Gottes ist. Wo Unglaube herrscht, wird früher oder später Unmoral folgen. Aber Sie – woher haben Sie so genau erfahren, wann sein Schiff ausläuft?«

»Es ... wurde bekanntgegeben.« Das Zittern breitete sich über seinen Körper aus, und die Kleider klebten an seiner Haut. Er schien sich wieder in der Schule zu befinden, völlig wehrlos. Er war sich sicher, daß der Pfarrer etwas vermutete, beziehungsweise daß ihn eine Ahnung gestreift hatte. Ein weltlicher Mann hätte keinen Verdacht geschöpft – Mr. Ducie zum Beispiel hätte es nicht –, aber dieser Mann war ein Geistlicher und hatte einen sechsten Sinn, er vermochte unsichtbare Gefühle aufzuspüren. Asketentum und Gottesfurcht besitzen ihre Vorzüge. Sie sind in der Lage, plötzliche Einsichten zu erzeugen, wie Maurice zu spät bemerkte. In Penge hatte er gedacht, daß sich ein blasser Pfaffe in seiner Soutane keine Vorstellung von männlicher Liebe machen könne, aber jetzt erkannte er, daß kein menschliches Geheimnis existiert, das von orthodoxem Denken nicht unter einem verkehrten Gesichtspunkt ausgespäht wird, daß Religion weitaus scharfsinniger ist als Wissenschaft und daß es das Großartigste auf der Welt wäre, wenn sie der Einsicht auch ein entsprechendes Urteil folgen lassen würde. Da er selbst ohne jedes religiöse Gefühl war, hatte er es bisher noch nie in anderen entdeckt, und so war der Schock schrecklich. Er fürchtete und haßte Mr. Borenius, er hätte ihn am liebsten umgebracht.

Und wenn Alec kam, würde auch er in die Falle tappen; sie waren unbedeutende Leute, die kein Risiko eingehen konnten – viel unbedeutender zum Beispiel als Clive und

Anne –, und Mr. Borenius wußte das und würde es sie nach Kräften entgelten lassen.

Die Stimme fuhr fort; sie hatte einen Augenblick lang geschwiegen für den Fall, daß das Opfer antworten wollte.

»Ja, um offen zu sein, so bin ich weit davon entfernt, wegen des jungen Scudder völlig unbesorgt zu sein. Bevor er Penge am vorigen Dienstag verließ, um seine Eltern zu besuchen – das erzählte er mir zumindest, in Wirklichkeit aber ist er bis Donnerstag nicht dort angekommen –, hatte ich ein höchst unbefriedigendes Gespräch mit ihm. Er war störrisch. Er leistete mir Widerstand. Wenn ich von Konfirmation sprach, grinste er. Tatsache ist – ich würde das Ihnen gegenüber nicht erwähnen, wenn Sie nicht ein so mildtätiges Interesse für ihn an den Tag legten –, Tatsache ist, daß er sich der Wollust schuldig gemacht hat.« Es folgte eine Pause. »Mit Frauen. Mr. Hall, mit der Zeit vermag man dieses Grinsen, diese Verstocktheit zu erkennen, denn Unzucht erstreckt sich weit über den eigentlichen Akt hinaus. Wenn es beim vereinzelten Akt bleiben würde, wäre ich der Letzte, der darin etwas Verdammenswertes sähe. Aber wenn das Volk Unzucht treibt, so endet das unweigerlich damit, daß es Gott leugnet, das ist jedenfalls meine Überzeugung, und ehe nicht alle sexuellen Vergehen – und nicht wenige von ihnen sind strafbar – ausgemerzt sind, wird die Kirche niemals England zurückerobern. Ich habe Grund zu der Annahme, daß der junge Scudder jene Nacht, in der er nicht aufgetaucht ist, in London verbracht hat. Aber gewiß doch – das muß sein Zug sein.«

Er ging nach unten und Maurice, der vollkommen niedergeschmettert war, folgte ihm. Er hörte Stimmen, aber er konnte nichts verstehen; eine von ihnen mochte Alecs Stimme sein: für ihn nahm jetzt alles eine Bedeutung an.

»Auch das ist schiefgegangen«, huschte es durch seinen Kopf, als kehre eine Fledermaus im Zwielicht der Abenddämmerung zurück. Er war wieder zu Hause im Herrenzimmer mit Clive, der sagte: »Ich liebe dich nicht mehr; es tut mir leid«, und er spürte, daß sich sein Leben im Kreis drehte – in einem Einjahresrhythmus, immer im selben Kreis. »Wie die Sonne …, es dauert ein Jahr …« Er dachte, sein Großvater rede mit ihm; dann hob sich der Schleier, und es war Alecs Mutter. »Das sieht Licky aber gar nicht ähnlich«, plapperte sie und verschwand.

Wem sieht was nicht ähnlich? Glocken läuteten, ein Pfiff ertönte. Maurice rannte an Deck; seine Energie war wieder da, und er konnte mit überdeutlicher Klarheit sehen, wie sich die Menschen auseinandersortierten, jene, die in England blieben, und jene, die abreisten, und er wußte, daß Alec blieb. Der Nachmittag erstrahlte plötzlich in voller Pracht. Weiße Wolken segelten über dem goldfarbenen Wasser und den Wäldern. Mitten im Gedränge wetterte Fred Scudder, weil sein unzuverlässiger Bruder den letzten Zug versäumt hatte. Die Frauen protestierten, während sie die Gangway hinaufgetrieben wurden, und Mr. Borenius und der alte Scudder zeterten mit den Beamten. Wie unbedeutend sie angesichts des herrlichen Wetters und der frischen Luft plötzlich alle waren.

Maurice ging an Land, trunken vor Erregung und Glück. Er beobachtete, wie sich das Schiff in Bewegung setzte, und auf einmal erinnerte es ihn an das Leichenbegräbnis der Wikinger, das ihm als kleinem Jungen einen Schrekken eingejagt hatte. Der Vergleich stimmte nicht, und doch war das Schiff von einer grandiosen Erhabenheit, es trug den Tod mit sich hinweg. An der Warbleine wurde es vom Kai fortgezogen. Fred schimpfte, unter Hochrufen schwenkte das Schiff in die Fahrrinne ein, schließlich dampfte es aus eigener Kraft, eine Opfergabe, eine einzige Herrlichkeit, eine Rauchfahne hinter sich herziehend, die vor dem Sonnenuntergang immer dünner wurde, und kleine Wellen zurücklassend, die am bewaldeten Ufer ausliefen. Lange Zeit starrte er hinter der Erscheinung her, dann wandte er sich erneut England zu. Seine Reise

war fast vorüber. Er war unterwegs zu seinem neuen Zuhause. Er hatte den Mann in Alec hervorgelockt, und jetzt war es an Alec, den Helden in ihm hervorzulocken. Er kannte den Ruf und wußte, worin seine Antwort bestehen mußte. Sie mußten außerhalb seiner Klasse leben, ohne Beziehungen oder Geld; sie mußten arbeiten und bis zum Tode zueinander stehen. Aber England gehörte ihnen. Darin bestand, außer ihrem Zusammenhalt, ihre Belohnung. Englands Luft und Englands Himmel gehörten ihnen und nicht den verzagten Millionen, die stickige kleine Hütten besaßen, nicht jedoch ihre eigenen Seelen.
Er bot Mr. Borenius, dem das Geschehen völlig aus den Händen geglitten war, die Stirn. Alec hatte den Pfaffen vernichtend geschlagen. Mr. Borenius setzte voraus, daß die Liebe zwischen zwei Männern etwas Schändliches sei, deshalb konnte er den Vorfall nicht verstehen. Sofort wurde er ein gewöhnlicher Mensch, seine energische Haltung schwand dahin. In schnurgerader und ziemlich törichter Weise überlegte er, was in den jungen Scudder gefahren sein mochte, dann verschwand er, weil er Freunden in Southampton einen Besuch abstatten wollte. Maurice rief hinter ihm her: »Mr. Borenius sehen Sie sich den Himmel an – die ganze Welt hat Feuer gefangen«, aber der Pfarrer interessierte sich nicht für den Himmel, obwohl dieser doch in Flammen stand, und schon bald war er nicht mehr zu sehen.
In seiner Erregung spürte Maurice, daß Alec ihm ganz nahe war. Er war es nicht, konnte es nicht sein, er war irgendwo inmitten dieser Pracht, und er mußte ihn unbedingt finden, und ohne einen Augenblick zu zögern, machte er sich zum Bootshaus nach Penge auf den Weg. Jene Worte waren ihm ins Blut übergegangen, sie waren Teil von Alecs abenteuerlichen Geschichten und Erpressungsversuchen und seinem Versprechen in jener letzten verzweifelten Umarmung. Er mußte sich nur an sie halten. Er verließ Southampton wie er gekommen war – instink-

tiv –, und er spürte, daß diesmal nichts schiefgehen würde, ja auch nicht durfte, und daß sich das Universum wieder an seinem angestammten Platz befand. Er mußte sich mit einem kleinen Bummelzug begnügen, in der Ferne leuchtete ein großartiger Horizont und entflammte unzählige Wölkchen, die noch lange nachglühten, als die größte Pracht allmählich verblaßt war, und es war noch hell genug, um von der Bahnstation in Penge durch die still daliegenden Felder zu wandern.

Er betrat das Gut vom unteren Ende her durch eine Lücke in der Hecke, und es berührte ihn einmal mehr, wie heruntergekommen alles war, wie wenig geeignet, Maßstäbe zu setzen oder die Zukunft zu bestimmen. Es wurde Nacht, ein Vogel rief, Tiere huschten vorüber, er eilte weiter, bis er das Wasser des Teiches schimmern und das Stelldichein sich dunkel dagegen abheben sah, und bis er das leise Gurgeln des Wassers hörte.

Er war da, oder doch beinahe. Immer noch zuversichtlich erhob er seine Stimme und rief Alecs Namen.

Keine Antwort.

Er rief noch einmal.

Schweigen und die langsam vorrückende Nacht. Er hatte sich geirrt.

»Das sieht mir ähnlich«, dachte er und nahm sich sofort zusammen. Was immer geschehen werde, er durfte nicht verzweifeln. Er war es wegen Clive oft genug gewesen, und es hatte keinen Sinn gehabt; in diesem allmählich dunkler werdenden Park zu verzweifeln, konnte nur bedeuten, verrückt zu werden. Stark sein, Ruhe bewahren und auf die Zukunft vertrauen – das blieb die einzige Hoffnung. Aber die plötzliche Enttäuschung machte ihm bewußt, wie sehr er physisch erschöpft war. Seit dem frühen Morgen war er unterwegs, aufgewühlt durch alle möglichen Gefühle, und er war unmittelbar vor einem Zusammenbruch. Binnen kurzem würde er entscheiden, was er als Nächstes zu tun hatte, aber im Augenblick platzte ihm der Kopf, jede

einzelne Gliedmaße schmerzte ihn oder war zumindest völlig unbrauchbar, und er mußte sich unbedingt ausruhen.
Das Bootshaus bot sich an. Er ging hinein und fand seinen Geliebten schlafend vor. Alec lag auf aufgehäuften Kissen und war in dem letzten wegsterbenden Licht des Tages gerade noch zu erkennen. Als er erwachte, schien er keineswegs aufgeregt oder verstört zu sein, und er ergiff Mauricens Arm und streichelte ihn zärtlich, bevor er sprach: »So hast du mein Telegramm bekommen.«
»Was für ein Telegramm?«
»Das Telegramm, das ich dir heute morgen nach Hause geschickt habe, um dich zu bitten...« Er gähnte. »Entschuldige, ich bin ein bißchen müde, eins nach dem anderen..., um dich zu bitten, unbedingt hierherzukommen.«
Und da Maurice darauf nichts erwiderte, und auch gar nicht in der Lage dazu war, fügte er hinzu: »Und jetzt werden wir nicht mehr getrennt, und diese Geschichte hat ein Ende.«

46

Unzufrieden mit dem Aufruf an seine Wähler – der Text erschien ihm zu gönnerhaft für diese Zeit –, war Clive mit der Korrektur des Probeabzugs beschäftigt, als Simcox »Mr. Hall« ankündigte. Es war ungewöhnlich spät, und die Nacht war dunkel; alle Spuren des prächtigen Sonnenuntergangs waren vom Himmel verschwunden. Er konnte von der Vorhalle aus nichts erkennen, obwohl er eine Menge Geräusche hörte; sein Freund, der sich geweigert hatte, hereinzukommen, scharrte mit den Füßen im Kies und kickte Steinchen in die Büsche und gegen die Mauern.
»Hallo, Maurice, komm rein. Was soll das?« fragte er ein wenig verärgert und gab sich keine Mühe, zu lächeln, da sein Gesicht im Schatten war. »Schön, daß du zurück bist, ich hoffe, es geht dir besser. Unglücklicherweise bin ich etwas in Anspruch genommen, aber das gilt ja nicht für das Russet-Zimmer. Komm rein und schlaf hier wie in den vergangenen Tagen. Schön, dich zu sehen.«
»Clive, ich habe nur ein paar Minuten Zeit.«
»Ich bitte dich, Mann, das ist doch Unsinn.« Zuvorkommend machte er ein paar Schritte in die Dunkelheit hinein, seine Korrekturfahnen immer noch in der Hand. »Anne wird böse sein, wenn du nicht bleibst. Es ist schrecklich nett von dir, einfach so aufzutauchen. Du mußt mich entschuldigen, aber ich muß jetzt noch ein paar Kleinigkeiten erledigen.« Dann vermochte er einen schwarzen Kern von der Finsternis ringsum zu unterscheiden; er fühlte sich plötzlich unbehaglich und rief: »Ich hoffe, es ist alles in Ordnung.«
»Alles bestens . . ., wie du es nennen würdest.«
Jetzt schob Clive die Politik beiseite, da er wußte, daß es sich um die Liebesgeschichte handeln mußte, und er stellte sich darauf ein, Mitgefühl zu zeigen, obwohl er sich wünschte, die Bitte um Hilfe wäre in einem Augenblick

gekommen, da er weniger beschäftigt war. Doch sein Sinn für die Relativität aller Dinge verlieh ihm Kraft. Er ging voran, nahm den Weg durch die verlassene Allee hinter den Lorbeerbäumen bis zu der Stelle, wo die Nachtkerzen glimmten und die Mauern die Dunkelheit mit einem schwachen Gelbton schmückten. Hier würden sie allein sein. Er tastete nach einer Bank und legte sich in voller Länge auf sie, verschränkte die Hände unter dem Kopf und sagte: »Ich stehe dir ganz zur Verfügung, empfehle dir jedoch, hier zu schlafen und morgen früh Anne um Rat zu fragen.«

»Ich brauche keine Empfehlungen von dir.«

»Nun, das mußt du natürlich halten, wie du willst, aber du bist so freundlich gewesen, uns von deinen Hoffnungen zu erzählen, und wo es um eine Frau geht, da würde ich immer eine andere Frau um Rat fragen, vor allem wenn sie Annes nahezu phänomenales Einfühlungsvermögen hat.«

Die Blüten auf der anderen Seite des Weges tauchten aus der Dunkelheit auf und verschwanden wieder darin, und erneut bemerkte Clive, daß sein Freund, der sich vor ihnen hin und herwiegte, von der Nacht aufgesogen wurde. Eine Stimme sagte: »Es ist um vieles schlimmer für dich: Ich liebe deinen Wildhüter« – eine Bemerkung, die so unerwartet und sinnlos für Clive war, daß er fragte: »Mrs. Ayres?« und sich wie benommen aufrichtete.

»Nein. Scudder.«

»Paß auf«, rief Clive und starrte in die Dunkelheit. Wieder beruhigt sagte er steif: »Was für eine groteske Mitteilung.«

»Äußerst grotesk«, kam es wie ein Echo zurück, »aber ich fühlte mich immerhin verpflichtet, dir wegen Alec Bescheid zu sagen.«

Clive hatte nur einen Bruchteil begriffen. Er vermutete, »Scudder« sei eine *façon de parler*, so wie man »Ganymed« sagte, da es für ihn undenkbar war, Intimitäten mit einem sozial Niedrigstehenden zu haben. Wie die Sache stand, deprimierte und verletzte die Geschichte ihn, da er vermutet hatte, Maurice sei in den letzten vierzehn Tagen normal geworden. Deshalb hatte er auch Anne zu Vertraulichkeiten ermutigt. »Wir haben alles für dich getan, was wir konnten«, sagte er, »und wenn du uns vergelten möchtest, was du uns ›schuldest‹, wie du es nennst, dann würdest du nicht auf so leichtsinnige Weise morbiden Gedanken nachhängen. Ich bin sehr enttäuscht, dich so über dich selbst sprechen zu hören. Als wir uns in jener Nacht im Russet-Zimmer so gründlich über dieses Thema unterhalten haben, hast du mir zu verstehen gegeben, daß diese leidige Geschichte hinter dir läge.«

»Als du es über dich brachtest, meine Hand zu küssen«, fügte Maurice mit absichtlicher Bitterkeit hinzu.

»Vergiß es, ich bitte dich«, fuhr Clive ihn mit plötzlicher Heftigkeit an, die sich nicht zum ersten und letzten Mal an ihm zeigte, und für einen Augenblick erweckte er in dem Geächteten von neuem die Liebe. Dann fiel er in seine Manie zurück, an die Vernunft zu appellieren. »Maurice – ach, es tut mir so leid für dich. Viel mehr, als ich überhaupt sagen kann, und ich flehe dich an, ich flehe dich wirklich an, dieser erneuten Anfechtung zu widerstehen. Wenn es dir gelingt, wirst du sicherlich nicht mehr heimgesucht. Beschäftigung, frische Luft, deine Freunde...«

»Ich habe dir vorhin schon gesagt, daß ich nicht hier bin, um Ratschläge von dir entgegenzunehmen, und auch nicht, um mit dir über unsere gegensätzlichen Vorstellungen zu diskutieren. Ich bin ein Mensch aus Fleisch und Blut, falls du dich zu solch niedrigen Dingen herablassen kannst...«

»Ja, du hast ganz recht; ich bin ein schrecklicher Theoretiker, ich weiß....«

»... und ich will Alec bei seinem Namen nennen.«

Es erinnerte sie beide an die Situation vor einem Jahr, aber jetzt war es Clive, der bei dieser Probe aufs Exempel zusammenzuckte. »Wenn Alec jener Scudder ist, so ist er freilich nicht mehr in meinen Diensten, ja nicht einmal mehr in England. Gerade heute hat er sich nach Buenos Aires eingeschifft. Nun mach schon. Ich finde mich damit ab, wieder über diese Sache zu sprechen, wenn ich dir damit nur ein bißchen helfen kann.«

Maurice atmete tief aus und fing an, die Blüten von einem hohen Stengel abzupflücken. Sie verschwanden eine nach der anderen, wie von der Nacht gelöschte Kerzen. »Ich bin mit Alec zusammengewesen«, sagte er nach langem Nachdenken.

»Was heißt das?«

»Mit allem drum und dran. Und das schließt das Körperliche ein.«

Clive sprang mit einem Ausruf des Abscheus auf. Er hätte das Monster dort vor ihm am liebsten niedergestreckt und wäre dann geflohen, aber er war ein zivilisierter Mensch und sein Wunsch war nicht stark genug ausgeprägt. Sie waren trotz allem ehemalige Cambridge-Studenten – Säulen der Gesellschaft; er durfte keine Gewalt anwenden. Und er tat es auch nicht; er blieb ruhig und hilfsbereit bis zum Schluß. Aber seine griesgrämige, sauertöpfische Mißbilligung, seine anmaßende Engstirnigkeit, die Beschränktheit seines Herzens empörten Maurice, der nur offenen Haß hätte respektieren können.

»Ich habe es absichtlich überdeutlich formuliert«, fuhr Maurice fort, »aber ich mußte sichergehen, daß du es auch verstehst. Alec schlief in der Nacht, als du und Anne nicht da ward, zusammen mit mir im Russet-Zimmer.«

»Maurice – oh, mein Gott!«

»In der Stadt ebenfalls. Und außerdem ...« er unterbrach sich.

Selbst in seinem Ekel flüchtete sich Clive in Verallgemeinerungen – Ausdruck seiner intellektuellen Halbherzigkeit, die durch seine Heirat noch verstärkt worden war. »Aber es bleibt eine Tatsache – eine Beziehung zwischen Männern kann nur dann entschuldigt werden, wenn sie platonisch bleibt.«

»Ich weiß nicht. Ich bin gekommen, um dir zu sagen, was ich getan habe.« Ja, das war der Grund seines Besuches. Er klappte das Buch zu, das nie wieder gelesen werden würde, und es war besser, ein solches Buch zuzuschlagen, als es irgendwo herumliegen zu lassen, wo es nur besudelt würde. Das Buch ihrer Vergangenheit mußte ins Regal zurückgestellt werden, und hier, nur hier war der Ort dafür, in der Dunkelheit und inmitten verwelkender Blumen. Außerdem schuldete er dies Alec. Er konnte es nicht dulden, daß sich das Alte mit dem Neuen vermischte. Jeder Kompromiß war gefährlich, weil er etwas Verstohlenes in sich barg, und er mußte, nachdem er sein Geständnis beendet hatte, aus der Welt verschwinden, die ihn hervorgebracht hatte. »Ich muß dir auch erzählen, was er getan hat«, fuhr er fort und versuchte, seine Freude zu dämpfen. »Er hat mir zuliebe seine Laufbahn geopfert... ohne irgendeine Garantie, daß ich etwas für ihn aufgeben werde... Früher hätte ich das auch nicht getan... Ich bin immer etwas schwer von Begriff gewesen. Ich weiß nicht, ob das platonisch von ihm gemeint war oder nicht, aber genau das hat er getan.«

»Was heißt geopfert?«

»Ich bin dort gewesen, um ihm auf Wiedersehen zu sagen – er war nicht da...«

»Scudder hat sein Schiff verpaßt?« rief der Gutsherr äußerst ungehalten. »Diese Leute sind wirklich unmöglich.« Dann hielt er, konfrontiert mit der Zukunft, inne. »Maurice, Maurice«, sagte er mit einer Spur von Zärtlichkeit. »Maurice, quo vadis? Ich glaube, du bist dabei, verrückt zu werden. Du hast jedes Gefühl für..., darf ich dich fragen, ob du beabsichtigst...«

»Nein, du darfst mich nicht fragen«, unterbrach ihn der andere. »Du gehörst der Vergangenheit an. Ich werde dir alles, bis zu diesem Augenblick, erzählen – darüber hinaus kein Wort.«

»Maurice, Maurice, du weißt, daß ich an dir hänge, sonst würde ich das nicht ertragen, was du mir erzählt hast.«
Maurice öffnete seine Hand. Sie war voller leuchtender Blumenblätter. »Du hängst an mir, das ist wohl richtig«, gab er zu, »aber darauf kann ich nicht mein Leben bauen. Du hast das nicht nötig. Du gründest dein Leben auf Anne. Du machst dir keine Gedanken darüber, ob deine Beziehung mit ihr platonisch ist oder nicht, du weißt nur, daß sie stark genug ist. Ich kann das meine nicht auf die fünf Minuten gründen, die du mir zuliebe von ihr und von der Politik abzweigst. Du wirst alles für mich tun, nur nicht deine Zeit mit mir verbringen. Das ist schon dieses ganze verdammte Jahr über so gewesen. Du willst mich von der Familie befreien und gibst dir unendliche Mühe, mich zu verheiraten, weil mich dies aus deiner Fürsorge entläßt. »Du hängst an mir«, wiederholte er, da Clive protestiert hatte, »ich weiß, aber das ist nicht der Rede wert, und du liebst mich nicht. Ich war einmal dein, und zwar bis zum Tode, wenn dir daran gelegen gewesen wäre, mich zu halten, aber inzwischen bin ich ein anderer – ich kann nicht ewig herumhängen und jammern –, und Alec gehört in einer Art und Weise zu mir, die dich schockiert, aber warum hörst du nicht damit auf, schockiert zu sein und widmest dich deinem eigenen Glück?«
»Wer hat dich gelehrt, so zu sprechen?« stieß Clive hervor.
»Wenn irgend jemand, dann du.«
»Ich? Es ist erschreckend, daß du mir solche Gedanken zuschreibst«, fuhr Clive fort. Hatte er wirklich das Denken eines geistig Unterlegenen verdorben? Er konnte nicht erkennen, daß er und Maurice gleichermaßen von jenem Clive, der er vor zwei Jahren gewesen war, herstammten, der eine von dem Wunsch nach Ehrbarkeit, der andere von dem nach Auflehnung getrieben, und auch nicht, daß sie sich in Zukunft immer weiter voneinander entfernen mußten. Es war ein Abgrund voller Unrat, und falls zur Zeit der Wahl ein Hauch aus ihm herüberwehen würde, wäre er

ruiniert. Aber er durfte nicht vor seiner Pflicht zurückschrecken. Er mußte seinen alten Freund retten. Ein heroisches Gefühl beschlich ihn, und er überlegte, wie man Scudder zum Schweigen bringen könne und ob er sich vielleicht als Erpresser herausstellen würde. Es war inzwischen zu spät, um über Mittel und Wege zu diskutieren, und so lud er Maurice ein, in der nächsten Woche mit ihm in seinem Klub in der Stadt zu Abend zu essen.

Ein Lachen antwortete ihm. Er hatte das Lachen seines Freundes immer gemocht, und in solch einem Augenblick beruhigte ihn dieses sanfte Dröhnen: Es täuschte Glück und Sicherheit vor. »So ist es recht«, sagte er und ging so weit, seine Hand in Richtung auf einen der Lorbeerbäume auszustrecken. »Das ist besser, als mir eine lange einstudierte Rede zu halten, die weder dich noch mich überzeugt.« Seine letzten Worte lauteten: »Nächsten Dienstag, sagen wir gegen Viertel vor acht. Smokingjacke genügt, du weißt ja.«

Es waren seine letzten Worte, weil Maurice darüber verschwunden war, und er hinterließ keine Spur seiner Anwesenheit, außer einem Häufchen Blütenblätter, die wie ein verlöschendes Feuer auf der Erde lagen und zu klagen schienen. Bis ans Ende seines Lebens war sich Clive nicht sicher, wann genau Maurice gegangen war, und mit zunehmendem Alter wurde er unsicherer, ob der Augenblick überhaupt jemals eingetreten sei. Das blaue Zimmer schimmerte immer noch schwach, die Farne wogten. Von einem zeitlosen Ort aus, der Cambridge ähnelte, begann sein Freund ihm zuzuwinken, eingetaucht in die Sonne, während er die Düfte und Geräusche des Frühjahrstrimesters von sich abschüttelte.

Aber im Augenblick war er nur wegen einer Unhöflichkeit gekränkt, und er verglich sie mit ähnlichen Entgleisungen in der Vergangenheit. Er machte sich nicht klar, daß dies das Ende war, ohne einen faulen Kompromiß, daß er Mauricens Spur nie wieder kreuzen noch mit denen sprechen würde, die ihm begegnet waren. Er wartete eine Weile in der Allee, dann ging er ins Haus zurück, um seine Druckfahnen zu korrigieren und über einen Weg nachzusinnen, wie er die Wahrheit vor Anne verheimlichen konnte.

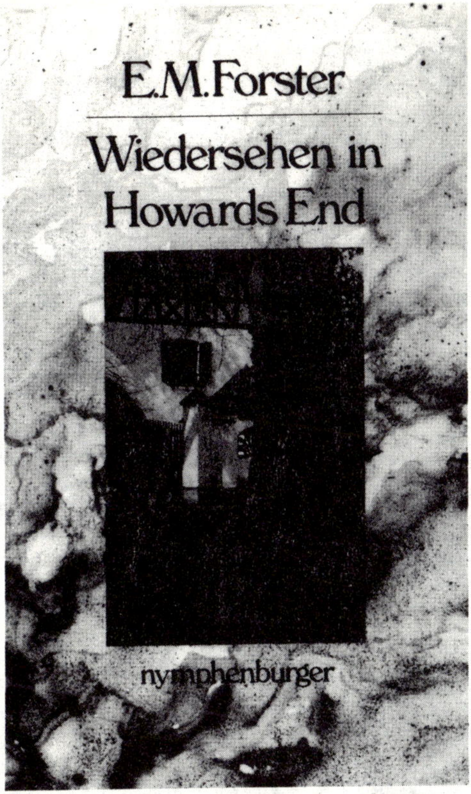

Scharfe Beobachtung, subtile Erzählkunst, dezente Ironie und trockener Humor zeichnen Forsters Gesellschaftsroman aus. Wiedersehen in Howards End – eine durch tausend Konventionen behinderte, bei aller Zärtlichkeit doch unterkühlte, also echt englische Liebesgeschichte.

nymphenburger

Catherine Cookson

Der erste Sohn
8886

Der falsche Vater
8918

Nur eine Frau
9100

Ein Freund fürs Leben
9157

Der Spieler
8967

Die einzige Tochter
8935

GOLDMANN

Literatur aus Amerika

Alice Walker
Roselily
9186

Joan Didion
Das weiße Album
9078

Kurt Vonnegut
Slapstick
9175

Ken Kesey
Der Tag, nachdem Supermann starb 21022

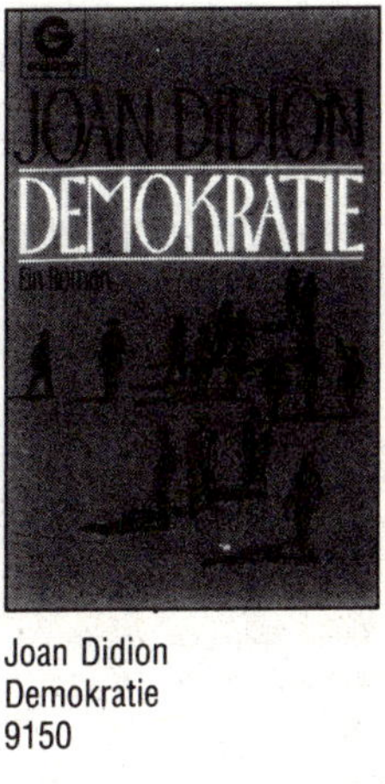

Joan Didion
Demokratie
9150

Kurt Vonnegut
Das höllische System
9174

GOLDMANN

Im Brennpunkt: Südafrika

Donald Woods
Schrei nach Freiheit
8985

André Brink
Weiße Zeit der Dürre
8381

Donald Woods
Ich gebe nicht auf
8897

André Brink
Die Pestmauer
8955

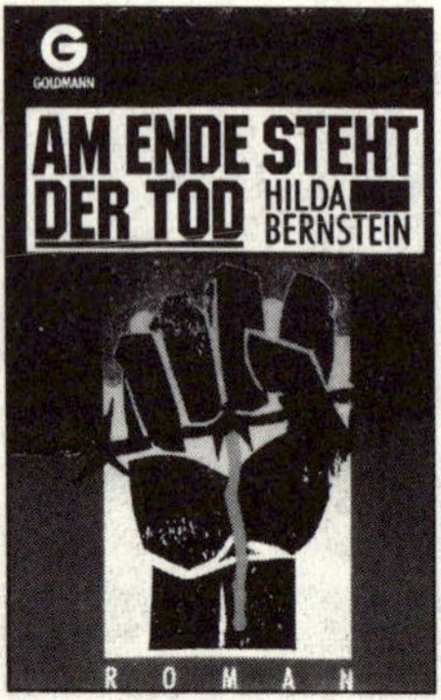

Hilda Bernstein
Am Ende steht der Tod
8924

Ernst Havemann
Buschfeuer
9165

GOLDMANN

Paul Bowles

So mag er fallen
9081

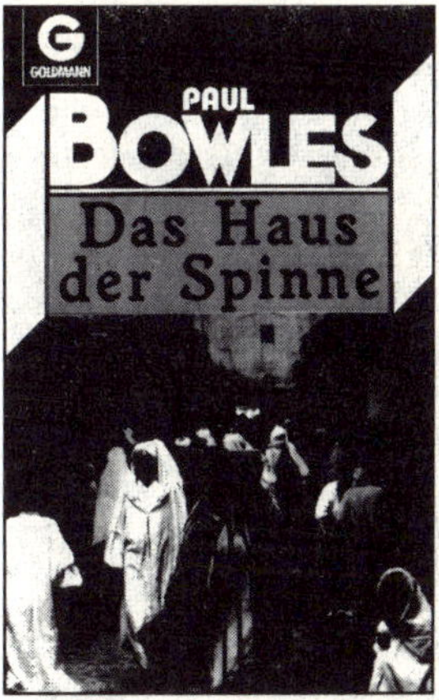

Das Haus der Spinne
9120

M'hashish
9293

Die Stunden nach Mittag
9398

GOLDMANN

RUSSISCHE LITERATUR

Valentin Rasputin
Der Brand
9346

Valentin Rasputin
In den Wäldern die Zuflucht
9253

Raissa Orlowa-Kopelew
Die Türen öffnen sich langsam
8387

Tschingis Aimatow
Frühe Kraniche
9292

Tschingis Aimatow
Der Junge und das Meer
9375

Raissa Orlowa-Kopelew
Eine Vergangenheit, die nicht vergeht
8570

GOLDMANN